Titre de l'ouvrage entier

[illegible] De l'usage des Romans où l'on

fait voir leur utilité et leurs différens caractères

avec une Bibliothèque des Romans accompagnée

de remarques critiques sur leur choix et leurs

éditions [illegible] Amsterdam (Paris) 1734

par Mr l'abbé Lenglet Dufresnoy

[illegible] volumes ne contiennent que

la bibliothèque et la table avec quantité

de remarques MSS de la [illegible]

Pour 2e Volume

1 Huet de l'origine des Romans

2° Du Plaisir sentimens sur les lettres

et les histoires galantes.

3 Tombeau des Romans de Fancan

4° Giraldi de Romanzi

5° Pigna de Romanzi

6 Les Pièces sur Rousseau

Pour 3e Volume

Bibliothèque des Romans

Le titre de l'ouvrage entier est

De l'usage des Romans ou l'on
fait voir leur utilité et leurs differens caracteres
avec une bibliotheque des Romans accompagnée
de remarques critiques sur leur choix et leurs
editions. amsterdam (Paris) 1734
par Mr L'abbé Lenglet dufresnoy

Ces trois volumes ne contiennent que
la bibliotheque et la table avec quantité
d'additions et de remarques MSS. de la
main de l'auteur et quelques notes [illegible]

Mercier St Leger

AVERTISSEMENT

Sur le Tome II.

DE L'USAGE DES ROMANS.

LE Catalogue ou *Bibliotheque des Romans*, qui fait le second Volume de cet Ouvrage, est le fruit de beaucoup de recherches. Le travail en a été d'autant plus grand, que personne ne m'avoit devancé dans ce dessein. Et je doute que l'on me veuille imiter. Il suffit que ces sortes de choses soient faites une fois pour n'y plus revenir.

Je sçai ce qu'on dira de cette seconde Partie, que c'est un amas de Livres inutiles, dont quelques-uns mêmes sont pernicieux. Je ne l'ignore pas; mais je les donne pour tels: tout ce que je puis dire de plus moderé en leur faveur, est que ce sont des Livres d'amusemens, & souvent il est bon de s'amuser. Cependant qui les

sçau-

sçauroit bien prendre ne les trouveroit pas tout-à-fait inutiles.

Les Romans sont une partie essentielle de la Litterature de toutes les Nations studieuses & policées : ainsi leurs differens caracteres font connoître celui de chaque peuple & de chaque siécle, où ils ont été composés. On voit par les Romans de Chevalerie que les talens militaires faisoient en certains tems le goût & l'occupation des François, des Espagnols & des Anglois. Ce sont les peuples qui ont le plus donné dans ce genre de composition. Mais les Espagnols, qui ont surpassé les autres dans les Livres de Chevalerie, n'ont été cependant que les Imitateurs des François & des Anglois. Car les plus anciens de leurs Romans ne sont que du XVme siecle, au-lieu que nous en avons eu dès le XIIme.

Les nôtres ont bien des utilités particulieres, quand on sçait s'en servir. Ils font connoître les mœurs du Siecle où ils ont été faits ; on y voit dans la maniere de penser & d'agir de leurs Auteurs, à quel point la Nation Françoise avoit porté la simplicité : on y remarque bien des usages par-

particuliers, des emplois & des dignités, dont à peine on a connoissance aujourd'hui : enfin on y retrouve le premier âge, c'est-à-dire, l'enfance de notre Langue, qui d'abord étoit un mélange confus de l'Idiome Latin qui régnoit alors, & qui se trouvoit joint aux termes & aux manieres de parler dures & barbares, qui faisoient le fond de l'ancien langage des premiers François. On voit ce stile se perfectionner à mesure que les Auteurs aprochent de notre Siecle. C'est ce que le Président Fauchet & M. du Cange ont bien senti. Leurs Ouvrages sont remplis des fragmens qu'ils ont tirés de ces anciens Livres qu'ils ont fait connoître aux Sçavans : car la plûpart étoient ensevelis dans la poussiere & l'obscurité des Bibliotheques.

De la Chevallerie on a passé aux Romans d'Amours ; mais quelques-uns representent un amour si fade & si languissant, qu'un homme sage craindroit de s'en voir attaqué. D'autres se sont jettés dans un excès entierement opposé ; c'est ce qui rend leur lecture dangereuse à beaucoup de personnes. J'ai eu soin dans les

Notes dont j'ai accompagné les Titres de ces Livres, de faire sentir la difference des uns & des autres : mais depuis plus de 80 ans on s'est fixé aux Romans sages & vertueux. Les longs Romans ont eu leur cours, on en est aux historiettes & aux histoires secrettes. Il faut esperer qu'à force de penser & d'écrire, on trouvera des genres de compositions qui nous sont encore inconnus. Mais je répons de leur succès pourvû qu'il y soit parlé d'amours, & qu'il y soit traité avec autant de réserve que de gentillesse. Les crudités ne plaisent qu'aux débauchés, qui même en sont bien-tôt revenus.

Je n'ai pas tout dit, je n'ai pas tout recueilli ; je crois néanmoins qu'on sera content de ce que j'ai rassemblé sur les differens Chefs, qui font la division de cette Bibliotheque. J'aurois pû la partager autrement, en y ajoutant même un titre des Romans allégoriques. Mais comme l'Allégorie se raporte à quelqu'une des Classes de cet Ouvrage, c'est à ceux qui voudront en penetrer le sens à les rechercher dans les quatorze Articles qui divisent cette

Bi-

Bibliotheque des Romans.

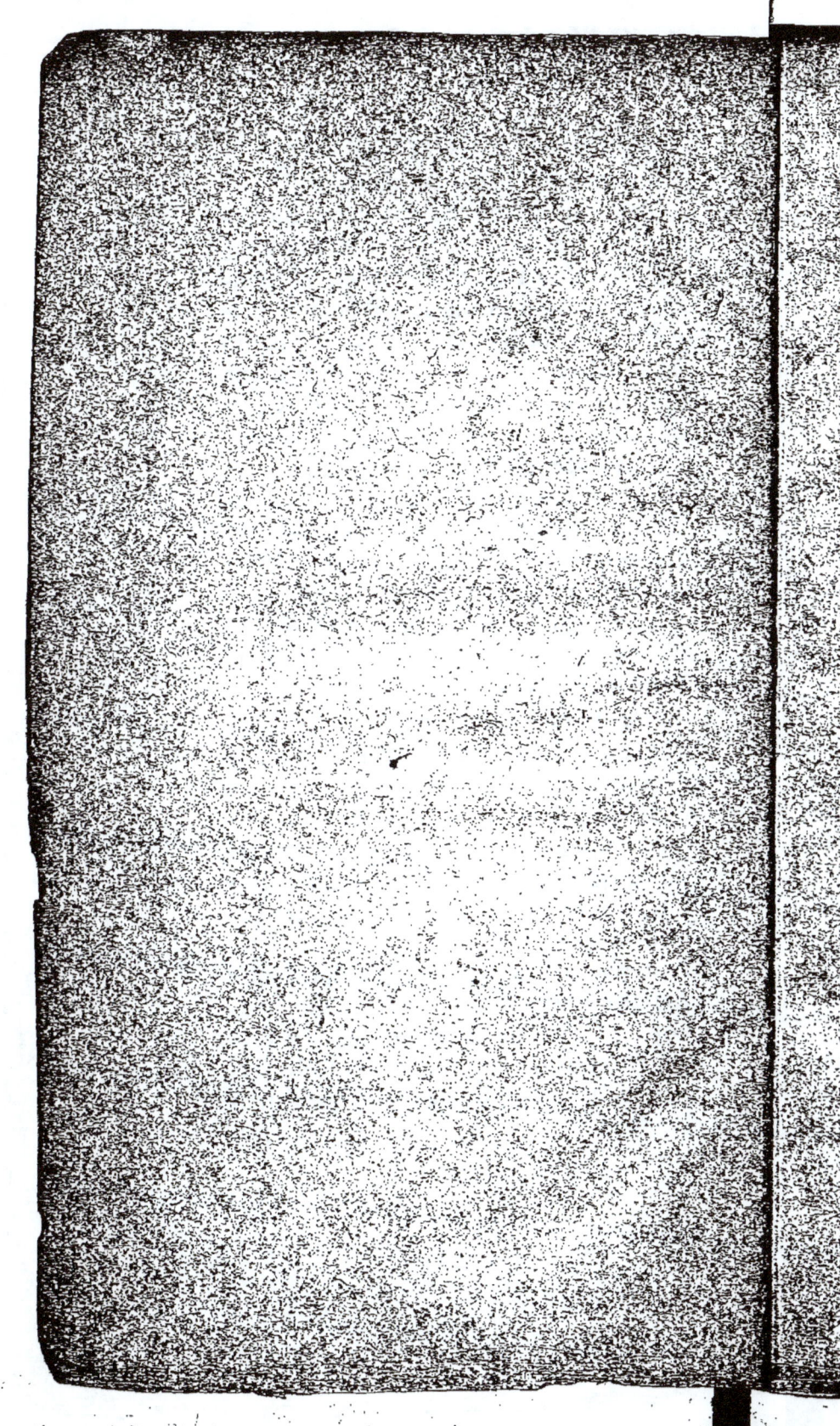

On voit paroître dans cette Bibliotheque très-peu de Romans Anglois, & l'on n'en trouve aucun en Hollandois. Mais hormis les Romans originaux de la Table ronde, de Merlin & du Roy Artus, les Anglois n'ont produit anciennement que très-peu de Livres d'amusemens. Cependant ils traduisent en leur Langue tout ce qui se fait de bon parmi nous ; mais ils veulent être sûrs de la réüssite. Ils ne nous ressemblent point ; ils ne donnent rien au hazard littéraire.

Les Hollandois sont Copistes, ils n'inventent pas ; mais ils traduisent. Et quoiqu'ils ayent du bon sens, ils mettent indifferemment en leur Langue ce qui se fait de bon & de médiocre parmi les autres Nations.

Je n'ai point parlé des Romans originairement Allemans. La connoissance que j'en ai euë est venuë trop tard, pour être inférée dans cette Bibliotheque. Cependant comme il ne faut pas qu'on y perde, voici ce que j'en ai apris d'un Sçavant de mes amis. Il avouë que de plus de soixante dont il m'envoye la Liste, il n'y en a pas plus de quinze qui soient raisonnablement écrits, les autres se jettent dans des ordures insoutenables, ou dans une simplicité dégoûtante. Il est étonnant qu'une Nation, qui excelle en tant d'autres choses, n'ait pas porté son goût jusqu'à ce genre de composition, qui est agréable & amusant. Ils ont assez de modeles à suivre dans ce que la France, l'Espagne & l'Italie ont produit à ce sujet.

Voici donc les plus raisonnables de leurs Romans; peut-être prendra-t-il envie à quelqu'un de nous en traduire quelques-uns en François.

ROMANS ALLEMANS.

Octavia Romaine, in 8..... 1711. 6 volumes. *On trouve que cet Ouvrage est plus historique que romanesque.*

Aramena, ou l'illustre Syrienne, in 8..... 1678. 5 volumes. *D'un stile un peu trop affecté.*

L'Asiatique bannie, par le Sieur ZIEGLER, in 8..... 1733. 2 volumes. *Bon; mais le premier volume beaucoup meilleur que le second.*

Arminius, par le Sieur de LOHENSTEIN, in 4. *Leipsic* 1731. 4 volumes.

lumes. *On sçait la figure qu'Armenius a fait dans l'ancienne Germanie. Jamais sujet ne fut propre à faire un Roman, sur-tout un Roman de Chevalerie. Celui-ci est estimé des Connoisseurs.*

Hercules & Herculiscus, in 4. *Roman curieux & fort estimé.*

L'Esclave Doris, par TALANDER, in 8..... 1699. *Livre estimé. Le nom de* Talander *est supposé, l'Auteur se nommoit* Augustus Bose.

Les Cours de l'Europe, par MENANTES, in 8..... *Le champ est vaste, il y a bien occasion de debiter de l'Histoire, de la Politique & de l'Amour. Le vrai nom de* Menantes *étoit* HUNOLD.

Menantes, le Monde amoureux & galant, in 8.... 1730. *Un peu moins estimé que le précedent, quoiqu'il vienne du même Auteur.*

—— Du même, Adalie, in 8.... 1731. *Bon.*

—— Du même, Clelie, in 12.... 1672. *Roman estimé.*

Venda Reine de Pologne, in 12.... 1702. *Il paroît que c'est ici une Traduction du François.*

Smyrna Reine des Amazones, in 8..... 1700. *Bon.*

L'Infor-

AVERTISSEMENT.

L'Infortunée Princesse Arsinoè, in 8. . . . . 1718. *Assez estimé.*

Il y a encore plusieurs autres Romans Allemans, qui ne sont pas également estimés. Les beaux Esprits de la Nation se sont autrefois moins apliqués à composer de ces sortes d'Ouvrages qu'à en traduire. C'est pourquoi on trouve en leur Langue les Amadis, l'Arcadie de Sydney, le Gusman d'Alfarache, l'Ariane de Desmarets, même jusqu'au Rabelais; quelquefois ils ont gâté & rarement ils ont amelioré leurs Originaux.

TABLE

D

A

A

A

TABLE
DES ARTICLES contenus dans la Bibliotheque des Romans.

§ 4

Contes

Fin de la Table.

BIBLIO-

BIBLIOTHEQUE DES ROMANS.

ARTICLE I.

ANCIENS ROMANS Grecs & Latins.

DE l'Origine des Romans par M. Pierre Daniel Huet, in 8. Paris 1670. *à la tête de l'Histoire de Zayde de M. de Segrais, à la priere duquel M. Huet fit ce petit Ouvrage, où il y a du curieux & du bon. On le met toujours à la tête de toutes les Editions de la Zayde, ce que M. Bayle aparemment n'avoit pas sçu ; sans quoi il ne l'auroit pas toujours cité en latin dans son Dictionnaire ; cette version, qui n'est pas de M. Huet, ne conserve* ~~ni~~ *la clarté & la beauté de l'original. D'ailleurs l'Ouvrage est sensément écrit, & le savoir qu'on y a sagement ménagé n'en interrompt pas la lecture, comme il n'arrive que trop souvent en matiere de recherches. L'Auteur cependant n'a pas tout dit, & nous avons fait ensorte d'y supléer dans quelques endroits de cet Ouvrage ; il n'a pas laissé d'être imprimé séparément dans les Editions suivantes.*

ni/ ni/

R ——— De l'origine des Romans par M. Pierre Daniel HUET in 12. *Paris* 1678. ——— 1682. *ces editions sont tres bel*

——— Idem in 12. *Paris* (c'est-à-dire *Amsterdam*) 1693. *ce sont des Editions séparées qu'on a fait de ce petit Ouvrage, indépendamment de celles que l'on trouve jointes à la Zayde de M. de Segrais.*

es/ m/

Petrus Daniel HUETIUS de Fabulis Romanensibus in 8. *Hagæ Comitum* 1683. *Il est joint dans cette version au Traité latin de M. Huet* De interpretatione & Claris interpretibus. *Mais l'Original* ~~qui est sagement écrit~~ *vaut beaucoup mieux que cette version.*

Gio. Battista GIRALDI Cintio, del modo di comporre Romanzi, Comedie & Tragedie, in 4. *in Venetia* 1554. *ouvrage assez rare. s'il n'est pas* I. Ro- *necessaire du moins est il utile par les matieres qu'il traite.*

On en a fait une Edition en 1711 à laquelle on a ajouté une Lettre sur M. D'Urfé

l'auteur de la traduct. latine est Guillaume Pyron (en latin Pyrrho) Professeur à Lyon, mort en 1684 à l'age de 47 ans

I Romanzi di Gio, Battista PIGNA,

2. I Romanzi di Gio. Battista PIGNA, ove si tratta della poesia dell' Ariosto. *in Venetia* 1554. cet ouvrage est plus rare que le precedent. e della Vita

2. Le Tombeau des Romans, où il est discouru contre les Romans pour les Romans. In 8. *Paris* 1626. *C'est je crois, le même Livre que le suivant.* c'est le même

FANCAN, ~~Discours~~ pour ~~& contre~~ les Romans, in 8. Paris 1626. *Ce Traité est extrémement rare. J'ai lû quelque part que l'Auteur étoit mort à la Bastille; sans doute ce n'étoit pas pour son Livre.* non, mais pour une satyre contre le Conet. de Luynes. V. le Long. Le Tombeau des Romans, où il est discouru contre &

Sentimens sur les Lettres & les Histoires galantes, par le Sieur DU PLAISIR, in 12. *Paris* 1683. *Ce n'est pas un Livre bien recherché. Le Sieur du Plaisir, si ce nom est vrai ou suposé, a publié encore quelques autres Ouvrages médiocres.* Voyez en un, pag. 113.

PARTHENIUS de Amatoriis affectibus ex interpretatione Janii Cornarii. Græcè & Latinè, in 8. *Basileæ* 1531. R.

——— Idem in 8. *Basileæ* 1555.

——— Idem in 8. *Heidelbergæ* 1601. *se trouve encore à la fin de l'Edition d'Achilles-Tatius de* 1606 *chez Commelin. Ce Parthenius étoit un Grec qui vivoit à la Cour d'Auguste, & qui, pour égayer les Poëtes Latins de son tems*, *recueillit en trente-six Chapitres assez courts, autant d'Histoires amoureuses, qui peuvent servir de sujet à des Nouvelles historiques.*

Les Affections d'amour de PARTHENIUS de Nicée, ancien Auteur Grec ; plus, les Narrations d'amour de Plutarque, traduites en François par Jean FORNIER, in 8. *Paris* 15...

—— Idem in 8. *Lyon* 1555. *Je m'étonne que cet Auteur n'ait pas été traduit de nouveau, ou du moins que l'on n'ait pas inseré ses Histoires dans quelques-uns de nos Romans ; en les accommodant néanmoins à nos mœurs & à notre façon de penser.*

LONGI Pastoralia de Daphnidis & Chloës amoribus, Græcè. *Florentiæ* 1599. —— & 1602. in 4. *cum notis latinis ad calcem adjectis.*

—— Idem græcè & latinè ex versione Gothofredi Jungermanni in 8. *Hanoviæ* 1605. —— & *Heidelbergæ* 1606.

—— Idem cum Paraphrasi poeticâ Laurentii Gambaræ in 8. græcè & latinè..... *Cette Paraphrase en vers est peu estimée des Connoisseurs.*

—— Idem ex interpretatione Petri Moll, græcè & latinè, in 4. *Franeckeræ*

Il a paru en 1783 sous nom de ville et sans [illegible] (Coustelier) in 4° petit format, Jolie [illegible] ou Grange

Apollodori Bibliotheca seu de Deorum origine graece et latine a Benedicto Aegio in 8° Commelini 1599

item ex recensione Tanaquilli Fabri Salmurii 1661 [illegible] de toute la fable et de tous les anciens Poetes [illegible]

Bibliothèque d'Apollodore ou de l'origine des Dieux traduite du Grec par Jean Passerat in 12 Paris 1605 cette version n'est pas commune mais est cependant peu recherchée

Bocace de la Genealogie des Dieux traduite du latin in fol. Paris 1498 — et 1531 on en [illegible] qui donne la plus [illegible] a Bocace [illegible] ce lorsqu'il a fait de plus savant [illegible] d'autres Latins [illegible] ou Grange [illegible]

Cette 1ère Édition De Paris pour Vincent Sertenas 1559, in 8° gd format de 83 feuillets chiffrés, caractères ronds, ne porte nulle part le nom du Traducteur, Jacques Amyot

ra 1660. assez belle Edition, & même peu commune.

Gli amori innocenti di Dafni & della Chloé, favola greca tradotta da Gio. Batt. Manzini in 4. *Bologna* 1647. *Je ne connois que cette version Italienne des amours de Daphnis & de Chloé, faite par le sieur Manzini, qui n'étoit pas un des plus grands Auteurs d'Italie, quoiqu'il ait travaillé sur plusieurs autres sujets.*

Les Amours de Daphnis & Chloé traduites du Grec de LONGUS par Jacques AMIOT in 8. *Paris* 1559. —— & 1608

—— Idem in 12. *Paris* 1718. avec six figures passablement gravées.

—— Idem in 12. *Paris* 1722.

—— Idem in 12 *Paris* 1731. avec les mêmes figures. *Cette derniere Edition est joliment imprimée; & c'est, aussi-bien que les autres, la version de* Jacques *Amiot.*

Les Amours de Daphnis & Chloé de la traduction de Jacques Amiot in 12. *Paris* 1718. *avec environ trente figures dessinées autrefois par feu M. le Duc d'Orleans Regent du Royaume, & gravées par le celebre Benoît Audran. Il est marqué à chaque figure* Philippus invenit. B. Audran sculpsit. *Cette édition est magnifique & très-rare. On n'en a tiré que 250 exemplaires, & ne s'est pas venduë, M. le*

Duc d'Orleans s'étant reservé le plaisir d'en faire des presens.

R Les Amours de Daphnis & Chloé traduites du Grec de LONGUS par Pierre MARCASSUS in 8. *Paris* 1626. *Ce M. Marcassus étoit un mediocre personnage. Il a fait une chétive histoire grecque pleine de fautes, & dont je n'ai pu lire quatre pages de suite. Et cette version de Longus, quoique plus nouvelle, n'est pas si estimée que celle d'Amiot; mais il a traduit l'Ouvrage en entier, ce qu'Amiot n'avoit pas toujours osé faire, à cause de quelques libertés, qui ne devoient pas néanmoins étonner un Abbé de la Cour d'Henry II. & de Charles IX. Nous avons déja parlé de ce Roman, qui s'est rendu celebre dans ces dernieres années par les beaux desseins que M. le Duc d'Orleans en avoit faits dans sa jeunesse; mais je crois pouvoir avertir que les Editions de 1716. 1718. & de 1731. sont plus parfaites que les précedentes, parce qu'on y a rétabli les endroits qu'Amiot n'avoit osé traduire.*

R Achilles TATIUS de Clitophontis & Leucippes amoribus libri octo græcè & latinè in 8. *Heidelbergæ Commelin* 1601. & 1606. *Ce Roman qui est ancien a été imité en quelques endroits sur celui d'He-*

avec le Longus et le Parthenius

histoire des pastorales et bergeries amou-
de Daphnis et Chloe augmentée par
Gauchet in 16 Paris 1609

Les amours de Daphnis et Chloe trad. en anglois
par George Thornley Londres 1657 in 8

Achillis Statij Libri VIII Latini facti
Crucio Bas. 1554 in 8°

Los mas fieles amantes Leucippe y Clitofonte
Por D. Diego Agreda y Vargas in 8° en Madrid 1617.

~~Les amours de Clitophon et de Leucippe~~

d'Heliodore, ce dernier néanmoins est beaucoup plus parfait. On sent bien qu'il vient d'un Rheteur qui a voulu quelquefois faire parade d'éloquence. Il manque aussi dans le principe des mœurs, n'étant pas aussi modeste & aussi retenu qu'Heliodore.

Narrationis amatoriæ fragmentum è græco in latinum conversum à L. Annibale Crucejo (id est Achillis Tatii amores Leucippæ & Clitophontis) in 8. *Lugduni* 1544.

Achillis Tatii de Clitophontis & Leucippes amoribus libri VIII. gr. lat. ex recens. Salmasii, *Lugd. Bat.* 1640. in 12. *belle & magnifique Edition.*

Amorosi Ragionamenti, dialogo nel quale si racconta un compassionevole amore di due Amanti (Clitophonte & Leucippe) trad. per Lod. Dolce da i fragmenti d'uno antico scritto greco (Achille Tatio) in 8. *Vinegia* 1546.

Achille Tazio dell' amore di Clitofonte & Leucippe tradott. di Lingua greca in Toscana da Fr. Angelo Coccio, in 8. *in Venetia* 1560. — 1563. — 1568. — & in 8. *in Fiorenza* 1598. 1599. & 1617.

Les Amours de Clitophon & de Leucippe, traduites du grec d'Achilles

TATIUS par B. Comingeois, in 8. *Paris* 1568. — & 1575. *On dit que cette version est de François Belleforest, l'un des plus féconds Ecrivains de ce tems là; mais cela n'est ni bien sûr, ni bien important.*

—— Le même traduit nouvellement en François, in 8. *Paris* 1635.

HELIODORI Historia Æthiopica de amoribus Theagenis & Caricleæ, gr. lat. cum notis Commelini, in 8. *Heidelbergæ Commelin* 1596. — & in 8. *Lugduni* 1611.

—— HELIODORI Æthiopicorum libri X. cum emendationibus & animadversionibus Jo. Bourdelotii gr. lat. *Paris* 1619. in 8. *C'est ici la meilleure Edition du texte de ce Roman.*

—— Idem cum notis Parei, in 8. *Francofurti* 1631.

—— Idem in 12. *Lugduni Batavorum* 1637.

—— Idem in 8. græce & latine *Amstelodami* 1701. *belle Edition, & celle de* 1637. *fort jolie. Ce Roman passe pour le meilleur de ceux de l'antiquité, que le tems nous a conservé.*

Historia di HELIODORO delle cose Ethiopiche, trad. di greco in Toscana lingua da LEON GLINCI in 8.

in

B 8.

+ Heliodori Historiæ Æthiop. Libri X Græce Basileæ 1534 in 4°

Idem, Latine Basileæ 1552 in fol

Crusij Epitome eorundem Francof. 1584 8°

Je crois que cette Version est de Jean Baudouin écrivain laborieux, mais qui n'étoit pas toujours exact.

Les amours de Clitophon et de Leucippe traduites du Grec d'Achilles Tatius par A. R. in 8. Paris 1625

Les amours de Clitophon et de Leucippe traduction libre du grec d'Achilles Tatius avec des remarques Notes, par S^r Du Pas in 12. Paris 1734. on dit que cette Version est de + M. l'abbé Desfontaines. je le souhaite pour l'honneur du sacerdoce. on voit par là que cet illustre abbé s'est toujours reconcilié avec l'amour légitime ~~par~~.

Les amours de Clitophon et de Leucippe traduittes du grec d'Achilles Tatius in 12 amsterdam 1734. cette version n'est pas aussi estimée que la précédente.

par M. de Castera

+ L'Exemplaire de Mr Chardon de la Rochette porte sur la 1ere page ces mots: Ex dono A. de Montenault d'Egly, Authoris. ainsi ce n'est pas l'A. Desfontaines, mais M. d'Egly qui est l'auteur de cette traduction

Pag. 99

1559

1560

La Nueva Cariclea o nueva traduccion de la Novela de Theagenes y Cariclea por Fernando Manuel de Castillejo in 4° en Madrid 1722.

in Venet. 1588. — 1623. & 1636.

HELIODORO Historia Etiopica de los amores de Teagenes y Cariclea, in 8. *in Alcala* 1587. — in 8. *en Madrid* 1615.

—— Historia de los dos Leales amantes Theagenes y Cariclea, transladada por Fernando de MENA, vista y corregida por Cesar OUDIN, in 12. *Paris* 1616.

Histoire Ethiopique de HELIODORUS, contenant dix Livres, traitant des loyales Amours de Theagenes & Cariclée, trad. du grec en françois par Jacques AMIOT, in folio, *Paris* 1549. — & 1559.

—— Idem in 8. *Paris* 1549. — 1623. — 1626. — 1633. *Ces trois dernieres Editions sont avec figures.*

—— Idem in 16. *Paris* 1570. — 1616. — *Lyon* 1575. — & 1584. *Il y a encore d'autres Editions de la version d'Amiot. Il étoit bien juste que ce fût un homme d'Eglise qui traduisit ce Roman, fait, dit-on, par un homme qui depuis est arrivé à l'Episcopat. C'est par cette version qu'Amiot s'est enrôlé dans la Confrerie des Auteurs, & il en eut pour récompense l'Abbaye de Bellozane; à peine aujourd'hui lui diroit-on je vous remercie. Ce Roman, malgré* quelques défauts, est regardé comme l'Homere des Romanciers.

Les Amours de Theagenes & de Chariclée, traduites du grec d'HELIODORE par Jean de MONTLYARD, corrigées par Henry d'AUDIGUIER, in 8. Paris 1620. — & 1622. avec figures. Ces Editions ne laissent pas d'être estimées des Libraires, qui les vendent plus cher que les autres de ce Roman; c'est, dit-on, à cause des figures legerement ou gaillardement dessinées; mais elles sont pesantes & sans beaucoup de goût.

Les Amours de Theagenes & de Chariclée par M. MALNOURY de la Bastille, in 12. Amsterdam 1716. Cette version n'a pas fait beaucoup de bruit dans le monde.

Les Amours de Theagenes & de Chariclée, traduite du grec d'HELIODORE, in 12. Amsterdam 1727. 2 volum. Cette derniere version est assez bonne & assez recherchée.

Les Amours de Theagenes & de Chariclée, réduites du grec d'HELIODORE en huit Poëmes dramatiques par Alexandre HARDI in 8. Paris 1628. Poëme peu connu, assez rare, & qui cependant n'a pas été fort recherché. Hardi a fait plus de bruit par ses

Pieces

Les Chastes et loyalles amours de Theagenes et Chariclea Rouen. 1607. in 12.

16

Traduction libre du grec d'Heliodore

X passable. L'auteur se nomme Germain françois Poullain sieur de Sainte foy, originairement garde du Roy de la Compagnie de Noailles; puis officier au Regiment de Noailles et maintenant (c'est à dire en 1735) maitre particulier des eaux et forests de Rennes en Bretagne sa patrie. Il est auteur de la mauvaise comedie de Pandore, representée a Paris sur le Theatre des Comediens françois le 13 Juin 1721. Je suis faché de parler si naturellement, mais qu'y faire ce n'est pas ma faute, que ne me donne t'on lieu de parler mieux de la plupart des auteurs.

Historia verdadera de Luciano, traduzida de Greco en Lengua Castellana in 4. argentina 1551. ~~c'est je crois le seul livre Espag.~~ morceau assez rare, mais cependant peu recherché de cette traduction

Pieces de Theatre que par ~~cette Piece~~ ce morceau de Poësie.

Du vrai & parfait Amour, écrit en grec par ATHENAGORAS, contenant les Amours de Theogenes & de Charide, de Pherecides & de Melangenie, in 12. *Paris* 1599.

—— Idem in 12. *Paris* 1612. *M. Huet, après bien des réflexions, croit que cet Ouvrage n'est point d'Athenagoras, mais de Philander, le texte grec n'en ayant jamais été connu d'aucun Ecrivain. Philander le fit, dit-on, pour le Cardinal d'Armagnac, grand amateur d'architecture, dont il y a beaucoup de descriptions dans ce Livre., qui d'ailleurs n'est pas commun, quoique peu intéressant. On y reconnoit cependant ~~quelques~~ de grandes beautés, & quelques endroits qui sentent la belle l'antiquité.* R.

LUCIEN, l'Histoire véritable dans la version françoise de cet Auteur par Nicolas Perrot d'ABLANCOURT, se trouve aussi dans les Editions grecques de cet habile Litterateur. *Lucien qui avoit donné un excellent Traité de la maniere d'écrire l'Histoire, a publié ce Roman sous le titre d'Histoire véritable, pour montrer une idée des préceptes qu'il avoit établis.*

Vitæ res geſtæ SS. Barlaam Eremitæ & Joſaphat Indiæ Regis. Auctore S. Joanne DAMASCENO, ex interpretatione Jacobi BILLII, in 16. *Antuerpiæ* 1602. *Ce Roman eſt vrai-ſemblablement de S. Jean Damaſcene. Il a plutôt la forme d'Hiſtoire que celle de Poëme épique. C'eſt un Roman de ſpiritualité qui traite de l'amour, mais de l'amour de Dieu : c'eſt ce qui a porté* ~~*des perſonnes très-pieuſes*~~ *à le publier en françois.*

Hiſtoria de Barlaam y Joſaphat, in 8. *en Madrid* 1608.

Hiſtoire de Barlaam & de Joſaphat Roy des Indes, traduite du grec de S. Jean DAMASCENE par Jean de BILLY Chartreux, in 8. *Paris* 1574. — & 1578.

Hiſtoire de Barlaam & de Joſaphat, traduite du grec de S. Jean DAMASCENE par le Pere Antoine GIRARD de la Compagnie de Jeſus, in 12. *Paris* 16... J'ai deja fait connoître que X

2 Euſtathius de Iſmeniæ & Iſmenes amoribus, gr. lat. à Gilberto GAULMIN, in 8. *Paris* 1617. — 1618. *Belle & bonne Edition d'un Roman aſſez médiocre. Quoiqu'elle ſoit marquée ſous la date de deux années differentes, je crois néan-*

‡ Jacques de Billy Chartreux

X Le Traducteur est fort different du celebre Pere Girard + de Toulon, aussi Jesuite, qui de nos jours a écrit de vilains Romans dans les factums, qu'il a été obligé de faire pour sa justification: ‡ ces factums qui l'ont rendus coupables aux yeux du Public eclairé et qui ne l'ont pas justifiés auprés de ses Juges, ^ mais enfin il est mort il n'en faut plus parler.

‡ Sur ses amours avec La Demoiselle Cadiere

^ pas même auprés de ses confreres quelque contenance qu'ils ayent tenue.

R

R

néanmoins que c'est la même Edition.

Eustathius de Ismeniæ & Ismenes amoribus gr. lat. in 12. *Lugd. Batavorum Elzevir* 1634. — Idem in 12. *Lugduni Batavorum* 1644. *Jolies Editions, & qui peuvent entrer dans le Recüeil des Editions des Elzevirs. Je n'ai pas bien examiné si c'étoient deux Editions differentes, ou une seule sous diverses dates.*

R Gli amori d'Ismenio, per EUSTATHIO, & di greco tradotti per Lelio CARANI in 8. ~~Venet.~~ Fiorenza 1550. ~~&~~ Venetia 1560. Editions belles et peu communes.

R Les Amours d'Ismenie, traduites du grec du Philosophe EUSTATHIUS par Jean LOUVEAU, in 8. *Lyon* 1559. *Traduction aßez bonne pour le tems où elle a été faite.*

Les Amours d'Ismene & de la chaste Ismine, écrites en grec par EUSTATHIUS, traduites en italien par Lelio CARANI, & d'italien en françois par Jerôme d'AVOST, in 16. *Paris* 1582. *L'Auteur de cette version, homme habile, étoit au service de la Reine Marguerite de Navarre sœur de Charles IX. & de Henry III.*

Les Avantures amoureuses d'Ismene & d'Ismenie, Histoire grecque d'EUSTATHIUS, traduite par Guillaume COLLETET, in 8. *Paris* 1625. R

Tradu-

Traduction assez bonne, mais heureusement nous en avons une meilleure & plus moderne ; car quoique Colletet fut habile, il écrivit cependant assez pesanment.

Les Amours d'Ismene & d'Ismenie, traduites par M. DE BEAUCHAMPS, in 12. *Paris* 1729. *Version* [redacted] *imitation fort jolie ;* [redacted] *l'Auteur a exprimé peut-être un peu trop tendrement des endroits assez délicats : bien des Lecteurs ne s'en offenseront pas dans le particulier ; mais ils seroient peut-être obligez, pour satisfaire aux bien-séances d'en rougir en public.*

THEODORI PRODROMI Rhodantes & Dosiclis amorum libri IX. gr. lat. interprete Gilb. GAULMINO, in 8. *Paris* 1625.

Titi PETRONII Arbitri satyricon, cum Fragmentis Albæ Græciæ recuperatis & editis à Francisco NODOTIO, in 12. *Paris.* 1693. *Il y a beaucoup d'autres Editions de Petrone ; mais je crois qu'à titre de Roman il suffit d'indiquer celle-ci. M. Nodot, homme d'esprit & de mérite, nous en a donné une Version françoise, aussi-bien que l'Edition latine de 1693. Il s'est imaginé sans doute que le Public avoit beaucoup moins d'esprit que lui. Il a feint qu'on avoit trouvé*

pour la pag 14.

Traduction Françoise anonyme, impr. sans nom de ville (à Paris chez Coutelier) en 1746, in 8° petit format

Nonni Dionysiaca graecè et Latine interprete Eilhardo Lubino in 8° Hanoviae 1605. cette Edition de ce Poete est assez rare

Les Dionysiaques ou les Voyages, amours et conquetes de Bacchus aux Indes par Nonnus et traduites en francois par Boitet in 8. Paris 1625. C'est plutot un Poeme qu'un Roman: cependant comme il y a pour le moins autant d'amours que d'actions heroiques, je croy le pouvoir placer dans la classe de ces derniers.

De nuptiis Thesei et Aemiliae versibus politicis graecis in 4° Venetiis 1519. M. Du Cange parle de ce Roman au tome 2. de son glossaire grec pag. 65 de la Table des auteurs.

~~Petrone traduit en vers françois par M. le President Bouhier~~

Petrone traduit en Vers in 12. Paris 1667. Traduction peu estimée et meme presqu'inconnuë tant Elle est negligée

~~Abrt~~

Matrona Ephesia, sive Ludus Serius in Petronii Arbitri Matronam Ephesiam B. Harrisii in 12° Londini 1665. La matrone d'Ephese, qui est un des Jolis endroits de Petrone a été tournée de tous sens par divers beaux esprits : S. Evremont, Bussi Rabutin, et La fontaine, l'ont egalement bien traitée, chacun à sa maniere.

trouvé à Belgrade un Manuscrit entier de Petrone, & l'a publié dans les deux Langues, avec les Suplemens qu'il a cousus lui-même. La supercherie ne fût pas longtems à être connuë. M. Nodot ne laissa ~~pas~~ point par honneur *de tenir ferme contre les Critiques, & de faire paroître plus d'une fois son Ouvrage. Tout le bien que cela peut faire est de donner une sorte de liaison à un Ouvrage qui est extrêmement imparfait dans l'Original. C'a peut-être été la seule vuë de M. Nodot, en ce cas il est loüable, autrement non.*

PETRONE en latin & françois, suivant le Manuscrit trouvé à Belgrade, traduit & enrichi de remarques & de figures par François NODOT, in 8. *Paris* (c'est-à-dire *Amsterdam*) 1694. 2 volum. — & *Cologne* (*Amsterdam*) 1698. 2 volum. ces deux Editions sont assés belles.

PETRONE latin & franç. Traduction entiere, avec plusieurs remarques, augmentée de la Contre-critique, in 12. 1709. 2 volumes.

LUCII APULEII Asinus aureus editus per Poggium, in folio circa *annum* 1476.

LUCII APULEII Metamorphosis cum notis Joannis Pricæi, in 8. Goudæ 1650.

Idem

Poeme de Petronne sur la guerre civile entre Cesar et Pompée, in 4° amsterdam 1736. cette traduction est de m. le President Bouhier l'un des premiers oracles de la litterature par notre siecle et qui est encore plus estimable qui joint aux belles lettres un politesse a l'epreuve.

—— Idem cum aliis operibus Apuleii, in 8. *Basileæ* 1560. 3 volumes.

—— Idem cum aliis operibus Apuleii cum notis & interpretatione Juliani FLEURI ad usum Serenissimi Delphini, in 4. *Parisiis* 1688. 2 vol. *Cette Métamorphose est ce que nous apellons l'Asne d'or d'Apulée. Il y en a une autre de Machiavel, dont nous parlerons ailleurs.*

APULEO l'Asino d'oro volgare tradotto per Matteo Maria BOYARDO, in 8. *in Venegia* 1537. — & 1549.

APULEIO, l'Asino d'oro tradotto per Agnolo FIRENZUOLA, in 8. *in Firenze* 1549. — 1598. — 1603. — & in 12. *in Venetia Gelioto* 1550. — 1567. — 1591. *C'est ici un celebre Traducteur, & l'un des Puristes de la Langue italienne, & malgré toutes ces Editions ce Livre ne laisse pas d'être rare. Les Editions de* 1549. 1550. *&* 1567. *sont les plus estimées.*

Libro de l'Asino de oro de Lucio APULEIO, in 8. *en Madrid* 1601. *Traducteur anonyme, mais assez bon.*

Les onze livres de l'Asne doré, autrement dit, de la Couronne de Cerés, Auteur Lucius APULEIUS, contenant maintes belles Histoires, Fables &

++ on croit que c'est une imitation des celebres fables milesiaques, qui renfermoient des contes amoureux, pareils a ceux que l'Italie et la France ont produits si abondamment.

+++ d'apulée, un Livre de Piété par les devotes applications que l'on en fait a la Religion et à La vie spirituelle. c'etait le gout du temps de meler Le Christianisme avec La fable.

& subtiles inventions; à la fin desquels Livres est ajoûtée l'exposition spirituelle du contenu en iceux par Guillaume MICHEL, in 4. *Paris* 1522. gothique. il est beau d'avoir fait de l'ane d'or

L'Asne d'or d'APULE'E, traduit en françois par George de la BOUTHIERE, in 8. *Lyon* 1553. — & 1556.

[——— Idem, traduit en françois par Jean LOUVEAU, in 8. *Paris* 1558. — 1584. in 16. *Paris* 1586. [alinea

——— Idem in 16. *Lyon* 1558.

[——— Idem, traduit en françois par Jean de MONTLYART in 8. *Paris* 1612. — 1623. — & 1631. — 1637. *Ces Editions, sur-tout celle de* 1612. *sont assez recherchées, peut-être à cause des figures; car c'est le régal de tous les Livres* ~~*joyeux*~~ d'amusement *d'en être décoré.* mais il y a une edition in 12. de 1616. où il n'y a point de figures. [alinea

alinea [——— Idem, Traduction nouvelle in 12. *Paris* 1696. 2 volumes.

——— Idem in 12. *Paris* 1707. 2 vol. *avec figures. M. l'Abbé Compain de S. Martin, Auteur de cette nouvelle Traduction, a passé quelques endroits un peu chatouilleux. Hé! les pecores de Traducteurs, qui ne sont pas capables de nous faire entendre sagement & agréablement les choses les plus* ~~*joyeuses,*~~ vives et les plus touchantes.

— Idem in 12 Paris 1736. 2 volume.

Hercole Udine, ~~la~~ Avenimenti amorosi di Psiche con una breve

breve Allegoria d'Angelo GRILLO, in 12. *in Venetia* 1599. *Les Amours de Psiché & de Cupidon sont un des beaux endroits d'Apulée, & la Fontaine en l'imitant en a fait un chef-d'œuvre.*

L'Amour de Cupidon & de Psyché, mere de volupté, prise des cinq & sixiéme Livres de la Metamorphose de Lucius Apulejus, exposée en vers françois par Jean MAUGIN, correspondant aux Vers italiens mis de l'autre côté, in 8. *Paris* 1546. — & 1557.

Les Amours de Cupidon & de Psiché, Traduction nouvelle, avec des Remarques, in 12. *Paris* 1695. par le Sieur Ignace de BRUGIERE, *de qui, outre cette version d'Apulée, nous avons encore d'autres Ouvrages en matiere romanesque, aussi-bien qu'un Recueil d'Epigrammes françoises, tirées de nos meilleurs Poetes. Il y a joint une Traduction du Traité latin de la Beauté poetique que M. Nicole avoit mis à la tête du* Delectus Epigrammatum. *Mais je soupçonne que le fond de cette Traduction vient de M. de la Faille, qui l'avoit fait imprimer à Toulouse quelques années auparavant.*

SENOFONTE Efesio, degli amori di Abrocome & d'Anthia libri V. tradotti da Antonio Maria SALVINI, in

Dans le globe de [illegible] note [illegible]
Page 329 [illegible]

Edition ass. rare

[illegible]

Xenophontis Ephesii Ephesiacorum
libri V de amoribus Anthiae et
Abrocomae graece [illegible]
[illegible]
Londini 1726 [illegible]
et la [illegible] que je [illegible]
[illegible]

R Les Amours d'Abrocome et d'Anthie
histoire Ephesienne trad. ~~[illegible]~~ suite de
Xenophon par Mr Jourdan avec
fig. (Paris) 1748 in 12. Edition
assez belle

R Les Ephesiaques de Xenophon Ephesien
ou amours d'Anthie et d'Abrocomas trad. en
françois Paris Bruxelles 1736 in 12

+ Voyez ma note [illegible] sur ce livre tom 3
pag 377 [illegible] Edition d'Italie 1723 in 4

Histoire de Clamades et de la belle Clermonde traduite
de l'Espagnol par Philippe Camus in 4 Paris Goth.
que nous avons encore d'autres Romans de ce Philippe Camus. C'estoit comme je crois un Flamand
qui vivoit en Espagne du temps de Charles
quint [illegible]

Les amours de Clamades et de Clermonde, trad. de
R l'Espagnol [illegible] Paris 1733 in 12 Ce
petit ouvrage est tiré de l'Espagnol, traduit par
Madame de Richebourg, de qui il vient, est un
homme d'esprit ~~[illegible]~~ qui a beaucoup
rectifié son original, qui est extrêmement
imparfait. + Madame de [illegible] de Richebourg
[illegible]

in 12. *in Londra* 1723. *L'Original grec de cet Ouvrage* n'est ~~n'a jamais été~~ *connu*, ~~*non plus qu'aucune autre version. Ainsi il paroît que c'est là une supercherie assez ordinaire aux Romanciers, qui veulent faire paroitre leurs productions sous des noms respectables.*~~ que depuis peu, s'il y en avoit une traduction françoise en manuscrit dans la Bibliotheque de mad. la Comtesse de Verrue.

ARTICLE II.

ROMANS D'AMOUR *Espagnols.*

EL Cavallero Conde Partinuples, Sua Coronica y de Sus grandes hechos in armas. in 8. *Tarrazona* 1488. — in 4. *Alcala* 1513. + *La premiere édition de ce Roman est en vieil langage Catalan.* + — in 4º en de ville 1648.

La Historia del Cavallero Clamades hijo de Mercadilas Rey di Castilla y de la Linda Claramonde hija del Rey de Toscana, in 4. en Alcala 1603.

Carcel de Amor del Señor Diego HERNANDEZ DE SANT PEDRO, in 4. *en Burgos* 1496. — in 4. *en Zaragoça* 1516. *On verra par les Editions suivantes que ce Livre assez bon a été réimprimé plusieurs fois.*

Carcel de Amor por Diego de SANT PEDRO, in 4. *en Sevilla* 1525.

La Carcel de Amor, Novelas, y otras Obras de Hernando de Sant Pedro in 8º in Venetia Giolito 1553

La Prison d'Amour, laquelle traite de l'Amour de Leriano & de Laureole, à la loüange des Dames, traduite de l'Espagnol par Gilles CORROZET, in 8. *Paris* 1526. — Idem Espagnol & François, in 16. *Paris* 1560. — & 1567. *On donne quelquefois à ce Livre son titre Espagnol de* Carcel d'amor.

—— Carcel de amor : La Prison d'amour en Espagnol & en François, in 16. *Paris* 1616.

Question de amor y Carcel de amor, in 12. *en Emberes* 1556. *Le fond de cette petite Histoire est véritable, & s'est passée, dit-on, à Naples sous les Régnes des Rois Catholiques Ferdinand & Isabelle.*

La Prigione d'amor tradotta dal Spagnuolo, da Lelio MANFREDI, di Ferrara, in 8. *in Venetia* 1546.

Arnalte y Lucenda por Diego de SAN PEDRO, in 4. *en Sevilla* 1525.

Arnalte & Lucenda, Histoire de l'Amant maltraité de sa Mie, traduit de l'Espagnol par Nicolas de HERBERAY, Sieur des Essars, in 8. *Paris* 1539. — & in 8. *Lyon* 1540. — *Paris* 1541. — Idem in 16. *Lyon* 1551. *Je n'ai pû avoir connoissance de l'Original Espagnol de cet Ouvrage, dont la Version françoise est assez estimée. Elle vient d'un des*

+ son françois ne laisse pas d'être assez rare

R Histoire de Florès et de Blanchefleurs tirée de l'Espagnol par M. M. d. R. in 12° Paris 1735 l'original Espagnol a trop de simplicité et de singularité. M. Maugin de Richebourg l'a bien rectifié et en a fait un ouvrage raisonnable

Jt

+ il a fait quelques autres ouvrages Latins indiqués à son article dans la Biblioth. Hispana nova de Nicolas Antonio. il etoit presque contemporain que le fameux Jésuite des mêmes noms, mais d'une Province différente.

des plus polis Ecrivains des régnes de François I. & d'Henry II. à qui nous sommes redevables de la Version des premiers volumes des Amadis. l'ouvrage soit Espagnol

Flores y Blancaflor, in 4. *en Alcala 1512. Roman aßez simple, mais où il y a du singulier.*

Histoire amoureuse de Flores & de Blanchefleur, traduite de l'Espagnol par Jacques VINCENT, in 8. *Paris 1554.* — & *Lyon 1571. Traduction passable,* et usée.

Historia Nuevamente hecha de los honestos amores del Cavallero Peregrino, y de Doña Hinebra, in folio, *en Sevilla. Sans date, mais très-ancien, & vers l'an 1520.*

Florimont & Passeroze, traduit de l'Espagnol en Prose françoise, in 8. *Lyon 15....*

Joannis Maldonadi Hispaniola quæ Plautinâ festivitate, Terentianâ que facundiâ redundans, varios amantium casus, jucundosque successus non sine venustate elegantiâque complectitur, in 4. *Pinciæ 1525. L'Auteur, qui étoit Vicaire General de l'Evêque de Burgos, a fait, outre ce Roman, une Vie des Saints aßez estimée en Espagne. C'est toûjours le même genre.*

La déplorable fin de Flammette, traduit de l'Espagnol de Jean de FLORE's, par Maurice SCEVE Lyonnois, in 8. *Lyon* 1535. *Roman fort joli & fort estimé. Maurice Sceve fut un des beaux esprits du régne de François I. & d'Henri II. connu encore par d'autres Ouvrages.*

Historia de Grisel y Mirabella con la Disputa de Torrellas y Brazaida por Juan de FLORE'S, in 4. *en Sevilla* 15... — in 4° en Toledo 1527 1526.

Historia exemplar de las dos constantes Mugueres Españolas por Don Luys PACHECO de NARVAEZ, in 4. *en Madrid* 1635.

Tragicomedia de Lysandro y Rosea, in 8. *en Madrid* 1542.

Tragedia Policiana, en la qual se tratan los amores de Policiano y Filomena, in 8. *Toledo* 1546.

Alfonso Nuñez de REINOSO; Historia de los amores de Clareo y Florisea, y de los Trabajos de Isea, en verso, in 8. *in Venetia*, *Giolito* 1552.

La piteuse Histoire des amours de Clareo & Florisea, & de la peu fortunée Isea, traduite de l'Espagnol par Jacques VINCENT, in 8. *Paris* 1554.

La Dama Beata, por Joseph CAMERINO

MERINO

11

Los Diez Libros de Fortuna d'amor por Antonio de lo Frasso in 8. en Barcelona 1563

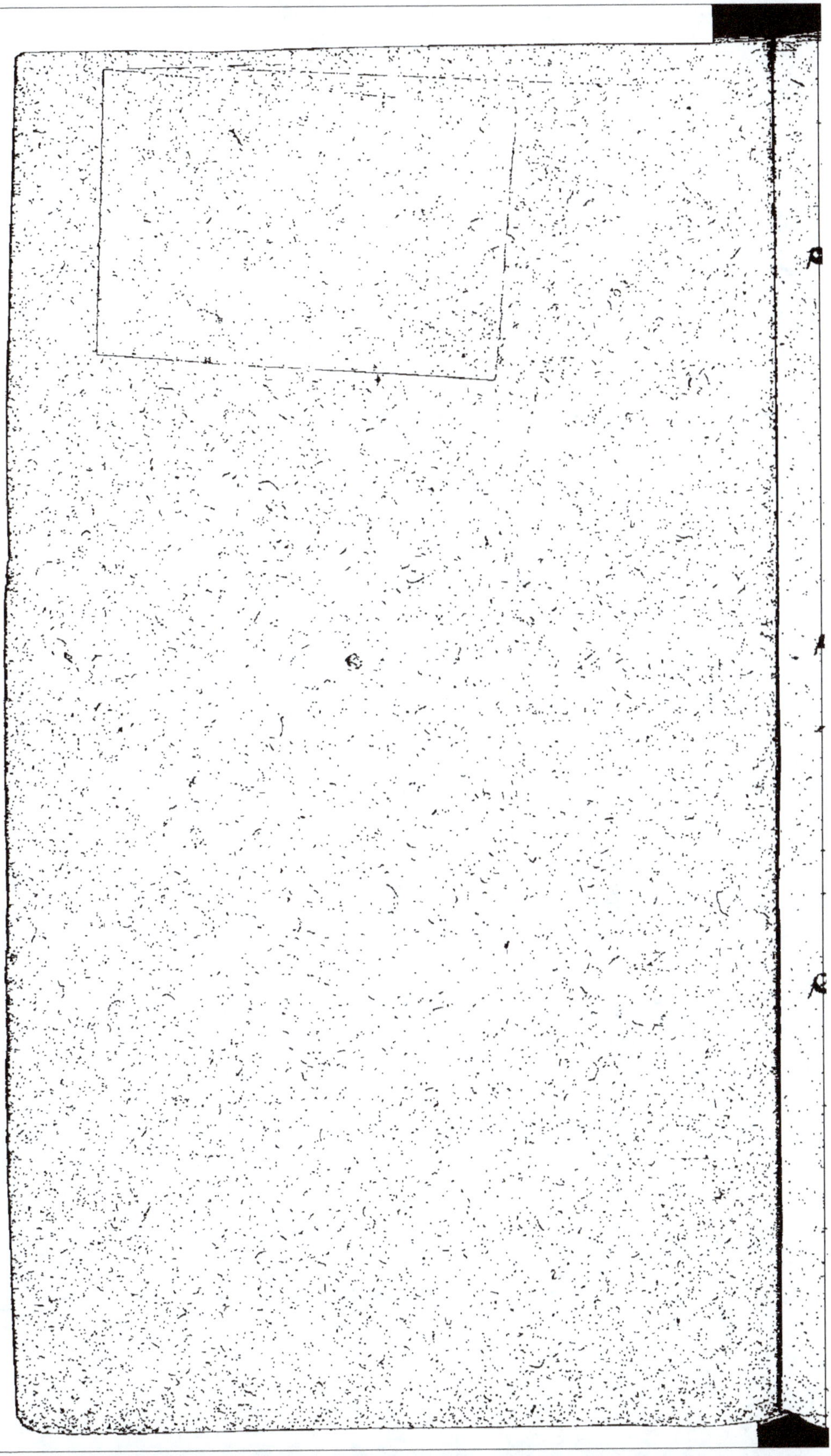

Contos y diversas historias, por
~~Gonç~~ Gonçalo Fernandez, fran-
coso in 4° Lixboa 1585

MERINO Procurador de los reales Consejos, in 4. *en Madrid* 1655.

R Diana de George de MONTE-MAJOR con l'Historia de Alcida y Silvano, in 12. *en Amberes* 1580. — & in 8. *en Madrid* 1585. 2 vol. — & in 12. *en Valentia* 1602. *Livre passable.*

— & 1602. — Paris 1603. mele' de vers et de prose et qui a eu cependant de la reputation.

Alfonso PEREZ la Diana enamorada, in 8. *en Amberes* 1564. *Livre très-mauvais, qui fait la suite du Tome II. de la Diane de Monte-Major, ~~Auteur Portugais, qui n'est ni bon, ni mauvais~~; mais il y a une suite excellente de Gil-Polo en cinq Livres sous le titre suivant.*

R La Diana Enamorada que prosigue la Diana de Jorge de Monte-Major, por Gaspar GIL-POLO, in 8. *en Valentia* 1564. — in 8. *en Amberes* 1567. — & in 12. *en Amberes* 1574. — in 12. *Paris* 1611. — & in 12. *Brussel.* 1613. — in 8. *Madrid* 1622. *Ouvrage excellent en son genre, & que le celebre* BARTHIUS *a traduit en latin dans son* Erodidascalus seu nemoralia, in 8. *Hanoviæ* 1625.

R La Diane de Monte-Major, où sous les noms de Bergers & de Bergeres sont compris les Amours des plus signalez d'Espagne, traduite de l'Espagnol en François par Nicole COLIN, in 12. *Reims* 1578. tom. 1.

—— Idem tom. 2. & 3. traduit par Gabriel CHAPUYS, in 16. *Lyon* 1582. 2 vol.

—— Idem in 12. *Paris* 1587. 3 tomes en un volume.

R —— La même, traduite par S. G. PAVILLON, avec l'Espagnol à côté, in 12. *Paris* 1603. — 1613.

—— La même, traduite par Abr. REMY, in 8. *Paris* 1624. Traduction passable

A —— La même, Traduction nouvelle, par Antoine VITRE', in 8. *Paris* 1631

Antoine Vitré fut le celebre Imprimeur, dont les impressions sont si estimées & dont la probité a été si connuë, que son nom est en

La Diane de Monte-Major mise en nouveau langage, avec une Idile sur le Mariage de Madame la Duchesse de Lorraine & des Lettres en vers burlesques par Madame Gillot de SAINTONGE, in 12. *Paris* 1696. — & 1699.

cette version quoique nouvelle n'a pas eu beaucoup de succes.

R Casparis BARTHII Erodidascalus sive nemoralium Libri V. ad Hispanicum Gasparis GILLI-POLI, cum figuris, in 8. *Hanoviæ* 1625. X

Andrés de Roxas ALARÇON, los graciosos successos de Tirsis y Tirseo, in 8. *en Madrid* 1581.

R Selva de Aventuras, la qual trata de los Amores de Luzman y Arbolea, por Geron.

R Tractado de la Hermosura y del amor por maxim Calvi. in folio en milan 1576 La beauté fait naitre l'amour; mais l'esprit et le coeur le sontiennent. ce tracto est assez rare.

) idem. Tours. 1592, 3 vol. in 12

corrigés par J. D. Bertranet

11 1623 Vitray

encore aujourd'huy en veneration; il n'en est pas de meme de ses autres confreres de Paris, a peine dans trois cents en trouvera, ~~deux ou trois~~ trois ou quatre ~~passablement~~ honnetes gens. Je ne dis rien des autres; il est defendu de medire.

Le Roman Espagnol ou nouvelle traduction de la Diane ecrite en Espagnol par Monte mayor in 12 Paris 1735 par M. le Vayer de Marsilly, Mr. des Requestes c'est une traduction de la Diana enamorada de Gil Polo, dont nous avons parlé cydessus.

~~Les charmes de Felicie tirés de la Diane de Montemajor~~

Dechado de Varios Subjectos, Prosas y Versos p
Geronimo de Contreras. in 8. en Alcala 1581

Desengaño de Celos, prosas y Versos, por Bartholome
Lopez de Enciso in 8° en Madrit 1586. il est aussi d
cile de guerir de la jalousie que de l'amour

La Genealogia de la Toledana Discreta por Eugeni
Martinez in 4° en Toledo 1599 — et in 4° en
Alcala de Henares 1604 ouvrage peu commun e
assez estimé!

Geron. de CONTRERAS, in 8. *en Alcala* 1590.
Livre très-ag
en François p
des plus fécon

Les étran
mours de L
ville & Arl
gnol de Jer
par Gabriel
1580. — *Par*
1598.

Bernardo I
Nimfas y Pa
...... 1587

Hier. de C
sea Enamora
1594. *Prose e*

Bernardo
Cotalda, y C
Mexico 1601.
de Mexico da
Antonio le cro
qui suit :

El Pastor d

Giurnalda de Venus, y amor Enamorado prosas y versos por Hieron. de HEREDIA, in 8. *Barcelona* 1603.

El Amor enamorado, in *Estimé pour l'esprit. L'Ouvrage est de*

Geron. de CONTRERAS, in 8. en Alcala 1590. — & in 8. Saragoça 1615. Livre tres-agréablement écrit & traduit en François par Gabriel Chapuys, l'un des plus féconds Auteurs du XVI siécle.

Les étranges Adventures des Amours de Luzman Chevalier de Seville & Arbolea, traduites de l'Espagnol de Jerôme de CONTRERAS par Gabriel CHAPUYS, in 12. Lyon 1580. — Paris 1587. — & in 12. Rouen 1598.

Bernardo Perez de BOBADILLA, Nimfas y Pastores de Henarés, in 8. .... 1587.

Hier. de COVARRUVIAS, Elisea Enamorada, in 8. en Valladolid 1594. Prose & vers.

Bernardo de la VEGA, la Bella Cotalda, y Cerco de Paris, in 8. En Mexico 1601. Ouvrage d'un Chanoine de Mexico dans l'Amerique. Nicolas Antonio le croit encore Auteur du Roman qui suit :

El Pastor de Iberia, in 8. 1591.

Giurnalda de Venus y amor Enamorado prosas y versos por Hieron. de HEREDIA, in 8. Barcelona 1603.

El Amor enamorado, in Alcala de Henares 160. Estimé pour l'esprit. L'Ouvrage est de

Libro curioso [...] Llano de recreacion y contento por A. Sallago in 12 Paris 1655

Vida de Luzman por Don Juan Manuel, con notas de Gonzalo de Argote y de Molina in 12 en Madrid 1642

Don Jacinto de VILLALPANDO, *Marquis* de OSSERA, *Chevalier de l'Ordre de* Calatrava, *selon Nicolas Antonio.* J'i*gnore si c'est le même Roman que le précedent.*

Los Escarmientos de Jacinto, in 8. *en Zaragoça* 1645. *Vient aussi du Marquis de* OSSERA.

Christoforo Soarez de FIGUEROA. La constante Amaryllis, in 8. *en Valencia* 1609. *Roman prose & vers par un celebre Jurisconsulte qui a donné des Ouvrages plus sérieux.*

Poema Tragico del Español Gerardo, y Desengaño del amor lascivo por Gonzalo de CESPEDES y MENEZE'S, in 8. *en Madrid* 1615. — 1617. — & in 4. *Madrid* 1654. — & 1666. — in 8. *en Barcelona* 1618. — in 4. *Lisboa* 1625. *Le même Auteur a fait aussi l'Histoire de Philippe IV. Roy d'Espagne.*

+ in 4° en Cuença 1611

qui est assez estimé,

Lo Spagnuolo Gerardo Felice e Sfortunato de Gonzalo di CESPEDE'S e MENEZE'S, da BAREZZO BAREZZI, in 4. *in Venetia* 1630.

Los Trabajos de Persiles y Sigismunda Historia Septentrional por Miguel de CERVANTES, in 8. *en Madrid* 1617. — 1619. — in 8. *Brussel* 1618.

Les

Los Amantes Andaluzés, historia entretexida de prosas y versos in 12 en Zaragoça, 164[illegible]

Tragedias de amor del Enamorado Acrisio, y su Zagala Lucidora, prosas y versos, por Juan Arze Solorzano in 8°. en madrit 1607

61 Rimas y prosas, junto con la fabula de Leandro y Ero, por D. Gabriel Bocangel y Unçueta in 8°. madrit 1627

Lisadoro Enamorado, in 8°. en Valencia 1629

Angelica, de Luys Barrahona de Soto in 4°. en Granada

Amantes de Teruel por Yague de Salas in 8°. en Valencia

Historia de las fortunas de Semprilis y Genorodano por . . . . de Zuniga in 4. en madrit.

111

Desengaño de Amor en rimas por Pedro Soto Rojas in ~~in~~ 8 en madrit 1623. Je defie quelque auteur que ce puisse etre de detromper de L'amour. C'est une passion qui est dans la qualité du sang. il n'y a que L'age qui soit capable d'en effacer la vivacité.

[illegible] 542

R Persiles et Sigismonde histoire septentrionale, tirée de l'Espagnol de michel de Cervantes par M. M. de R. in 12 Paris 1738 4 volum. ce n'est point une traduction ~~c'est~~ litterale; Elle est libre et l'auteur ~~l'a~~ ~~ajustée~~ l'accommode a notre maniere de penser et d'agir en amour. M. de Richebourg de qui Elle vient a publié d'autres ouvrages de ce genre. 61

Gero-
nimo

fiestas de la Boda de la Incasable mal casada por Geronimo de Salas in 8 en madrit 1622

El Curial del Parnasso por Mathias de los Reyes in 8 madrit 1624

La Casa del juego compuesta por francesco de Navarette y Ribera in 8 Madrid 1644

Processo de cartas de Amores, que entre dos amantes passaron, por Juan de Segura &c in 8 en Zaragoça 1594 assez rare.

Les Travaux de Persiles & de Sigismonde, traduits de l'Espagnol de Michel de CERVANTES, par le Sieur d'AUDIGUIER, in 8. *Paris* 1618. — & 1626.

El subtil Cordouez Pedro de Urdemalas, por Hieronimo de SALAS, in 8. *en Madrid* 1620.

La Safia Flora Malsabidilla, por Alonzo de SALAS, in 8. *en Madrid* 1621.

El Premio de la Constancia y Pastores de Sierra Bermeia, por ESPINEL, in 8. *en Madrid* 1620.

El Menandro, por Mathias de LOS REYES, in 8. *en Jaen*. 1630.

Infortunios tragicos de constante Florinda, por Gaspar PIRES de Rebelo, in 8. *en Lisboa* 1625. — & 1633.

Humilde Labradora, por Juan SOAREZ de GAMBOA, in 8. . . . . 1625.

La Cinthia de Aranguez, por D. Gabriel CORREAL, in 8. *Madrid* 1629. *Ouvrage en prose & en vers.*

La famosa Epila, por Hieronimo de URREA, in 8. *en Zaragoça* . . . . .

Historia de Hippolito y Aminta, por Francesco de QUINTANA, in 4. *en Sevilla* 1635. — & *Madrid* 1625.

Francisco de la CUEVAS (o de

QUINTANA) experiencias de amor y fortuna, in 8. *Gienn.* 1646.

Eustorgio, y Clorilene, Historia Moscovitica, por Henrico SOAREZ de MENDOÇA y FIGUEROA, in 4. *en Madrid* 1629. *Roman fait à l'imitation des Grecs, savoir, Heliodore, Achilles Tatius, &c.*

Juan Bapt. BURAÑA Batalla peregrina entre Amor y fidelidad, in 4.

por Francisco
n Lisboa 1670.

AMOUR

e nomato
o, in Venetia
ndro Battista
e insegna la
n 8. *in Vine-*

sabella, nella quale se disputa, chi piu da occasione di peccare l'huomo alla Donna, o la Donna a l'huomo da Gio, DI FIORI, in 8. *in Venegia* 1533. — & in 8. *in Venetia Giolito* 1548.

L'Albergo,

QUINTANA, experiencias de amor y fortuna, in 8. *Gienn.* 1646.

en Madrit 1641 — Barcel 1633

Eustorgio, y Clorilene, Historia Moscovitica, por Henrico SOAREZ de MENDOÇA y FIGUEROA, in 4. *en Madrid* 1629. *Roman fait à l'imitation des Grecs, savoir, Heliodore, Achilles Tatius, &c.*

Juan Bapt. BURAÑA Batalla peregrina entre Amor y fidelidad, in 4. *en Mantoa* 1651.

Obras de Don Francisco Bernardo de Quiros y aventuras de Don Fruela in 4° Madrid 1656

Arte de Galanteria, por Francisco de PORTUGAL, in 4. *en Lisboa* 1670.

ROMANS D'AMOUR
Italiens.

Libro d'arme et d'amore nomato

MAmbriano ~~del Cieco~~, *in Venetia* 1528 ~~En vers poeme rare et curieux~~

Hecatomphila de Leandro Battista ALBERTI, nella quale insegna la ingeniosa arte d'amare, in 8. *in Venegia* 1528.

Historia di Aurelio & Isabella, nella quale se disputa, chi piu da occasione di peccare l'huomo alla Donna, o la Donna a l'huomo da Gio. DI FIORI, in 8. *in Venegia* 1533. — & in 8. *in Venetia Giolito* 1548.

da Lelio Alitophilo

L'Albergo,

‖ —— & Barcelona 1649

Firmezza en los impossibles y fineza en los desprecios, entre Dionisio y Isabella, prosas y versos, por D. Balthazar Altamirano y Portocarrero. in 8. en Zaragoça 1626.

composto per francisco Cieco da ferrara nel quello si tratta de' fatti et d'amori del Rè Mambriano in XLV. canti. in 4.

Corrigez Leone - Battista. Voy. cy dessous visita Pag. 323, Note MS.

Stella d'amore poema di Domenico Falugi in 4.° in milano 1551

Le Lagrime d'amore di Sebastiano Rè in 8. in Venegia 1552. Poesie Romanesque ass. rare.

~~111~~

Il Libro della Bella Donna, da M. Fed. Luigini in 8. in Venetia 1554. R

X da Giacopo Caviceo in 8.° in Venegia 1510 — 1526 — 1527 ~~1534~~ 1544 — 1547 — 1559 · A° 1578. ~~1529~~ C'est une histoire amoureuse publiée ~~par~~ que Jacques Caviceus Prêtre a publiée de ses amours avec une Maitresse nommée Genevre. il donne a soi l'auteur le nom de Peregrin ou Pellerino, parceque s'étant sauvé des mains de la Justice, qui l'avoit arreté pour un assassinat, il fit pendant 3 ans le metier de Pirate et eut occasion par là de voyager en diverses parties de la mer mediterranée. 111 R

Dialogue tres Elegant intitulé Le Peregrin, traitant de l'honneste et pudique amour, concilié par pure et sincere vertu; ou sont despeintes les amours de Peregrin et de Genevre, traduit de l'Italien de Jacques Caviceo F

F pa… aff…

L'Albergo, Favole tratte dal Vero del Conte MAJOLINO BISACCIONI, 12. *in Venetia* 1638. +2 volum. + et 1640

Historia di Aurelio & d'Isabella figlivola del Ré di Scotia, con la tradut- tione Francese, in 16. *Paris* 1553.

Histoire d'Aurelio & d'Isabelle fille du Roy d'Ecosse, en laquelle est disputé qui baille plus d'occasion d'aimer l'homme à la femme, ou la femme à l'homme. Plus, la Deiphire de Leon-Baptiste Albert, qui enseigne d'éviter l'amour mal commencé, traduit de l'Italien en François, in 16. *Lyon* 1555.

La Philena di M. Nicolo FRANCO, Historia amorosa e satyrica, in 8. *in Mantbua* 1547.

Istoria di due nobili amanti, in 8. *in Venetia* 1553. *On dit que ce Livre est de Louïs Porto, qui a donné aussi quelques Poësies Italiennes.*

Il Peregrino Opera ingeniosa, nella quale si ragiona del vero modo di honestamente amare in 8. *in Venetia* 1559.

Il costante Poema di Francesco BOLOGNETTI, in 8. *in Venetia* 1565. — & in 4. *in Bologna* 1566. *Poëme romanesque qui a mérité d'être illustré d'un Commentaire par Vincent* BEROALDI.

B 3 Dis-

+ par francois Dassy in 4° Paris 1527 ou 1529 Traduction asse rare.

Discorsi di M. Fr. DE VIERI, delle maravigliose opere di Pratolino e d'amore, in 8. *in Firenze* 1587.

La Pazzesca Pazzia de gl' huomini e donne di Corte innamorati, o vero il cortigiano disperato, di Gabriele PASCOLI, in 12. *in Venetia* 1608.

Historia di Brancaleone, dal TRIVULTIO, in 8. *in Venetia* 1617.

La Fuggitiva di Girolamo BRUSONI, in 12. *in Venetia* 1640.

Le Sere dell' Adda, descritte da D. Gio. Agostino de' Conti della LENGUEGLIA, in 12. *in Venetia* 1640.

Cene del Principe d'Agrigento dal Caval. Fr. Carlo de' Conti della LENGUEGLIA, in 12. *in Venetia* 1640.

Il Principe Ruremundo dal. Caval. Fr. Carlo de' Conti della LENGUEGLIA, in 12. *in Venetia* 1651.

~~La Luffina di Eureta Misoscolo Academico PHILARMONICO, in 12. Paris.~~

La Rosmonda di Luigi Conte del VERME, in 12. *in Venetia* 1641.

Il Celidoro di Giov. Batt. MOGNALPINA, in 12. *in Venetia* 1642.

L'Ermidauro di Carlo della LUNA, in 12. *in Bologna* 1643.

L'Eromena di Giov. Fr. BIONDI,

in

amore innamorato di Antonio minturno, et del
medesimo Panegirico in Lode d'amore in 8° in
venetia 1559 —— et in 12 in Venetia 1642.

La Alamanna di Ant. fr. Oliviero in 4° in Venetia
1567 poema assz rare.

G. Sorboli Ritratto d'amore in 12 in Venetia 1592
I trè primi Canti di Marfisa da Pietro Aretino in 8° in Venetia
1544 rare

X —— in Padoua 1652 —— in venetia 1662. (2) L'Edition
de Milan Gio. Batt. Rossi. 1621, in 8° est à la Bibl.
du Roi Y 2. N° 1058. il n'y en a pas d'autres. Le titre
est Il Brancaleone, Historia piacevole, dalla quale
può ciascuno havere documenti per governo di
— se stesso; scritta da un Filosofo chiamato LATROBIO
e dato in luce da Giron. Trivultio." Huet orig. des
Romans Pag. 49, edit. de 1678 dit que "c'est sans doute
"une Copie de l'asne de Lucien ou de celui d'Apulée"
"que c'est une fiction fort divertissante et pleine d'esprit"

X

La Principessa d'Irlanda dal Cavalliere franc. Carlo de'
Conti della Lengueglia in 12. in Venetia 1642.

Pag. 30 et 31 Ce Jean-François Biondi qui n'a point d'article dans les Scrittori d'Italia de Mazzuchelli, né à Lesina dans l'Illyrie, quitta l'Italie et apostasia selon Ap. Zeno; il devint Gentilhomme de la chambre du Roi d'Angleterre

Il Coralbo .... in 8°.

et il mourut en 1644. Outre ses trois Romans, on a de lui une Histoire des guerres civiles d'Angleterre entre les deux maisons de Lancastre et d'York, écrite en Italien, et impr. à Venise chez G. P. Pinelli, en 3 parties, in 4° La 1ère en 1637; la 2de en 1641, et la 3e en 1644. Au Livre IV de cette Histoire Pag. 103 et suiv. est une Dissertation étendue sur Jeanne d'Arc dite la Pucelle d'Orléans, qui se trouve en François dans la Bibliothèque universelle des Romans, Décembre 1787, Pag. 3 — 69.

critique, fort

Ragguagli amorosi di Luca Assarino in 12. in Venetia 1642.

In 4. *in Venetia* 1624. — 1640. — in 12. *in Viterbo* 1643. — *in Venetia* 1653.

La Donzella desterrada da Gio. Fr. BIONDI, seguida dell' Eromena, in 4. *in Camerino* 1632. — & in 4. *Venetia* 1633. — & 1640. — & in 12. in *Bologna* 1645.

Il Coralbo di Gio. Fr. BIONDI, che segue la Donzella desterrada, colla continuatione di Carlo BOËR, per terminar tutta l'Historia d'Eromena, in 4. *in Venetia* 1633. — & in 12. *in Venetia* 1664.

L'Amorosa Clarice di Ferdinando DONNO, in 8. *in Venetia* 1625.

L'Aldimiro del Cavaliere F. Carlo de' Conti della LENGUEGLIA, in 12. *in Venetia* 1637. — & 1653.

Il Principe Altomiro di Lusitania da Polez MANCINI, in 12. *Padoa* 1640.

Stratonica di Luca ASSIRINO, in 12. *Macerata* 1636. — *in Venetia* 1638. — & 1642. — in 12. *in Genova* 1647. *Ces trois dernieres Editions sont plus amples que celle de* 1636.

La Stratonice, traduite de l'Italien, in 8. *Paris* 1641.

L'Almerinda di Luca ASSIRINO, in 12. *in Bologna* 1640. — & *in Venetia* 1653.

L'Almerinde in 8° Paris 1646

La genereuse Almerinde in 8° Paris 1648.

Historia di due nobili Amanti di Verona Romeo MONTACHI e Guiletta CAPPELLETTI, in 8. *in Venetia*....

~~Almerinde, in 8. *Paris* 1646.~~

La Lucerna, di Eureta Misoscolo (Fr. PONA) aggiuntovi la Messalina di Scipio GLAREANO, in 12. *in Parigi*....

L'Ambitione Calpestata di Girol. BRUSONI, in 12. *in Venetia* 1641.

Il Camerotto di Girol. BRUSONI, in 12. *in Venetia* 1645.

La Prasimene dal Henr. GIBLET, in 12. *in Venetia* 1657. 2 tom. 1 vol.

La Prazimene, par le Sieur LE MAIRE, in 8. *Paris* 1638. &c. 4 volumes.

Il Coloandre di Gio. Maria INDRIS traslato di Tedesco in Italiano da Gramo BISII, in 8. *Venetia* 1641.

La Regina Fortunata di Car. TORRE, in 12. *in Venetia* 1640.

Regina de belli humori, in 8. *in Venetia* 2 volum.

Ragguagli del Regno d'Amore Cipro di Luca ASSIRINO, in 12. *in Venetia* 1646.

La Cardenia di Gio. Batt. TORRETTI, in 12. *in Venetia* 1640.

La

X academico Philarmonico.

2, n°
59)

+ Micco Passaro innamorato, Poema di ~~Giuglia~~ Giulio Cesare Cortese in 12. in Napoli 1646.

Gli amanti conso
venetia 1648

Fontanieu (Gaspard-Moyse de)
mort Conseiller d'Etat et intendant
de Garde-meuble de la Couronne le 26 7bre
1767, âgé de 74 ans. Voyez la Note de plusieurs
de ses ouvrages historiques, au
tout son nom, Pag. 520 de la
Table des Auteurs du nouveau
Le Long, Tom. V. il avoit formé un Recueil considérable
(841 Portefeuilles in f°) de Titres
concernant l'Histoire de France
dont la Table génale est imprimée dans le Tome IVe. du nouv
Le Long, Part. 2de. Pag. 1. — 11.
Recueil qui a passé tout
entier à la Bibl. du Roy.

Illustre Rosalinde

~~La Nymphe Soliti~~

la Note de l'abb
~~Auteur~~ Manuscrit de la Ra
un Valet et impri
l'édition de ~~1730~~ l'auteur est
1730 on en peut voir
l'auteur y a dépos
trouve point d'ex
l'éditeur, mercenaire ~~auteur~~

Pag. 33. Il Caloandro. la pre
Edit. est de 1641, sous le titre Caloandro sconosciuto (inconnu).
Dans les Edit. poster. il changea l'epi
thète pr mettre fedele. La Traduct.
Françoise par le Cte de Caylus impr.
8°. 2 vol. en 1760, se retrouve dans les Oeuvres
badines de cet A. Tom. 3 et 4.

× la Dame de Venise 1726

M. de fontanieu est homme de beaucoup d'esprit et
très savant dans l'histoire de france dont il a ‡

Assarlda per Antonio Santa Croce in 12° in Venetia

‡ fait une étude toute particulière. J'ay lu de lui une
hist^re de Charles VII et de Charles VIII qui seroit à
souhaiter qui fut imprimée, il a fait aussi une histoire
du Dauphiné, d'après les pièces originales, et d'autres
ouvrages moins importans que ceux cy mais pleins
de recherches et de goût. JJf

G

Gli amanti consolati da Guarino <u>Rodisco</u> in 12 in <u>venetia</u> 1648

I

Illustre Rosalinde, histoire veritable in 8° <u>Paris</u> 1651

~~La Nymphe Solitaire par Du Verdier in 8 Paris~~

La note de l'abbé Lenglet est dure et fausse ~~[illegible]~~ le manuscrit de la Rosalinde fut volée à l'auteur par un valet et imprimé furtivement ~~[illegible]~~ l'ouvrage de l'auteur est in 4° et imprimé à Grenoble on n'en tira que 15 exemplaires on en peut voir un à la Bibliothèque du Roy, que l'auteur y a déposé à ma sollicitation, et on n'y trouvera point d'expression dauphinoises et dignes d'un auteur mercenaire ~~[illegible]~~. ajoutez à cela que M. de Fontanieu est homme de beaucoup d'esprit et très savant dans l'histoire de France dont il a

Assarilda per Antonio <u>Santa Croce</u> in 12° in Venetia

fait une étude toute particulière. J'ay lu de luy un [illegible] des Charles VII et de Charles VIII qui seroit à souhaiter qui fut imprimée. il a fait aussi une histoire du Dauphiné, d'après les pièces originales, et d'autres ouvrages aussi importans que ceux cy mais pleins de recherches et de goût.

La Bersabée di Ferr. PALLAVICINO, in 12. *in Venetia* 1647.

La Taliclea di Ferrante PALLAVICINO, in 24. *in Venetia* 1653. & *Amsterdam* 1656.

Rosalinda di Bernardo MORANDO, in 12. *in Venetia* 1655.

Rosalinde, imitée de l'Italien, in 12. *la Haye* (c'est à-dire, *Paris*) 1732. 2 volum. *On attribuë cette imitation, qui est médiocre à une personne en place & qui pouroit mieux faire, en ne faisant pas de Livres; mais en conduisant bien les affaires de son Intendance.*

Suite de Rosalinde, par M. DUVERDIER, in 8. *Paris* 1648.

Il Cretideo del Gio Batt. MANZINI, in 12. *in Venetia* 1657.

La Cretidée du Manzini, traduite de l'Italien par Jean BAUDOUIN, in 8. *Paris* 1644.

Il Caloandro fedele da Gio. Ambrosio MARINI nobile Genovese, in 24. *in Venetia* 1652 & 1664. 4 volumes. *Histoire Asiatique.*

Le Caloandre fidéle, traduit de l'Italien par Georges de SCUDERI, in 8. *Paris* 1668. 3 volumes.

Le nuove Gare de' Disperati, Historia da Gio. Ambr. MARINI, accresciuta

cresciuta in 12. *in Genova* 1653.

Les Desesperés, Histoire heroique, traduite de l'Italien de Jean-Ambroise MARINI, in 12. *Paris* 1732. 2 tomes, 1 volum. par M. DE LA SERRE. *Ce Livre est autant Roman de Chevalerie que Roman d'Amour, & quoique passable, il vaut beaucoup mieux en François qu'en Italien. M. de la Serre, qui peut travailler de son chef, mieux que beaucoup d'autres Auteurs, s'est déja exercé avec succès en Poësie,*

Il Chenisio, o vero auvenimenti d'amore e di fortuna da Bartolomeo DELLA BELLA, in 12. *in Venetia* 1654.

Givochi di Fortuna successi d'Astiage & di Mandane, in 12. *in Venetia* 1655. 2 tom. 1 vol.

Gli otii dell' Estati; o vero gli amori casti di Cinthia, dal Sr Marchese Gio. DOMENICO, in 12. *in Venetia* 1657.

Virgine Parigina di Fulvio FRAGONI, in 12. *in Venetia* 1661. 3. volumes.

La Donna combattuta dall' Empio, e difesa dall' Abbate Filippo Maria BONINI, in 12. *in Venetia* 1667.

L'Aristo, o vero l'incestuoso Micidiale

164

X Seré par une seule r

(il y a 3 Poëmes)

qu'est Le Poeme ~~intit~~ curieux et estimé, qui est intitulé,
Les Dons des enfans de Latone, La musique et la Chasse.
in 8° Paris 1734 et aussi une traduction en vers fran
cois de l'Essai sur l'Homme de Pope, impr. en 1739, in 8°

près X X assure que ce Livre a été traduit de l'Espagnol

| Giovann Domenico Massa

Inganno fortunato overo L'amata aborrita da
Bianchi in 12. in Parigi 1659

I Dolci amori amari di Barmondo Epalmaura in 12.
in Venetia 1661.

Sofonisba di Gaudentio Brunacci in 12 in Venetia 1661

La Cassandra da Co Ronchi in 12° in Venetia 1667

\# o la melancolia sbandita
\ in Colonia 1667 — et min 12 R

R

R

R

Floridoro Poema di Madonna Moderata Fonte . in 4°

Mazzuchelli, Tom. 1er
Part. 2de Pag. 1170 et 1171. R.

La Stratonice trad. de l'Italien
par | D'Audiguier*. On y voit |Henry
une Preface d'un nommé Mal-
ville qui parle judicieusement
de cette Piece &c. Voyez le
Sorberiana Pag. 237 et 238,
1re Edit. de Toulouse 1691, in 12 R
On y critique assez mal à propos
une Phrase du Traduct. François dont le sens n'est pas équi-
voque, com. le croit Sorbiere

* Traducteur de differens Romans
Italiens et Espagnols. Voyez
son nom à la table des Auteurs
de la présente Bibl. des Romans.

+ o la melancolia sbandita
in Colonia 1667 — et num 12

flondoro Poema di Madonna Madorala fr

Luc Assarino né à Seville
en Espagne d'un Pere Génois
en 1607, vécut en Italie, fut
chev.er de SS. Maurice et Lazare
et mourut à Turin en 1672.
Il est auteur d'une quantité
de Romans. Sa Stratonica qui
est le plus connu, fut trad. sur
l'Italien et le François, en langue Allemande par Paul
Bosius, Ecclésiastique de Dres-
de, pendant qu'il étudioit à
Leipsic. Cette traduction se
trouvoit rarement en Allemagne dès 1716. Son Asmelinde
(et non pas Almerinde) fut aussi trad. en François et publiée
à Paris en 1646, in 4°. Voyez la
liste des écrits d'Assarino dans
les Scrittori d'Italia delle

diale innocente da Gasp. UGOLINI, in 12. *Amsterdam* 1671.

R Arcadia in Brenta di Grimesio GAVARDO, in 12. *in Bologna* 1680.

R Il Cor di Marte di D. Gius. ARTALE, Editione 5. in 12. *in Napoli* 1679.

R Amatunta di Giov. CANALE, in 12. *in Venetia* 1681.

R Il Floridoro o vero Historia del Conte di Racalmuto; di M. Gab. MARTIANO, in 8. . . . . 1703. — 1708.

ROMANS D'AMOUR *François.*

R. LE Roman de Jason & Medée, in 4. *Paris, gothique.* — Idem in folio *gothique. Roman assez rare, où il y a de la Chevalerie & de l'Amour. Il s'en trouve des Manuscrits dans les grandes Bibliotheques de Paris.*

R La belle Helene de Constantinople mere de S. Martin de Tours, in 4. *Paris, gothique. C'est un de ces antiques Romans, qui a long-tems amusé la pieté & l'imagination des Fidéles,* et qui est aujourd'huy abandonné au Peuple.

La mutation de fortune en vieil langage, in 4. *gothique. Peu commun & peu recherché.*

Histoire des deux vrais & parfaits Amans Pierre de Provence & la Belle Maguelonne fille au Roy de Naples, in 4. *gothique.* — & in 8. *Avignon* 1524. *Ce Roman, qui entre aussi dans la Bibliotheque bleuë, a eu autrefois une grande réputation*, et ne vaut pas grand'chose.

La Historia de la Linda Magalona hyja del Rey de Napoles y de Pierres de Provença, in 4. *en Sevilla* 1533. — & 1542. *Traduction de l'Ouvrage précedent.* Toled. 1526.

La Historia de la Linda Magalona y el esforçado Cavallero Pierres, por Filippo CAMUS, in 8. *Beaciæ* 1628. *Don Nicolas Antonio marque dans sa Bibliotheque d'Espagne, qu'il ignore quel étoit ce Philippe Camus, de qui nous avons encore quelques autres Romans; mais je présume par le nom que c'étoit un François ou un Wallon, qui s'étoit retiré en Espagne, & avoit suivi pour les Lettres le goût & l'agrément des Cavaliers de cette Nation.*

Histoire du Chevalier Beuffes de Hantone & la belle Josienne, in 4. *Paris, en lettres gothiques.*

Le Chevalier Paris & la Belle Vienne, in 4. *Paris* .... *gothique.* — in 8. *Troyes* 1625.

— Idem

Edit. de Tolède 1526, in 4° et de Sarragosse 1602 in 4°
à la Bibl. du Roy Y2. n°s 230 (~~xxx~~ de 1075 et de 1096)

X aussi in folio &c. en manuscrit dans la Bibliothèque du Roy. mais fort imprimé, soit manuscrit il est rare.

+ La Belle Dame qui eut mercy, en vers in 4.º Paris... gothique.

o Le Labyrinthe de fortune et le séjour des trois nobles Dames; composé en vers par l'auteur des Regnards traversans et Loups ravissans, surnommé le traverseur des voyes perilleuses (Jean Bouchet) in 4.º Poitiers 1524. c'est un ouvrage médiocre, mais il ne laisse pas d'être assez rare, aussi bien que les autres du même auteur.

R — Idem en Vers françois l'an 1487. in folio. *Manuscrit.*

Innamoramento de i nobiliss. Amanti Paris & Viena. con fig. in 8. *in Venet.* 1577. *Traduction de l'Ouvrage précedent.*

~~Histoire de Clamades & de la Belle Clermonde, traduite de l'Espagnol par Philippe CAMUS, in 4. . . . . . .~~

~~Histoire de Clamadès & de Cleremonde, in 4. *Paris.* . . . . *gothique.*~~

* — La Conquête qu'un Chevalier surnommé Cueur d'Amour épris, fit d'une Dame apellée Douce-mercy, in 4. . . . . 1503. Ce Roman composé l'an 1457 se trouve X

— La piteuse & lamentable Histoire du vaillant & vertueux Guiscard & de la très-belle Dame Gismonde Princesse de Salerne. La difference d'Amours divine & terrestre, avec la malheureuse fin d'Amours vaine & legere, avec Lettres & Ballades, in 16. *Lyon* 1520.

Floridan & la Belle Elinde, fait en Latin par Nicolas de CLEMANGIS, & traduit en François par Rasse de BRICHAMEL. *Elle est à la fin de la Chronique ou Histoire du Petit Jean de Saintré*, in 4. *Paris* 1523. *& autres Editions.*

Histoire

R Histoire de Philandre, surnommé le Gentilhomme Prince de Marseille, & de Passerose fille du Roy de Naples, par Jean DESGOUTTES, in 8. *Lyon* 1544. *C'est seulement le premier Livre; je ne connois pas le reste de l'Ouvrage.*

Histoire de Melicello & de l'inconstante Caja, discours ou récit des Amours malheureuses de Melicello, par Jean MAUGIN, dit le petit Angevin, in 8. *Paris* 1556. *Auteur passable de plusieurs Romans & autres Pieces de Litterature sous le Régne d'Henri II.*

(très rare) il y en a un extrait étendu dans le tome 1re pag. 211-296 de la Bibliothèque choisie de contes, de facéties &c Paris Royez 1787, in 18 et in 8°.

Antoine le MAÇON Erotasme, ou les Amours de Phydie & de Gelasine, in 8. *Lyon* 1550. *Antoine le Maçon fut attaché à la Reine Marguerite de Navarre sœur de François I. Roy de France. C'est à la sollicitation de cette illustre Princesse qu'il a traduit d'Italien en François les Nouvelles de Bocace. Nous lui sommes encore redevables de l'Edition des Oeuvres de Jean le Maire in folio, aussi bien que des Poësies de Clement Marot, dont il étoit ami.*

R L'Amant ressuscité de la mort d'Amour, par Theodose VALENTINIAN, in 4. *Lyon* 1548 & 1557. il y en a encore X

Le Miroir de loyauté, ou l'Histoire déplorable de Zerbin Prince d'Ecosse,

&

o Le Palais des Nobles Dames, auquel sont declarées
plusieurs histoires et fictions concernant les Vertus et
louanges des Dames, composé en ryme françoise par
Jean Dupré in 8° Paris . . . gothique

X d'autres Editions, ce qui n'empeche pas que le livre
ne soit rare, quoique mediocrement bon.

+ Oeuvre de Chastetée, qui se remarque par les diverses fortunes, adventures et fideles

Les Chastes et pudiques amours de Kalion de Villebluneau. in 12 Paris 1599 Roman qui n'a pas fait fortune et qui est a peine connu

& d'Iſabelle Infante de Gallice. Sujet tiré de l'ARIOSTE, & mis en Vers françois par Gilles FUME'E, in 8. *Paris* 1575.

Jean de la GESSE'E, les Amours de Graſinde, in 8. *Paris* 1578. peu considerable.

Amours de Criniton & Lydie, par OLLENIX du MONT-SACRE', ou Nicolas de Montreux, in 8. *Paris* 1595. *Nous avons de lui quelques-autres Pieces, ſur-tout des Vers aſſez médiocres dans les Recueils de ſon tems; & quelques Romans;* il a meme travaillé sur les amadis

Amours de Cleandre & de Domiphile, par OLLENIX du MONT-SACRE', in 12. *Paris* 1597. C'est toujours le meme Theo[illegible] de Montreux.

Hiſtoire des tragiques Amours d'Hipolite & d'Iſabelle, in 12. *Nyort* 1597.

Les Avantures de Floride, de l'invention de Beroalde de VERVILLE, in 12. *Tours* 1594. — & *Roüen* 1601. 3 volumes. contenant les trois premieres parties. *Ce Beroalde de Verville a travaillé beaucoup en Romans. Il étoit de Tours, & c'eſt de lui que vient le Moyen de parvenir, Livre comique, eſtimé de quelques-uns & peu conſideré par beaucoup d'autres.*

L'Infante déterminée, qui eſt le quatriéme Livre des Avantures de Floride, par François Beroalde de VERVILLE,

VILLE, in 12. *Lyon* 1596.

R Le Cabinet de Minerve, qui est la cinquiéme Partie des Avantures de Floride, in 12. *Roüen* 1601. 1597 *est aussi du Sieur Beroalde de Verville.*

R Les Amours d'Esionne, où se voyent les hazards des armes, les jalousies, desespoirs, esperances, changemens & passions que les succès balancent par la vertu, par François-Beroalde de VERVILLE, in 12. *Paris* 1597.

R Voyage des Princes fortunez, par Beroalde de VERVILLE, in 8. *Paris* 1610. ‡

Amours de Glorian & d'Ismene, par le Sieur du SOUHAIT, in 12. *Paris* 1600. *Auteur médiocre de Romans peu recherchés.*

Les Amours de Palemon, par le Sieur du SOUHAIT, in 12. *Paris* 1600.

Amours de Clarimont & Antonide, in 12. *Paris* 1601.

R Histoire tragique des constantes & fidéles Amours de Dalchmion & de ~~Deflore~~ | Flore. bin, par J. PHILIPPES, in 12. *Paris* 1599.

La naissance d'un bel Amour, sous les noms de Patrocle & Philomele, in 12. *Paris* 1602.

Les

histoire tragique du brave florimond et de la belle Clitie par Blaise de S. Germain de Billy. in 8° Lyon 1607.

+ Tous ces ouvrages de Beroalde de Verville sont assez rares et ne meritent pas d'etre imprimé

les Amours de Lozie par Ant. Du Perier in 12 Paris 1600.

+ Amours Veritables et heureuses de Clidaman et de Marilinde par Des Escutteaux in 12° Paris 1603

Les avantureuses et fortunées amours de Pandion et d'Ionice, par J. Herembert in 12 Rouen 1599

La Hierusalem regnante contenant la suite et la fin des amours d'Armide et d'Hermine, a la suite du Tasse; avec les nouvelles amours de Brovemont et Filamente par Jacques Corbin in 12 Paris 1600 fin des adventureuses fortunes d'Ypsilis et Alixée par Des Escuteaux in 12 Paris 1623

Les infortunées et chastes amours de Philiris et Ysolia par Des Escutteaux in 12 Saumur 1601

Les traverses Hazards de Clidion et Armirie par Des Escuteaux in 12 Paris 1612

Amours diverses par de Nervèze in 12 Rouen 1621 divisées en dix histoires par De Nervèze in 12 Paris 1611 — in 12 Rouen 1621

~~Les nouvelles françoises, ou se trouvent les divers effets de l'amour et de la fortune in 8 Paris 1623~~

||

avantures de Lycidas et de Cleonite in 12° — Rouen 1606

Le chevalier françois in 8° Paris 1606

|||

Amours et inconstances de Leopolde et de Lindarache par Henry Du Lisdam in 12 Paris 1644.

Le Silene insensé ou l'étrange metamorphose des amans fideles in 12 Paris 1613

Sireine de Messire Honnoré d'Urfé in 12 Paris 1617

La Sylvanire ou la morte vive ~~ou la morte vive~~, fable Bocagere par Honnoré d'Urfé in 8° Paris 1627 cet ouvrage n'a pas été plus consideré que le precedent.

Le Desesperé contentement d'amours in 12 Paris 1613

Les

||
Le S.r D

|||
R

n|

⊖

Les fortunes d'Almente par Des Escutaux in 12. Paris 46 - - -

Les destinées des Amans, tirées des Amours de Philotimore, où sont contenuës plusieurs notables Histoires de ce tems, par Phil. TOURNIOL, in 12. *Paris* 1603.

Les Amours d'Olimpe & de Birene, à l'imitation de l'Arioste, par A. de NERVESE, in 12. *Lyon* 1605. *Nerveze fut un Auteur plus que médiocre, aussi ses Ouvrages sont peu estimez.*

Roman des Chevaliers de Thrace, in 8. *Paris* 1605.

Les Avantures + de Leandre, par le Sr de NERVEZE, in 12. *Paris* 1608. 2 vol.

+ guerrieres et amoureuses

Le premier Acte du Synode Nocturne des *Tribades Lemanes*, in 18.... 1608.

L'Olympe d'Amour, par du LISDAM, in 12. *Lyon* 1609.

La haine & l'amour d'Arnoul & de Clairemonde, par P. B. S. D. R. in 12. *Paris* 1609.

1600

Le Silene du Sieur d'URFE' in 8. *Paris*.... *Ce n'est point-là le Roman qui a fait la réputation de M. d'Urfé : nous en parlerons ailleurs.*

Les tristes amours de Floridon Berger et de la ...

Les constantes & infortunées A-

Les fortunes d'Almente par des Escuteaux in 12 Paris 46...

Les destinées des Amans, tirées des Amours de Philotimore, où sont contenuës plusieurs notables Histoires de ce tems, par Phil. TOURNIOL, in 12. *Paris* 1603.

Les Amours d'Olimpe & de Birene, à l'imitation de l'Arioste, par A. de NERVESE, in 12. *Lyon* 1605. *Nerveze fut un Auteur plus que médiocre, aussi ses Ouvrages sont peu estimez.*

Romans des Chevaliers de Thrace, in 8. *Paris* 1605.

Les Avantures + de Leandre, par le S.r de NERVEZE, in 12. *Paris* 1608. 2 vol. (+ guerriere et amoureuses)

Le premier Acte du Synode Nocturne des *Tribades Lemanes*, in 18.... 1608.

L'Olympe d'Amour, par du LISDAM, in 12. *Lyon* 1609.

La haine & l'amour d'Arnoul & de Clairemonde, par P. B. S. D. R. in 12. *Paris* 1609.

Le Silene du Sieur d'URFE' in 8. *Paris*..... *Ce n'est point-là le Roman qui a fait la réputation de M. d'Urfé: nous en parlerons ailleurs.*

Les constantes & infortunées Amours de Lintanson avec l'infidéle Palinoé, par le Sieur de la REGNERIE, in 8. *Paris* 1610.

Le Roman d'Anacrine, où sont representés

1600 — Les tristes amours de florid[an] Berger et de la belle Astrée, par M. Honoré d'urfé in 12 Paris 1628

Les chastes et infortunées amours du Baron de Lespine et de Lucrece de La Prad... pays de Gascogne, par Nerveze in 8 Lyon 1603.

Les amours diverses de Nerveze in 8° Rouen 1621 3 volum.

presentés plusieurs combats, Histoires véritables & amoureuses, in 12. *Paris* 1613.

Les Amours ... & Cleonthe

Sieur du

Mouli-

s Sorel qui

liocres. Le

r extrava-

hilosophi-

arles So-

'est le mê-

oires, &

d'autres

de l'hon-

URFE',

r seconde

4 volum.

5 volum.

5 volum.

5 volum.

5 volum.

5 volum.

enrichie

, in 8.

& 1659.

— Idem

presentés plusieurs combats, Histoires véritables & amoureuses, in 12. *Paris* 1613.

Les Amours de Floris & Cleonthe par N. du MOULINET, Sieur du Parc, in 12. *Paris* 1613. *Ce Moulinet Sieur du Parc étoit Charles Sorel qui a fait force Romans assez médiocres. Le plus considerable est le Berger extravagant.*

Les Changemens de la Bergere Iris par De Lingendes in 8° Paris 16…

La Solitude ou l'Amour philosophique de Cleomede, par Charles SOREL, in 4. *Paris* 1640. *C'est le même Auteur que le précedent.*

La Semaine des medicamens par Bomart in 8° Paris 1629.

L'Astrée ou plusieurs Histoires, & sous personnes de Bergers & d'autres sont déduits plusieurs effets de l'honnête amitié, par Honoré d'URFE', in 4. *Paris* 1612. *Premiere & seconde Partie.* + 1616. in 4°. 2. vol

Le Philosophe d'amour par le Sr D'Humieres in 8° Paris 1622

—— Idem in 8. *Paris* 1618. 4 volum.
—— Idem in 8. *Paris* 1624. 5 volum.
—— Idem in 8. *Paris* 1631. 5 volum.
—— Idem in 8. *Paris* 1632. 5 volum.
—— Idem in 8. *Paris* 1633. 5 volum.
—— Idem in 8. *Paris* 1637. 5 volum.
—— Idem derniere Edition, enrichie de figures de Michel Lasne, in 8. *Roüen* 1647. 5 volumes. — & 1659. 5 volumes.

—— Idem

La Constance d'amours, representée au sujet des amours et grandes aventures de Philadin et de Clenifée par Favoral in 12. Paris 1611

Les Bergeries de Vesper, ou Les amours d'Antonin, Florelle, et autres Bergers et Bergeres de Placemont et Beauséjour par Guil. Coste in 12 Paris 1618

Loire, les amours et les combats de Polyxene par le sieur de la Faye in 8°. Paris 1617

c'est peu de chose

La Bellaure triomphante par du Broquart de La Motte in 8°. Paris 1630 Ier volum.

La fille d'Astrée (ou continuation de la Bellaure triomphante) par le meme in 8°. Paris 1634

La Floride de Du Verdier in 8°. Paris 1625 2 Volumes.

+ l'impression meme en est mauvaise, pleine de fautes, avec des figures tres malgravées.

N'est-ce pas cette Edition de 1733 à Paris chez Wite, où l'on a corrigé l'Astrée dans le style et dans le langage, sans aucun changement dans les choses?

Qu'est-ce que l'Astrée, de Paris 1678, in 12 et la nouvelle Astrée Amsterdam 1713, in 12, toutes deux cy dessous pag. 56?

— Idem in 12. *Paris* 1733. 10 volumes. *C'est ici le premier de nos Romans où les régles ont été observées. Sa réputa-*

Astrée de d'Urfé

Le 1er Volume dédié à Henri IV en 1610; le 2d en 1620, et le 3e 4 ans après le 2d. La 4e Partie étoit achevée lorsque l'Auteur mourut en 1625 à Nice âgé de 58 ans; le Duc de Savoye en étoit dépositaire et la confia à quelques personnes infidèles qui en tirèrent une 5e et 6e Parties. Mais le Pce ayant remis cette 4e Partie à Mme d'Urfé, celle-ci chargea Baro qui avoit été secret.re de Mr d'Urfé, de la rendre publique, ce qu'il fit deux ans après la mort de son Maître et publia même une 5e Partie d'après les Mémoires de l'Auteur. C'est ce que dit la Biblioth. Univers. des Romans 1775, 1er vol. de Juillet, à la suite de l'Extrait de l'Astrée où l'on publie pag. 209–226 sur un Mst de Paulmy une explication historique de ce Roman, par le célèbre PATRU, dans les Oeuvres de qui cette Pièce curieuse (en forme de lettre à une Dame) n'est pas imprimée. Cette clef d'un Roman où sont racontés, bien des faits croyables, mais romanesques est très attendue pr l'intelligence du livre. Huet l'avoit citée dans

des fantaisies amoureuses, on voit les impertinences des Romans & de la Poësie, ^ par Jean de La Lande in 8. *Paris* 1628. 3 volumes.

— *Paris*

— Idem in 12. *Paris* 1733. 10 volumes. *C'est ici le premier de nos Romans où les regles ont été observées. Sa réputation se soutient toujours depuis plus d'un siecle, quoiqu'il ne soit pas sans quelques défauts. Mais où est le Livre qui n'en a point? L'Auteur y raporte sous des noms feints & empruntez de véritables Histoires de son tems. Il n'y a pas même oublié la sienne, qui est assez singuliere. M. d'Urfé n'avoit fait que les quatre premiers volumes, le cinquiéme fut achevé par le Sieur Baro, qui avoit apartenu à M. d'Urfé. Il y a une autre continuation, moins estimée, qui est en deux volumes. L'Edition de 1733. n'est pas la meilleure; celles de 1637. & 1647. sont estimées.*

L'Astrea tradotta dal Francese da ORATIO PERSIANI, in 4. *in Venetia* 1637.

La cinquiéme & sixiéme Partie de l'Astrée, par le Sieur de BORSTET, in 8. *Paris* 1626. 2 volum. *Nous avons déja parlé de cette continuation comme d'un Ouvrage médiocre.*

Le Berger extravagant, où, parmi des fantaisies amoureuses, on voit les impertinences des Romans & de la Poësie, in 8. *Paris* 1628. 3 volumes. par Jean de La Lande

— *Paris*

— *Paris* 1633. 3 vol. — *Roüen* 1639. 3 tomes en 2 volumes. — *Paris* 1653. 3 tomes en 2 volumes. *Le même est imprimé sous le titre suivant.*

L'Anti-Roman, ou l'Histoire du Berger Lysis, accompagnée de remarques par Jean de la Lande, in 8. *Paris* 1633. 2 vol. — & 1653. — *Roüen* 1639. 3 tomes en 2 volumes. *C'est une espece de Critique du Roman d'Astrée. Il y a des endroits passables parmi beaucoup d'autres qui sont très-mauvais. Le Livre ne laisse pas d'être recherché de quelques Curieux, il est de Charles* SOREL; *mais il n'a fait tort en rien à l'Astrée de M. d'Urfé.*

Les Amours d'Armide, par P. JOULET Sr de Chastillon, in 12. *Roüen* 1614.

Les fidéles & constantes Amours de Lisdamas & de Cleonimphe, par Henri du LISDAM, in 12. *Tournon* 1615.

Histoire tragique de Pandosto Roi de Boheme & de Bellaria sa femme; ensemble les Amours de Dorastus & de Fausina, traduite de l'Anglois en François par L. REGNAULT, in 12. *Paris* 1615.

L'Arcadie de la Comtesse de Pembrock, par Philippe de SIDNEY, traduite

Deffense de l'inconstance par Pierre Joullet in 12 -
Paris 1618
L'Exil de Polexandre et d'Ericlée par Orile in 8
Paris 1619 — 629 · on attribue ce Livre
a Gomberville

+ M. Delafeneuve a travaillé en des genres plus solides et plus utiles que la matière des Romans.

+ La Caritée par Marin Le Roy de Gomberville in 8°
Paris 1621. M. De Gomberville

× La Diane françoise par Du Verdier in 8° Paris 1624
La Nymphe Solitaire par Du Verdier in 8° Paris
Cléothée ou les chastes avantures d'un Candien et d'une jeune Natolienne par J. G. in 8 Paris 1624
Les amours d'Alcide et d'Hercinise in 8° Paris
1620.

traduite de l'Anglois, in 8. *Paris* 1624. — & 1625. 3 volumes. *Il y en a plusieurs autres Editions Françoises & Angloises; l'une des plus belles en cette derniere Langue est la sixiéme donnée in folio à Londres en 1627.*

Arcadia della Contessa di Pembrock, in 12. in *Venetia* 1659. 3 tomes.

Les Travaux d'Aristée & d'Amarille dans Salamine. Histoire de ce tems composée en Grec par THEOPHRASTE & traduite en François par MELIDOR, in 12. *au Mans* 1618. — & *Paris* 1619. *C'est bien peu de chose.*

Histoire de Chriserionte de Gaule, par le Sieur de SONAN. in 8. *Lyon* 1620.

La Carithée, ou la Cyprienne amoureuse, par Pierre CASSENEUVE, in 8. *Toulouse* 1621. d'autres l'attribuent à M. de GOMBERVILLE. *M. de Casseneuve ne perd pas beaucoup de n'être pas regardé comme Auteur incontestable de ce Livre. Il s'est distingué par des endroits plus essentiels, & qui le font regarder comme un des plus savans Ecrivains de Toulouse. M. de Gomberville s'est distingué d'abord par des Ouvrages estimés en divers genres.*

Meliant
he

(par Jean Baudoin, selon le P. Niceron Tom. 15 pag. 223, où sont indiquées diverses éditions angloises de ce Roman)

Melianthe & Cleonice, par Trophime JACQUIN, in-8. *Paris* 1621.

La Courtisane solitaire, par le Sieur LOURDELOT, in 8. *Paris* 1622. + peu de chose.

Alinda, Histoire tragique par Mademoiselle de GOURNAY, in 12. *Paris* 1623. *C'est bien peu de chose.*

Melanthe, Histoire amoureuse du tems, par le Sieur VIDEL, in 8. *Paris* 1624. cet auteur a donné l'histoire du Connetable de Lesdiguieres qui n'est pas fort estimée non plus que ce Roman.

Philaxandre, par le Sr de CHARNEY, in 8. *Paris* 1625.

Les Amours d'Endimion & de la Lune, par A. REMY, in 8. *Paris* 1624.

R ~~GOMBAUD~~ l'Endymion, in 8. *Paris* 1624.

—— Idem in 8. *Paris* 1626.

Les deux Déesses, ou Uranie, du Sieur de MONTAGATHE, où se voyent plusieurs Avantures amoureuses & guerrieres, in 8. *Paris* 1625.

R La Clorimene de MARCASSUS, in 8. *Paris* 1626. ce Livre et le suivant sont peu recherchez

R Le Timandre, par Pierre de MARCASSUS, in 8. *Paris*. 1628

Alexandre & Isabelle, Histoire tragicomique par Ant. HUMBERT de Queyras, in 8. *Paris* 1626.

R La Zelatychie, ou les Amours infortunées

Les triomphes de la guerre et de l'amour, histoire admirable des sieges de Casalie et de Lamphirée par Humbert in 8. Paris 1631

i conny

&

et

+ amoureuses avantures de
livre peu connu et peu consideré

Pag. 46 - Melanthe
par le Sr. Vidal. C'est
Louis Vidal, mort
en 1675, âgé de 77
ans, dont voyez l'article
dans les Memoires du
P. Niceron Tome X.V
Pag. 396 - 11. on
y dit n'écrit que de
ceux ce que c'est
que les lettres choisies
quelle choisis
imprimées. Je le, on
sur ce je lui note sur
mon Niceron.

Gournai étoit habile
ieux. Elle fut extreme-
che montagne auteur

). R - in 8° Paris 1625

aud.

ombaud a été un bel
le. nous avons de lui des
ses poesies, assez jolies.

cogathe in 8. Paris 1626

Les avantures du Chevalier enchanté par le sieur D. C. in 12° Paris 1623 Roman peu connu et peu recherché.

Les amours d'Arcandre et de Sophonie par Humbert in 8 Paris 1626

valle
s.

‡ amoureuses avantures de

⊖ Livre peu connu et peu considéré

‡ cependant mademoiselle de Gournai etoit habile, mais en un genre plus serieux. Elle fut extremement liée avec le Celebre Montagne auteur des essais.

Les amours d'angelique par D. R. in 8° Paris 1625

‸ de Jean Ogier de Gombaud

a eu de la Reputation. Gombaud a eté un des beaux esprits du XVIIe siecle nous avons de lui des Epigrammes et quelques autres poesies, assez jolies.

l'angelique de R. de Montagathe in 8 Paris 1626

‸ par le sieur D. C.

Les avantures du Chevalier enchanté in 12° Paris 1623 Roman peu connu et peu recherché

Les amours d'Arcandre et de Sophonie par Humbert in 8 Paris 1638

Histoire Asiatique de Corinthe de Caliauthe et d'arthenice par le Sr de Gerzan in 8° Paris 1634

histoire tres veritable par Le Sieur Des Escutteaux

La Philomene par Merille in 8° Paris 1630
Histoire amoureuse de Cleagenor et de Doristée in 8° Paris 1621

Les amours diverses de ce Temps in 8° Paris 1629.
climandor ou l'histoire des Princes in 8° Paris 1628

histoire de Chiaramonte in 12 Paris...
avantures de Poliandre et Theoxene par de Beaulieu in 8. Paris 1624

fortunes diverses de Chrysomire et de Kalinde, ou par plusieurs Evenemens d'amours et de guerre sont representées les Intrigues de La Cour par Le Sr Humbert in 8° Paris 1635

Lysigeraste, ou les desdains de Lyside par Tarsim in 8° Paris 1629

Theatre des malheurs sur lequel La fortune represente les divers accidens tragiques des hommes et Dames Illustres par S. Boitel sieur de Gaubertin in 8° Paris 1622 3 volum

fortunées de Cleandre & de Lyramie, par J. JUVERNAY, in 8. *Paris* 1627.

Histoire Africaine de Cleomede & de Sophonisbe, par M. GERSAN, in 8. *Paris* 1627. 2 volumes.

Le Raviſſement de Clarinde, in 8. *Roüen* 1627.

La Chryſolyte, ou le Secret des Romans, par André MARE'CHAL, in 8. *Paris* 1627.

Cleodonte & Hermelinde, ou l'Hiſtoire de la Cour, par HUMBERT, in 8. *Paris* 1629. *Ces deux Romans contiennent, ſous des noms interpoſés, quelques évenemens de l'Hiſtoire de Loüis XIII.*

La Doriſandre du Sieur VIARD, in 8. *Paris* 1630.

La Solitude amoureuſe de BEAULIEU, in 8. *Paris* 1631.

Les Amans jaloux, ou le Roman des Dames, par Gilbert SAUNIER Sieur du VERDIER, in 8. *Paris* 1631.

La Clytie, ou le Roman de la Cour, par Jean PUGET de la SERRE, in 8. *Paris* 1631. 2 volumes. — Idem in 8. *Paris* 1635. *Ce Roman ne dit rien de la Cour, quoiqu'il en porte le titre.*

Amours

Amours des Déesses, avec les Amours de Narcisse, par Jean PUGET de la SERRE, in 8. *Paris* 1639.

1628 — &

Amours d'Orphée & d'Amarante, in 8. *Paris* 1632.

Les Artifices de la Cour ou les

Le Roman heroïque, in 8. *Paris* 1632. — & 1670.

R La Polixene du Sr de MOLIERE,

3. 4 vol.

r le Sieur

533.

n 8. *Pa-*

Lucrine,

Amours

d'Aminthe & de Philiside, par le Sieur de BRETENCOURT, in 12. *Roüen* 1634. — et Paris

l'Illustre naufrage de Melicandre ou l'Amelinte, par le Sieur de CLAIREVILLE, in 8. *Paris* 1635. 2 volumes.

L'inconstance d'Hylas in 8° Paris 1635.

La Fenise, Histoire Espagnole, in 8. *Paris* 1636.

R Histoire Indienne d'Anaxandre & d'Orasie, par Fr. METEL de BOISROBERT, in 8. *Paris* 1636. — & ~~1636~~.

+ Innocence criminelle d'Alexandre, ou

+ La Cefalie, par le Sieur DU ~~BOIS~~ Bail, in 8. *Paris* 1637.

Le

Amours des Déesses, avec les Amours de Narcisse, par Jean PUGET de la SERRE, in 8. *Paris* 1639. 1628 — &

Amours d'Orphée & d'Amarante, in 8. *Paris* 1632. Les artifices de la Cour ou les...

Le Roman heroïque, in 8. *Paris* 1632. — & 1670.

La Polixene du Sr de MOLIERE, in 8. *Paris* 1632. — & 1643. 4 vol.

Les amours d'Acriste et de Larismene, où sont representées plusieurs rares aventures d'amours par Moliere in 8° Paris 1641

La nouvelle Amarante, par le Sieur de la HAYE, in 8. *Paris* 1633.

Le Roman de l'Inconnu, in 8. *Paris* 1634.

Le Roman de l'infidelle Lucrine, in 8. *Paris* 1634.

Pellerin étranger, ou les Amours d'Aminthe & de Philiade, par le Sieur de BRETENCOURT, in 12. *Rouen* 1634. — et Paris

L'Illustre naufrage de Melicandre ou l'Amelinte, par le Sieur de CLAIREVILLE, in 8. *Paris* 1635. 2 volumes.

L'inconstance d'Hylas in 8° Paris 1635

La Fenise, Histoire Espagnole, in 8. *Paris* 1636.

Histoire Indienne d'Anaxandre & d'Orasie, par Fr. METEL de BOIS-ROBERT, in 8. *Paris* 1636. — ~~1636.~~

L'innocence criminelle d'Alcandre, ou

La Cefalie, par le Sieur DU ~~BOIS~~ Bail, in 8. *Paris* 1637.

Le

amours des Dieux par le Sr. Puget de La Serre in 8.
Paris 1620 — et 1650

Pandoste et Pyrame par le Sr Puget de La Serre in 8o. Paris 1631 &c 2 Volumes

par le S. puget de La Serre.

La semaine amoureuse, ou par les amours d'Alcide de d'Hemize sont representez les divers changemens de la fortune; par franc. de molière sieur d'Essertine in 8. Paris 1620

X Des deux suites qui accompagnent ce Roman, il y en a une qui vient du sieur Charles Sorel v. 92 sa Bibliothèque françoise sur la fin

+ histoire Napolitaine; ensemble quelques discours pour et contre les Romans.

Inconstance de Clitie, ensemble les amours de Cleante et de Cleonie par S. D. G. C. in 8o Paris 1624.

Les amours infideles par le Sr de Claireville in 8o Paris 1625

φ où se voyent les divers effets de l'amour et de la fortune traduit de l'Espagnol de françois de Las Cuevas.

L'Empire de l'inconstance contenant diverses histoires amoureuses in 8. - - - - -

o — o

Amours de Cleriarque et d'Ilis histoires veritables de ce temps: in 8o Paris 1637 Roman peu leu assez eurieux!

Floridor et Dorise histoire veritable de ce temps par Le Sieur Du Bail in 8° Paris 1633

La Princesse amoureuse sous le nom de Palmelie ~~ou~~ par Du Bail in 8° Paris 1628

amours d'Amisidore et Chrysolite par Du Bail in 8° Paris 1623

Les Gallanteries de La Cour par Le Sieur Du Bail in 8° Paris 1644

Celidée sous le nom de Calirie ou de La generosité d'amours in 8° Paris 1635

L'olimpe ou La Princesse inconnuë par Du Bail in 8° Paris 1644.

~~veuves pucelles.~~

La Chasteté recompensée ou histoire de sept pucelles doctes et scavantes, ensemble celle du chaste Florinet d'Heliodore son amante malheureuse par Benoist Gonon in 8° Bourg en Bresse 1643

[Religieux Celestin, mort à Lyon en 1656. auteur de plus. ouvrages latins et françois.]

~~Idem. Paris. 1642.~~

— Idem in 12° Leyde 1644 — 1650

— Idem in 8° Rouen 1660

— Idem in 8° Lyon 1661.

R Le Roman d'Albanie & de Sicile, par le Sieur DU BAIL, in 8. *Paris* 1626.

Selisandre, par le Sieur DU BAIL, in 8. *Paris* 1638.

R La Fille supposée, Histoire véritable du tems, par M. DU BAIL, in 8. *Paris* 1639.

R Le fameux Chinois, par le Sieur DU BAIL, in 8. *Paris* 1642.

Le Prince ennemi du Tyran, par le Sieur DU BAIL, in 8. *Paris* 1644.

~~Alcidamie, in 8. 2 volum. Paris~~ ...

R Lindamire, Histoire indienne, tirée de l'Espagnol, par J. BAUDOUIN, in 8. *Paris* 1638.

Amours d'Achante & de Daphnine, *ni* in 8....

Les heureuses infortunes de Celianthe & Marilinde, par le Sieur DESFONTAINES, in 8. *Paris* 1638.

L'Inceste innocent, par le Sr DESFONTAINES, in 8. *Paris* 1638. — *+ avec la clef & 1644.*

Illustre Amalasonte, par le Sieur DESFONTAINES, in 8. *Paris* 1645.

Rosane, par Jean DESMARETS, in 8. *Paris* 1639. *ce Roman n'a pas eu le succez de celui qui suit du meme auteur.*

R Jean DESMARETS, Ariane, in 4. *Paris* 1639. — 1643. — 1647.

— Idem in 12. *Paris* 1666. 2 volum.

— & Paris 1724. 3 volum. *Roman que l'on ne croit pas assez régulier pour le sisteme des mœurs; il est recherché de quelques Curieux, & M. Gueret lui a fait l'honneur de le critiquer dans son Parnasse réformé.*

Les Amours d'Archidiane & d'Almoncidas, par le Sieur DE LA MOTTE in 8. *Paris* 1642.

Les Nouvelles, ou les Divertissemens de la Princesse Alcidiane, par Me DE LA CALPRENEDE, in 8. *Paris* 1661.

Peristandre ou l'illustre Captif, par DEMOREAU, in 8. *Paris* 1642. 2 vol.

Filles enlevées, par le Sieur DEMOREAU, in 8. *Paris* 1643. 2 vol.

La Femme genereuse, qui montre que son sexe est plus noble que celui des hommes, in 8. *Paris* 1643.

Roman véritable, in 8. *Paris* 1644. — 1645. — 1654. 2 volumes.

L'Amour avantureux, ~~in 8. *Paris*.~~

Les Amours de Calistine, in 8. *Paris*....

~~Histoire Celtique, in 8. *Paris*.... 3 volumes.~~

La Princesse inconnuë, in 8. *Paris*....

La Sibille de Perse, in 8. *Paris* 1632

Antiope,

X que nous venons de marquer ce Roman etoit assez rare mais depuis l'Edition de 1724 il est devenu un peu plus commun.

Florigenie ou l'illustre victorieuse par La motte du Broquart in 8 Paris 1647

l'Illustre Rosimante, dediée aux Dames in 8° Paris 1642.

La Diane deguisée par De Lattire in 8° Paris 1647.

|| Par Du Verdier in 8° Paris 1623.

Les Sacrifices amoureux ou les amours d'Aleandre et de Rosorée, Flondor et Cleonée par Du Verdier in 8° Paris 1623.

|| Olynthie par le Sieur De Briezac in 8° Paris 1655

Le Prince Amoureux par de Beauregard in 8. Paris 1637

Prencipe innamorato di Beauregard tradotto da Paris Cerchieri in 12 in Venezia 1647.

Ce Livre a eu autrefois plus de reputation qu'il n'en a aujourd'huy. il a été traduit en Hollandois et en allemand et imprimé dans les deux Langues a Amsterdam. il y a une Edition anterieure à toutes celles là donnée en 1636. sous le titre d'Hist. Trage-comique

L'amour Innocent ou l'Illustre Cavalier par le sieur de Someire (Somaise) in 4° Paris 1651.

× (Par l'abbé Michel de Pures) Voy. l'Extrait de ce Roman dans la Bibl. univers. des Romans 1786 Janvier tom 2, Pag. 139.

A. Beauchamps Pag. 243 de ses Recherches sur les Theatres, Edit. in 4° la nomme La Prse de Marcé, et nous apprend que c'est la Mindatte du Cercle des Femmes scavantes, Dialogue en vers de J. de la Forge, impr. à Paris en 1663 in 12.

+Hen

×

ne

X

La

de

Antiope, par M. GUERIN, in 8. Paris 1644. 4 volumes.

Florinie, ou l'Histoire de la Veuve persecutée, in 8. Paris 1645. 4 vol.

Fidelité trahie, ou l'Art de triompher du destin, Histoire Thessalonique, par le Sieur LA MOTTE du ~~Brequartin~~, in 8. Paris 1645. 2 vol.

D'AUDIGUIER, les Amours de Lysandre & de Calliste, in 12. Roüen 1645. — Idem Amsterdam 1663. — & 1670. — Paris (Hollande) 1700.

D'AUDIGUIER, les Amours d'Aristandre & de Cleonice, in 12. Paris....

L'Eromene, par le Sieur d'AUDIGUIER, in 8. Paris. 1633. 2 volum.

Axiane, in 8. Paris 1647.

Polemire, ou l'illustre Polonois, in 8. Paris 1647.

Amours de Philindre, in 8. Paris....

~~La Dianée, in 8.... 2 volumes.~~

L'Alcide, in 8. Paris 1657. 2 volum.

Clorinde, Roman, in 8. Paris 1654. 2 volumes. — 1656. 2 vol.

La Précieuse, ou le Mystere de la Ruelle, dédiée à telle qui n'y pense pas, in 8. Paris 1656. — & 1660. 4 volumes. voyez cyaprès pag. 337. Le dictionnaire

Cloeluline, ou la Veuve inconnuë, in 8. Paris 1658.

des Precieuses, avec la clef du Dictionnaire des precieuses

par mad L. B. D. M. (c'est a dire par madame la Baronne de Marcé) ou de Marsé ou Marca traduites de l'Espagnol par le sieur d'Audiguier

Les Fortunes de Panfile & de Nise, in 8. *Paris* 1660.

Celinte, Nouvelle, in 8. *Paris* 1661.

Le Jaloux par force, ou le Bonheur des Femmes qui ont des Maris jaloux, avec la Chambre de Justice de l'Amour, in 12. Cologne 1663. — in 12. *Fribourg* 1668. — Cologne 1687.

Celie, Nouvelle, par Jean BRIDOU, in 8. *Paris* 1663. — 1673.

Diversités galantes, in 8 *Bruxelles* 1664. — in 12. *Paris* 1665.

Histoire de Celemaure & Felismene, in 8. *Paris* 1665. 2 volumes.

Diversité d'Amours, in 12.... 5 vol.

Cours d'Amours, ou les Bergers galans, par DU PERRET, in 8. *Paris* 1667. 2 volumes.

Anaxandre, Nouvelle, in 12. *Paris* 1667. — & in 8. *Bruxelles* 1667. (1666 — &c)

Divertissemens d'Amours, par le Sieur DUFOUR, in 12. *Paris* 1667.

La Morale galante, ou l'Art de bien aimer, par le Sieur LE BOULENGER, in 12. *Paris* 1668.

Cleon, ou le parfait Confident, in 8. *Paris* 1668.

Hippomene le Grand, in 12. *Paris* 1668.

La Logique des Amans, in 12. *Paris* 1668. — & 1678. — & in 12. *Amsterdam* (+ 1673)

R-

Xylanire in 8° Bruxelles 1660 et 1662. ~~Trois~~ Volumes

\+

Les amours de Cephale et de Procris in 12° Paris 1685 ce sujet est tiré de l'ancienne histoire fabuleuse

agreables divertis d'amours sur les avantures de Chrisante et de Philimene par du Moulinet sieur du Parc (charles Sorel) in 12 Paris 1713

\+\+\+ ce Petit Roman est de mademoiselle Desjardins ~~et~~ qui depuis a eté madame de Villedieu mais cet ouvrage manque dans le recueil de cette illustre Dame

o c'est moins un Roman qu'un recueil de Maximes d'amours que l'auteur presentoit a mr Le Dauphin qui n'avoit alors que sept ans. C'etoit s'y prendre de bonne heure pour luy ensaigner a aimer.

Nouvelle a Uranie,

a 1664. R

X ce Roman est un des plus beaux ouvrages que nous ayons en ce genre, et qu'on ne sauroit se dispenser de lire plus d'une fois, tant il renferme de beautez et de caracteres. R

π avec beaucoup de delicatesse. il remplit des sentimens les plus tendres, mais en meme temps les plus sages. c'est un parfait modele en ce genre. R

R { Geomilex traduit de l'arabe in 12 Paris 1729. 2 tomes en un volume. c'est le meme ouvrage que le precedent, sous un autre titre. *

Alcidamie in 8° Paris 1661. 2 volum. Je crois que c'est le meme Roman qui fait le tome 3. des oeuvres de Mad.^{lle} De Villedieu. R

sterdam 1669. par M. de CAILLIERES.

Philicrate, in 12. *Paris* 1669.

Celie, ou la Princesse Melicerte, in 8. *Paris* 1669. — & 1673.

Amours de Psyché & Cupidon, par M. DE LA FONTAINE, in 8. *Paris* 1669. *C'est la plus belle Edition.* — Idem in 12. *la Haye* 1700 — & 1714.

Zayde, Histoire Espagnole, par Jean Renaud de SEGRAIS, avec un Traité de l'Origine des Romans par M. HUET, in 8. *Paris* 1670. 2 volumes. — Idem in 12. *Paris* 1705. — 1719. 2 volumes. *Roman excellent.*

Amour sans foiblesse, in 12. *Paris* 1671. 3 volum. — & in 12. *Paris* 1729. *Ce Roman, qui est de l'Abbé* DE VILLARS, *Auteur du* Comte de Gabalis, *est réimprimé dans cette derniere Edition sous le titre de* Geomiser. *On n'a réimprimé que les deux premiers volumes, qui sont aßez singuliers. Le troisiéme volume contient les Amours heroïques d'Anne de Bretagne, depuis Reine de France.*

Gelanire, in 8. *Paris* 1671.

Araspe & Simandre, in 12. *Paris* 1672. 2 volumes.

Les Oeuvres de Madame de VILLEDIEU, in 12. *Paris* 1702. 10 volumes. — Idem in 12. *Paris* 1721. 12 volum.

Il est bon de remarquer que les deux derniers volumes de cette Edition de 1721. *ne sont pas de Madame de Ville-Dieu. Ce sont de petites Historiettes bonnes & mauvaises de divers Auteurs. Les Romans qui sont dans les dix premiers volumes ont été la plûpart publiez sous le nom de Mademoiselle Desjardins, qui étoit celui de cette Dame avant qu'elle eut épousé M. de Ville-Dieu son premier mari. Voici la Liste des Romans & Historiettes contenuës dans ce Recueil, afin qu'on ne les achette pas deux fois.* on les a aussi imprimé X

X a Toulouse en 6 Volumes in 12 mais d'une édition trop meme et peu estimable.

TOME I. Contient les desordres de l'Amour ; le Portrait des foiblesses humaines ; Cleonice, ou le Roman galant. *Ces trois Pieces sont aßez bien écrites.*

TOME II. *Contient quelques Oeuvres mêlées, avec trois Pieces de Theatre, & rien qui ait raport aux Romans.*

TOME III. Contient Carmente. ‡ *Bien écrit & intéressant.*

TOME IV. Alcydamie. *C'est la premiere Partie d'un grand Roman fort mauvais & fort ennuyeux,* dont nous venons ⊖

⊖ de parler.

Les Galanteries Grenadines. *Commence bien, continuë mal, & ne finit pas.* ‡‡

TOME V. Les Amours des Grands Hommes. *Aßez bien écrits.*

Lysan-

ǁ histoire grecque avoit deja été imprimée a Paris in 8
en 1668 · ce Roman est

ǂ avoit deja paru a Paris en 16 · · et in 12 a Bruxelles
en 1673

π L'an 1872 comme nous le marquions ailleurs.

Lysandre, Nouvelle. *Paßable.*

TOME VI. Memoires du Serrail. *Commence assez bien, se poursuit assez mal & finit pitoyablement, chargé de trop d'accidens fâcheux.*

Les Nouvelles Africaines. *Bien écrites & touchantes.*

TOME VII. Vie d'Henriette-Sylvie de Moliere. *Ecrite d'une maniere sensible & intéressante.*

Annales galantes de Grece. *Passable & n'est pas fini.*

TOME VIII. Les Exilez. *Ecrit dans le goût des grands Romans sans en avoir l'ennui. La derniere Partie languit*

Lysandre, Nouvelle. *Paßable.*

TOME VI. Memoires du Serrail. *Commence assez bien, se poursuit assez mal & finit pitoyablement, chargé de trop d'accidens fâcheux.*

Les Nouvelles Africaines. *Bien écrites & touchantes.*

TOME VII. Vie d'Henriette-Sylvie de Moliere. *Ecrite d'une maniere sensible & intéressante.* elle a été imprimée dès 11

Annales galantes de Grece. *Passable & n'est pas fini.*

TOME VIII. Les Exilez. *Ecrit dans le goût des grands Romans sans en avoir l'ennui. La derniere Partie languit & ne finit pas heureusement.*

TOME IX. Les Annales galantes. *Bien écrit, amusant; mais les quatre premieres Parties sont les plus intéressantes.*

TOME X. Le Journal amoureux. *Amusant & assez bien écrit.*

Clelie, Histoire Françoise, galante & comique, in 12. *Paris* 1673. — & *Nimegue* 1680.

R. Le Cercle ou Conversations galantes, Histoire amoureuse du tems, in 12. *Paris* 1675. 3 tom. en 1 volume. — in 12. *Cologne* 1676.

Desordres de l'Amour, in 12. *Paris* 1676. c'est de madame de Villedieu

Tome XI. contient

Le Prince de Condé de M. Boursaut.

mademoiselle d'Alençon nouvelles galantes

mademoiselle de Tournon nouvelles galantes.

Tome XII. contient

Astrene ou Tamerla nouvelle.

Don Carlos nouvelle par l'abbé de St Real.

L'illustre Parisienne histoire galante et veritable.

Axiamire, ou le Roman Chinois, in 12. *Paris* 1676. 2 volum.

Le Lyon d'Angelie, Histoire amoureuse & tragique, par Pierre-Corneille BLESSEBOIS, in 12. *Cologne* 1676.

Le Solitaire, Nouvelle, in 12. *Paris* 1677. 2 volumes.

Princesse Agathonice, ou les differens Caracteres de l'Amour, Histoire du tems, in 12. *Paris*. 1693. — & *la Haye* 1693.

Astrée, in 12. *Paris* 1678.

Nouvelle Astrée, dédiée à son Altesse Royale Madame, in 12. *Amsterdam* 1713.

Le Courier d'Amours, in 8. *Paris* 1679.

Les Caprices de l'Amour, par le Sieur de BEAUCOURT, in 12. *Paris* 1681.

Essais d'Amours de M. L. C. D. V. in 12.... 1681.

Octavie, ou l'Epouse fidele, par le Sieur de CHEVERNI, in 12. *Paris*....

L'Amant parjure, ou la Fidelité à l'épreuve, par le Sieur de CHAVIGNI, in 12. *la Haye* 1682.

Amour victorieux de la Fortune, ou les avantures d'Eronce et d'Eugenie ~~in 12.....~~

~~Semaine de Montalban, ou les Mariages.~~

X par le Sr. de la Roberdiere in 12° Amsterdam 1683

Les amours du Marquis de Charmonde et de Madem-
de Grange par de Catalde in 12 . . . .

riages mal assortis, in 12. *Paris* 1684. 2 volumes, par le Sieur VANEL.

Amours en Campagne, in 12....

Le Cabinet d'Amour, ou l'Art de discerner le véritable Amour d'avec le faux, in 12. *Paris* 1685.

Les Esprits, ou le Mari fourbé, in 12. *Liege* 1686.

Mademoiselle de Benonville, Nouvelle galante, in 12. *Liege* 1686. *Sotte Historiette, languissanment écrite, sans aucun intérêt, & qui ne contient que des choses communes.*

Orophile en desordre, ou Imposture de la saignée, in 12. *Cologne* 1686.

Philadelphe, Nouvelle Egyptienne, par le Sieur GIRAULT de Sainville, in 12. *Paris* 1687. 1685 &

R Le Mari jaloux, Nouvelle, par Madame de Gomez de VASCONCELLE, in 12. *Paris* 1688. d'autres l'attribuent a madame de Saintonge

Le Langage muet, ou l'Art de faire l'amour sans parler, sans écrire & sans se voir, Histoire galante, in 12. *Middelbourg* 1688.

Les Secrets de l'Amour, in 12. *Paris* 1690.

Agrémens & chagrins du Mariage, in 12. *Paris* 1692. 4 volumes. — & 1694. 4 volumes.

Histoire des Amours du Duc d'Arione & de la Comtesse Victoria, in 12. *la Haye* 1694.

Amans trompés, Histoire galante, in 12. *Amsterdam* 1696.

Gage touché, Histoire galante & comique, in 12. *Paris* 1698. 2 vol. — & in 12. *Amsterdam* 1700. — *la Haye* 1714. — *Paris* 1716 & 1718. 2 volum.

Princes Rivaux, Histoire secrete, in 12. *Paris* 1698.

La connoissance du monde, Voyages Orientaux, Nouvelles historiques, in 12. *Paris* 1695.

Le Voyage de Campagne, par Madᵉ la Comtesse de M. in 12. *Paris* 1699. 2 vol. — & à *la Haye* 1700. 2 vol. *Ce Roman, qui est de l'ingenieuse Madame de Murat (Julie de Castelnau) est écrit avec beaucoup d'esprit & de goût. Il y a dans le second volume des Scenes ou sortes de Comedies de Proverbes, qui sont d'une autre Dame; elles sont assez agréables & contiennent des caracteres assez marquez.*

Cephise, ou l'Amante fidéle, par le Sieur GAUTIER d'Aubicour, in 12. *Paris* 1699.

La Reine Bergere, par le Sieur PALLU de DOUBLAINVILLE, in 12. *Paris* 1700.

+ — de Paris 1736 2 volumes.

⌐ ou Aventures Galantes, avec l'origine des Fées

par madame Durand (Catherine Bedacier) veuve de Mr Durand.

X estimé cependant la premiere édition de ce Roman fut a peine gouté et il n'a ~~m~~ pris faveur ~~que~~ la seconde Edition donnée en 173

La Comteſſe de Mortane, par Madame ***, in 12. *Paris* 1699. 2 volumes. — & *la Haye* 1700. 2 volumes. *Ce Roman, qui eſt de Madame* DURAND, *eſt aſſez bien écrit ; mais le ſecond volume eſt plus intéreſſant que le premier, & ſi l'on en retranchoit un tiers, avec quelques termes un peu trop populaires, ce ſeroit un de nos plus jolis Romans. Les caracteres y ſont bien marquez & bien ſoutenus, & les évenemens en ſont ſinguliers, quoique naturels.*

Avantures du Chevalier de Themicourt, in 12. *Paris* 1701.

Petits Soupers de l'année 1699, in 12. *Paris* 1702. 2 volumes, par Madame DURAND.

L'Inconſtance punie, Nouvelle du tems, par Madame la Comteſſe de L.... in 12. *Paris* 1702.

Faveurs & diſgraces de l'Amour, ou les Amans heureux & malheureux, & trompés, Hiſtoires galantes, in 12. *la Haye & Amſterdam* 1702. 3 vol. 1721. — & 1731. *Cologne* 1710. 3 volumes.

Funeſtes effets de l'Amour, in 12. *Luxembourg* 1707. 2 volumes.

Amours libres des deux Freres, Hiſtoire galante, in 12. *Cologne* 1709. *Ce n'eſt pas un Ouvrage fort délicatement écrit.*

Theatre

R Theatre de l'Amour & de la Fortune, par Mademoiselle le BARBIER, in 12. *Paris* 1713. — & *Amsterdam* 1715. 2 volumes. ~~et ouvrage qui vient de bonne~~ X

Le Prince jaloux, de Mademoiselle BERNARD, in 12. *Paris* 1717. ~~peut~~

R Triomphe de la raison, ou les Avantures de Chrysophile, par M. MALNOURY de la Bastille, in 12. ~~Paris 1716~~ 1715

Amours & Avantures d'Arcan & de Belize, Histoire véritable, par le Chevalier de P**, in 12. *Leyde* 1714.

R Celise ou l'Amante fidelle; Histoire galante & véritable, in 12. *Amsterdam* 1713.

R Avantures de ***, ou les effets surprenans de la sympathie, in 12. *Paris* 1713. 5 vol. — *Amsterdam* 1715. 5 vol. *On ~~dit~~ assure que cet Ouvrage est du ~~M. Carlet de Marivaux, à present de l'Academie Françoise, &~~ Auteur de plusieurs Pieces romanesques. ~~& theatrales.~~* ~~quiquelconfait~~ ‡

+ ~~L'abbé Laurent Bordelon, dont nous parlons ailleurs; d'autres l'attribuent au~~ chevalier de mailli, ce qui est fort vraisemblable; il est

R Histoire du Marquis de Clemes & du Chevalier de Pervanes, avec les Caprices du Destin, ou Recueil d'Histoires singulieres & amusantes par M. de SACY, in 12. *Paris* 1716. — & *Amsterdam* 1719. *M. de Sacy, fils du celebre M. de Sacy Avocat au Conseil, & de l'Academie Françoise.* mais qu'on ne s'y trompe pas en matiere ~~Faveurs~~ d'ouvrage le fils ne vaut pas le pere.

Marie-Anne BARBIER, Auteur des Saisons Littéraires, ou Mélanges de Poésie d'Histoire et de Critique. Paris. 1714 in 12

X mais a été assez gouté.

Ouvrage assez estimé.

1715 réimprimé en l'année suivte 1716 à Amsterdam in 12 à la suite des Amours de Théagène et de Chariclée, traduction libre faite sur le Grec par le même qui dans cette Edit. de 1716 est nommé Maulnoury (et non pas Malnoury) de la Barritte. On y a conservé l'approbation donnée au Roman par Danchet, datée de Paris 2 Juillet 1714. cet article est répété mal à propos, cy dessous, Pag. 153. Je l'ai rayé.

L'ouvrage n'a pas été fort recherché et est même presque tombé dans l'oubli, ou si vous voulez dans le mépris. d'autres cependant l'attribuent à l'abbé Bordelon. mais on ne perd pas beaucoup à ignorer l'auteur d'un mauvais livre.

[illegible]

[illegible]

Meluerte nouvelle veritable et amoureuse de ce temps in 12°.

R Evandre et fulvie histoire tragique in 12. Paris 1728

Memoires du Comte de Veraek. in 12. amsterdam. 1723

× Le même dont on a les Vies de plus. Hommes illustres et grands Capitaines de France; il etoit chevau-léger, et fut tué à Dettingen en 1743, âgé seulement de 31 ans.

Caprices de l'amour et de la fortune par le Marquis d'argens in 12° La Haye 1736

R La vie de marianne ou les avantures de madame la Comtesse D... par M. de Marivaux in 12 Paris 1731 & 6. parties. Roman assez suivi et assez bien ecrit, mais cependant qui devient long et languissant

Faveurs & diſgraces des Amans, in 12. *Paris* 1723. 2 volumes.

Avantures de Leonidas & de Sophronie, Hiſtoire ſérieuſe & galante, in 12. *Paris* 1722.

Le Theatre des Paſſions & de la Fortune, ou les Avantures ſurprenantes de Roſamidor & de Theoglaphire, Hiſtoire auſtrale, par M. de CASTERA, in 12. *Paris* 1731.

Avantures d'Ariſtée & de Telaſie, Hiſtoire galante & heroïque, par M. du CASTRE d'AUVIGNI, in 12. *Paris* 1731. 2 volumes.

Hiſtoire de la Comteſſe de Gondez, in 12. *Paris* 1725. 2 volumes en un. *Cet Ouvrage eſt de Mademoiſelle de Luſſan, qui a donné quelques autres Romans.*

Hiſtoire d'Echo & de Narciſſe, par M. le Comte Alexandre C. D. M. in 12. *Leyde* 1730. *Aſſez bien écrit.*

Les Veillées de Theſſalie, in 12. *Paris* 1732. par Mademoiſelle de LUSSAN. *Amuſant & bien écrit.*

Celenie, Hiſtoire allegorique, par Madame L.... in 12. *Paris* 1732.

Hiſtoire d'Emilie, ou les Amours de Mademoiſelle ***, par Madame MEHEUT, in 12. *Paris* 1732.

Pharſamon, ou les nouvelles Folies roma-

romanesques, de M. de MARIVAUX, in 12. *Paris* 1732. 4 vol.

L'Epouse infortunée, Histoire Italienne, galante & tragique, par M. D. P. B. in 12. *Paris* 1733.

ARTICLE III.

ROMANS HEROIQUES.

IL fido Amante Poema heroïco di Curtio GONZAGA, figliuolo di Luigi, dell' antica casa de' Prencipi di Mantova, in 4. *in Mantova* 1582. *Poëme assez rare, mais qui n'est pas fort recherché.*

La Cytherée, par Marin le ROY DE GOMBERVILLE, in 8. *Paris* 1621. 9 volumes. Idem in 8. *Paris* 1642. 9 volumes. & 1644. & 1654 4 volumes. *Ecrit dans le goût des mœurs antiques, contient sous des noms empruntez de véritables Histoires des premiers tems du Régne de Loüis XIII. Il est rare de le trouver entier.*

Alcidiane, par Marin le ROY DE GOMBERVILLE, in 8. *Paris* 1651. *Cet Ouvrage est peu recherché.*

Polexan-

Le Solitaire de Terrasson histoire interressante par madame D... in 12 Paris 1733.

2 La Jeune alcidiane par madame de Gomez in 12 Paris 1733 3 volumes nous n'avons personne qui dans ces derniers temps ait publié autant d'ouvrage d'agrement que madame de Gomez et qui les ait travaillé avec une si grande facilité; et celui ci est bien ecrit.

2 La Constance des promptes amours, avec le jouet de l'amour in 12 Paris 1734. 2 Volum.

1.

Le Solitaire de Terrasson histoire interressante par madame D... in 12° Paris 1733.

2 R La Jeune Alcidiane par madame de Gomez in 12 Paris 1733. 3 volumes. nous n'avons personne qui dans ces derniers temps ait publié autant d'ouvrage d'agrément que madame de Gomez et qui les ait travaillé avec une si grande facilité; et celui ci est bien écrit.

2 R La Constance des promptes amours, avec le jouet de l'amour in 12 Paris 1734. 2 Volum.

1 — Et in Venetia 1591.

Les genereuses amours de Philoxipe et de Mysophile, tous deux de la belle Avignon par Vitelly in 8° Langres 1603

Le Lit d'honneur de Chariclée ou sont introduites les infortunes et tragiques amours de melisse, par Jean d'Intras in 8° Paris 1609.

Le martyre de la fidelité par Jean d'Intras de Bazas in 8° Paris 1609.

Le Duel de Timanthe par le meme in 8° Paris 1609.

Histoire et Roman de Cloriande, ou plusieurs histoires de notre temps sont naïvement representées, de l'invention de plusieurs beaux esprits de ce temps. in 8° Paris 1630.

X Traducteur passable, mais assez chetif auteur, et homme de peu d'imagination il en faut neanmoins pour les Romans.

— Idem in 12 Lyon 1666 10 Volumes.
— Idem in 8 Paris 1670 10 Volumes.
— Idem in 8 Paris 1731 10 Volumes. La Cassandre de La Calprenede est un des plus estimez d'entre nos grands Romans. il y a cependant quelques defauts et le Style commence à vieillir.

R Polexandre, par Marin le Roy de Gomberville, in 4. *Paris* 1632. — & 1637. 5 volumes.

—— Idem in 8. *Paris* 1641. 5 volum.

—— Idem in 8. *Paris* 1645. 5 volum.

—— Idem in 8. *Paris* 1647. 5 volum.

Ces trois dernieres Editions, quoique sous le même Titre, sont toutes differentes quant aux évenemens. M. de Gomberville, qui avoit beaucoup de talent pour écrire, montre par cette varieté qu'il se joüoit de sa matiere, & quelquefois même de ses Lecteurs. Quoique ce soit ici un de nos bons Romans; il ne laisse pas d'ennuyer quelquefois.

Voy. sur ce Roman le Sorberiana pag. 183, 1re edit. de Toulouse 1691, in 12

Les Avantures de la Cour de Perse, où sont racontées plusieurs Histoires d'amour & de guerre arrivées de notre tems, par J. Baudouin, in 8. *Paris* 1639. ouvrage mediocre; Baudouin etoit X

R La Calprenede, Cassandre, in 8. *Paris* 1642. — & 1644. 10 vol.

—— Idem in 8. *Paris* 1648. 10 vol.

—— Idem in 8. *Paris* 1654. 10 vol.

—— Idem in 8. *Paris* ou *Troyes* 1660. 10 volumes.

R La Calprenede, Cleopatre, in 8. *Paris* 1647. — & *Hollande* 1648. 12 volumes.

—— Idem in 8. *Paris* 1656. 12 volum. — 1657.

—— Idem

—— Idem in 8. *Paris* 1662. 12 volum.

La Cleopatra del Signor Maiolino Basaccioni, in 12. *in Venetia* 1672. 6 volumes.

La Calprenede, Pharamond, ou Histoire de France, in 8. *Paris* 1641. — jusqu'en 1661. 12. vol.

—— Idem in 8. *Paris* 1661. 12 volum.

—— Idem in 8. *Amsterdam* 1664. 12 volumes.

—— Idem in 8. *Amsterdam* 1666. — & 1671. 12 volumes.

Ce Roman a fait beaucoup de bruit dans son tems, & se trouve encore très-recherché. La Calprenede n'en avoit fait que les sept premiers volumes lorsqu'il mourut, & le Sieur Pierre Dortigue de Vaumoriere *a fait les cinq autres. Et quoique la Calprenede n'eut laissé aucuns Memoires, cependant son Continuateur est si bien entré dans son genie, qu'on ne s'aperçoit de la difference que parce que Vaumoriere a surpassé la Calprenede par l'élocution, l'ordre & l'arrangement.*

Vaumoriere, le Grand Scipion, in 8. *Paris* 1656. — & 1661. 4 volumes.

Vaumoriere, Agiatis Reine de Sparte, ou les Guerres civiles des Lacedemoniens sous les Rois Agis & Leonidas,

X Ce Roman n'est pas moins recherché que le precedent ou que le suivant : il a les memes defauts que la Cassandre, mais on trouve dans l'un et dans l'autre des situations tres tendres.

X des Romans de La Calprenede.

Abregé de la Cleopatre de M. de La Calprenede in 12 Paris 1668. 3 Volumes.

+ que le precedent, et cependant estimé des connoisseurs.

— et Paris 1648. 2 Volumes

M. Chevreau etait habile Litterateur, nous avons de luy quelques ouvrages serieux sur tout son histoire du monde qui peut tenir lieu d'histoire universelle: mais s'il a peu reussi dans le Roman

X recherché. cependant il y avoit dans ce Heros plus de matiere qu'il ne falloit pour en faire un Roman singulier. en voici une Traduction Italienne.

Mitridate, Tradotto da Conte Maiolino Bisaccioni in 12 in Venetia 1655. 4 Volume.

par George de Scuderi

Scuderi dont nous avons beaucoup d'autres ouvrages etoit frere de mademoiselle de Scuderi qui a fait plusieurs Romans estimez. George Scuderi etoit bon Poete et fut attaché au Cardinal de Richelieu.

Leonidas, in 12. *Paris* 1685. 2. vol.

VAUMORIERE, Histoire de la galanterie des Anciens, in 12. *Paris* 1671. — & 1676. 2 volumes.

~~Bellissaire, ou le Conquerent, in 8. Paris 1643.~~

Scanderberg, par M. CHEVREAU, in 8. *Paris* 1644. 2 volumes.

Urbain CHEVREAU, Hermiogene, in 8. *Paris* 1648. 2 volumes.

Mithridate, in 8. *Paris* 1648. 4. volumes.

Le Toledan (ou Don Juan d'Autriche) in 8. *Paris* 1649. ~~ou~~ 1659. 5 volumes. *Cet Ouvrage, qui n'est pas commun, contient l'Histoire du celebre Don Juan d'Autriche fils naturel de l'Empereur Charles-Quint. On n'a jamais bien pu penetrer le mystere de sa naissance : ce qui a donné lieu à de très-mauvais bruits contre cet Empereur.*

Berenice, in 8. *Paris* 1651. 4 vol.

~~Mademoiselle Madelaine SCUDERY,~~ Ibrahim ou l'illustre Bassa, in 8. *Paris* 1641. 4 volumes.

— Idem in 12. *Roüen* 1665. 4 volum.

— Idem in 12. *Paris* 1723. 4 volum.

Il perfetto Ibrahim o vero illustre Bassa, tradotto dal Francese di Giorgio SCUDERY, in 12. *Venetia* 1684. 2 volumes.

Made-

R Mademoiselle de SCUDERY, Artamene, ou le grand Cyrus, in 8. *Paris* 1650. &c. 10 volumes.

—— Idem in 8. *Paris* 1651. 10 volum.

—— Idem troisiéme Edition augmentée de figures gravées par Chauveau, in 8. *Paris* 1653. —— & 1654. 10 volum.

—— Idem in 8. *Leyde* 1655. 10 volum.

—— Idem in 8. *Paris* 1656. 10 volum.

—— Idem in 8. *Paris* 1658. 10 volum.

Mademoiselle de Scudery a donné ses Romans comme autant de Poëmes épiques en prose, dans lesquels elle fait entrer beaucoup d'évenemens de la Cour de Louïs XIV. mais qui voudra savoir l'Histoire ne l'ira pas chercher dans ses Ouvrages. ‡

Made de SCUDERY, Clelie, Histoire Romaine, in 8. *Paris* 1656. 10 volumes.

—— Idem in 8. *Paris* 1658. 10 volum.

—— Idem in 8. *Paris* 1660. 10 volum.

—— Idem in 8. *Paris* 1666. 10 volum.

—— Idem in 8. Paris 1663. 10. volumes. R

—— Idem in 12. *Paris* 1731. 10 volum. X

Made de SCUDERY, Almahide, ou l'Esclave Reine, in 8. *Paris* 1660. 8 vol. *C'est un Roman formé sur le goût des Mores d'Espagne, les plus galans & les plus polis de tous les hommes. Ce Roman n'a été imprimé qu'une fois, & n'est pas commun.*

Made

‡ Le Cyrus a la reputation de precher un amour fade et Languissant, et d'avoir meme des conversations trop longues et trop ceremonieuses.

X X La Clelie passe avec raison pour Le meilleur des Romans de mademoiselle de Scuderi. on y trouve du gout, des moeurs et meme beaucoup de connoissances.

avec les jeux servant de preface.

Promenade et

celanire dediée au Roi in 12 Paris 1671.

D. Matilde ou Les amours du Duc de *** histoire Espagnole in 12 Liege 1702

La Princesse

R

R

R

R

++ avec les jeux avant de preface.

+++ Promenade et

celanire dediée au Roi in 12 Paris 1671.

D. Metilde ou Les amours du Duc de xxx histoire Espagnole in 12 Liege 1702.

| La Haye

X C'étoit encore le temps des Romans. on entroit alors dans le monde savant et lettré par ce genre de compo-sition

Rethima ou la belle Georgienne par M. Du Hautchamps in 12. Paris 1735 et 1736. 6 parties en deux ou 3 Volumes. ouvrage assez bien écrit; mais il ne faut pas croire que les avantures de ce Roman se soient passées dans les pays etrangers on y reconnoit beaucoup de faits curieux et singuliers qui sont arrivez de nos jours, sur tout pendant le temps du systeme des finances.

Mizirida Princesse de Firando Histoire Japo-noise par M. Du Hautchamps in 12. Paris 1738. 3 Volumes. cet ouvrage est mieux ecrit que le precedent, on y trouve des faits egalement instructifs et interressans et dont quelques uns se sont passé a nos yeux. le livre se fait lire avec plaisir.

La Princesse

R

R

R

R

+

Mad^e de SCUDERY, Mathilde d'Aguilar, Histoire Espagnole, in 8. *Paris* 1667. — in 8. *Paris* 1702.

Les Jeux de Mathilde d'Aguilar, Histoire Espagnole & Françoise, galante & véritable, par M. D. S. in 8. *Villefranche* 1704. 3 volumes.

La description de Versailles, ou Celanire, Nouvelle galante, par Mad^e de SCUDERY, in 12. *Paris* 1698.

Rosemire, ou l'Europe délivrée, in 8. *Paris* 1657.

Laodice, par M. PELISSERI, in 8. *Paris* 1660. 2 volumes.

Tarsis & Zelie, par le Sieur le REVAY, (c'est-à-dire, le VAYER) in 8. *Paris* 1665. 5 volumes. — & 1669. 5 volumes. — in 12. *Paris* 1720. 3 vol. *Ce Roman, qui est aßez estimé, vient de M. le Vayer Boutigny Maître des Requêtes, de qui nous avons d'autres Ouvrages en Jurisprudence.*

Rodogune, Histoire Asiatique & Romaine, par le Sieur d'Aigue d'IFFREMONT, in 8. *Paris* 1667. — & 1669. 2 volumes.

Sapor Roy de Perse, par du PERRET, in 12. *Paris* 1668. 5 volumes.

Rhamiste & Ozalie, Roman heroique, in 12. *Paris* 1729.

ARTICLE

ARTICLE IV.

ROMANS HISTORIQUES, ... pour l'an-

Avantures du
r A. REMY,
peu de chose.
ien, Histoire
is 1728. Ecrit
.

es, par M. de
am 1713. 2 vo-
rdam (Rouen)
ivrage est assez bien écrit, mais il est chargé de trop d'évenemens que l'on sçait d'ailleurs, & n'est pas assez intéressant pour le cœur, aussi n'a-t-il pas eu le succès que M. de Larrey en attendoit. L'Edition in 8. est la plus belle.

Histoire amoureuse de la Grece, ou les Amours de Pindare & de Corine, in 12. *Paris* 1678. 2 volumes.

Sapho, ou l'heureuse inconstance, par Madame de ***, in 12. *la Haye* 1695.

Vita

Vérité des fables ou histoire des Dieux de l'antiquité par Jean Desmarets in 8° Paris 1698 2 volumes. C'est une sorte de Roman dans lequel on a expliqué toute l'origine de l'ancienne fable et des fausses divinités du Paganisme. Quoiqu'ancien il ne laisse pas d'être encore aujourd'hui assez recherché.

ARTICLE IV.

ROMANS HISTORIQUES, & Histoires secretes, pour l'ancienne Histoire.

LA Galathée, ou les Avantures du Prince Astyages, par A. REMY, in 8. *Paris* 1625. *C'est peu de chose.*

Amosis Prince Egyptien, Histoire merveilleuse, in 12. *Paris* 1728. *Ecrit avec agrément & vivacité.*

Histoire des sept Sages, par M. de LARREY, in 8. *Roterdam* 1713. 2 volum. — Idem in 12. *Roterdam* (*Rouen*) 1714. 2 volumes. *Cet Ouvrage est assez bien écrit, mais il est chargé de trop d'évenemens que l'on sçait d'ailleurs, & n'est pas assez intéressant pour le cœur, aussi n'a-t-il pas eu le succès que M. de Larrey en attendoit. L'Edition in 8. est la plus belle.*

Histoire amoureuse de la Grece, ou les Amours de Pindare & de Corine, in 12. *Paris* 1678. 2 volumes.

Sapho, ou l'heureuse inconstance, par Madame de ***, in 12. *la Haye* 1695.

Vita

‡‡‡ Le Jupiter de Candie in 8 Paris 1658

avantures et amours d'Ulysse avec la Deesse Calipso histoire galante in 12° amsterdam 1709

o Il Ratto d'Elena e la fortuna d'amore - Da Bernardo Morando. in 12. in Piacenza 1646

‡‡ l'Histoire ~~des~~ et les amours de Sapho de Mytilene, avec une Lettre sur les accusations formées contre ses moeurs. in 12 - Paris 1724. ouvrage peu recherché

Il Dragone di Macedonia da Luigi Manzini in 4º in Bologna 1643

Ecole des Princes ou Alexandre Le grand comblé de gloire et de malheurs in 12 Amsterdam 1671

Intrigues amoureuses de quelques anciens grecs in 12 La Haye 1690

Vita di Cleopatra Regina di Egitto del Conte Giulio LANDI, in 8. *in Venetia* 1551. — & 1618.

Histoire de la Reine Artemise, composée par Nicolas HOWEL, in folio. *Manuscrit.*

Gli amori di Alessandro Magno, è di Rossana da Giac. Andrea CICOGNONI, in 8. *in Bologna* 1656. *En vers.*

Anecdotes Grecques, ou Avantures secretes d'Aridée frere d'Alexandre le Grand, traduites d'un Manuscrit grec, in 12. *Paris* 1731. *c'est-à-dire, traduit à la maniere des Romanciers, ou plûtôt tiré de leur imagination bonne ou mauvaise.*

Galanteries amoureuses de la Cour de Grece, in 12. *Paris* 1670. — in 12. *Amsterdam* 1693.

Les Amitiés malheureuses, Histoire de Sparte, in 12. *Paris* 1688.

Histoire de Parmenide, Prince de Macedoine, in 12. *Bruxelles* 1706.

Illustres Infortunés, ou les Avantures galantes des plus grands Heros de l'antiquité, in 12. *Cologne* 1695.

Amours des grands Hommes, par M. VILLE-DIEU, in 12. *Paris.* 1671. —Idem in 12. *la Haye* 1688. *Et dans le* le *Recueil des Oeuvres de Madame de Ville-Dieu. Voyez ci-dessus.*

Les belles Grecques, ou l'Histoire des plus fameuses Courtisannes de la Grece; & Dialogues nouveaux des Galantes modernes, in 12 *Paris* 1712. avec figures. — in 12. *Amsterdam* 1715. par Madame DURAND.

Histoire des Amazones, par le Sieur CHASSEPOL, in 12. *Paris* 1678.

Les Bains des Termopiles à la Princesse de Milet, par feuë Mademoiselle de SCUDERY, in 12. *Paris* 1732. *Petit Livret de 73 pages.*

d'Antiochus Prince de Syrie, Histoire galante, in 12. *Cologne* 1679.

Il Romulo del M. Virgilio MALVEZZI, in 12. *Bologna* 1631.

Romulo & Tarquinio del MALVEZZI, in 12. *in Venetia* 1633.

Anecdote, ou Histoire secrete des Vestales, in 12. *Paris* 1700. & 1725.

Avantures de Jules-Cesar dans les Gaules, in 12. *Paris* 1695. *Mauvais Livre du Sieur Lescovel, dont nous parlerons ci-après.*

Rome galante, ou Histoire secrete sous les Régnes de Jules-Cesar & d'Auguste, par M. le Chevalier de MAILLI,

+ Rhodope, aspasie, Lays et Lamia

1736

personne d'esprit

R

*

assez bien ecrit

Amours

Paris 1679. — Idem in 12.

X mediocre aussi bien que le suivant.

ouvrage X

et de Murcie

ou le modele de l'amour parfait

encore

* C'est une réimpression de la 15e des Conversations sur divers sujets par Magdel. de Scudéry, imprimées à Paris en 1680, in 12 2 vol. (Voyez ma Notice de ces Conversations, edition in 8° de la même année 1680.

2° Examen des trois Dissertations que M. Desaguliers a publiées sur la figure de la terre par M. le Comte de B. 1738 in 12.

3° Eloge de M. Pothier, Doyen des Conseillers au Presidial d'Orleans, Pro- [illegible] Professeur [illegible] de Bailliage de Romorantin le 8 May 1772 par M. le Comte de [illegible], Procureur du Roi (à Romorantin) Orleans, Couret et [illegible] 1772 in 12 de 136 pages. ✗

Dans le Catalogue de la Bibliotheque redigé par lui-même avec de courtes Notes je trouve la suivante aux Poetes Latins avec l'indication de la traduction françoise par l'abbé Lejeune des Fastes d'Ovide avec notes critiques et histor. imp. a Paris chez Barbou en 1714 in 12. Des 6 Livres des Fastes qui nous restent, l'abbé L. n'a traduit que [illegible]. C'est dommage qu'il n'ait pas continué, car il paroissoit bien capable de rendre comme c'est le plus bel ouvrage d'Ovide, rempli de beaux details et orné de toutes les fleurs qu'il pouvoit recevoir. [illegible] [illegible] [illegible] [illegible] [illegible]

[illegible] Journal [illegible] année 1736, pag. 79 [illegible]
[illegible] Histoire [illegible] du Pays [illegible] 10 [illegible]
[illegible]
[illegible] Hill [illegible] des deux Hypoth[illegible] par M. le
Comte de Bièvre [illegible] par Jean-
Joseph-François le Conte de Bievre
c'est d'après d'autres [illegible] que l'Anglais
[illegible] le Comte, comme je [illegible] un nom
de [illegible], l'auteur ne se nomme que le
Conte. J'ai vu le catalogue (MSt.
in fol.) de sa Bibliothèque, rédigé à
ce qu'il paroît par lui-même, il est
intitulé Bibliotheca Contiana [illegible]
Catalogus [illegible] Jean-François le
Conte de Bievre, Regiæ Academiæ
Parisiensis [illegible] à son [illegible]
[illegible] belle [illegible]
[illegible] de ses livres, portant cette inscription
[illegible] Bibliot. [illegible] le Conte de Bievre
Jean Hill [illegible] deux Hypothèses [illegible]
Amsterd. chez Jean Wetstein en 1731.
in 12 ne fut pas son unique ouvrage
Il y a encore de luy [illegible]
[illegible] différens ouvrages qui ont
été faits pour déterminer la figure de
la terre par le Conte de Bievre 1738
in 12 [illegible] d'une Préface [illegible]
[illegible] 1741 [illegible] Ab[illegible]
de l'Académie des Inscriptions [illegible]

[illegible marginal annotations]

Du 26 au 27 7bre 1778, la bourgogne une partie de la ville de Remiremont, rompit les ponts de pierre, détruisit des Moulins et des Maisons. Sur quoi il dit qu'il y eut à cette époque une commotion ou plutôt une compression dans le Globe terrestre depuis la Méditerranée jusqu'à l'Océan, qu'il vit même l'air enflammé, l'eau des étangs se soulever plus de dix pieds au dessus de leur niveau, des sources jaillir des puits taris, et que c'est à ce Phénomène qu'il faut attribuer l'inondation en question plutôt qu'aux Pluyes abondantes de l'automne précédent.

Un célèbre J.C. du 16e siècle, nommé Leconte, en latin Contius — un René Le Conte qui a publié en 1706 à Paris la Continuation de l'Histoire de la Grande Chancelerie de France par Tessereau, et qui mourut en 1710, Syndic des Secrétaires du Roi (v. Le Long, Tom 3, N° 32805)

Pag. 90. Le [illegible] et le [illegible] de [illegible] ne sont pas des Romans, mais des Histoires [illegible] avec [illegible] de reflexions politiques. C'est ce que note [illegible] Niceron Tom. 41. Pag. 288. [illegible] de la Cte [illegible] en 77 [illegible])

* Cet Eloge de Pothier n'est surement
pas du même Lecomte de Bizerre,
qui en 1736, 37 et 38, écrivoit déja,
puisque le Panegyriste de Pothier
dit à la Page 18 de cet Eloge qu'en
1752 il accompagna Pothier dans le
voyage qu'il fit à Paris, qu'il étoit
jeune alors et qu'il ne connoissoit
Pothier que de reputation. Or un
homme qui avoit publié un Ouvrage en 1736, ne pouvoit pas être encore jeune en 1752. Je pense donc
que l'auteur de l'Eloge de Pothier est
fils ou neveu de l'autre, qui, dans le
Catalogue MSS de sa Bibliothèque,
ne prend point la qualité de Procureur du Roi au Siège de Romorantin mais seulement celle d'Associé
de l'Acad. royale de Paris
aux Pages 123 et 124 l'auteur de
l'Eloge parle dans les Notes d'une
inondation subite que dans la nuit

histoire des deux assories femmes illustres de la grece par M. Le Comte de Brevre in 12 Paris 1736 Livre
~~Le Conte~~ ~~Surletier, et~~ ~~conte au privilege~~
bien ecrit rempli de critiques et de traits d'histoire sur deux illustres courtisannes de la grece

++ de qui nous avons de bons ouvrages en matiere Romanesque, ce que j'estime beaucoup plus qu'un mauvais ouvrage en matiere historique.

+ et de la Reine Stratonice

††† Vita di Cleopatra regina d'Egitto del Conte Giuglio Landi in 8.° in Venetia 1551 Reine tres galante et sur laquelle on peut dire de belles choses. (Deja, Pag. 69, ou Voyez ma Nota inst.)

× Scipion et Annibal in 12.° La Haye 1671. ce sont la deux personnes de caractere et sur lesquels on pourroit faire quelque chose d'excellent en amours aussi bien qu'en histoire.

T — Idem in 12 Amsterdam 1715 3 volum —
et amsterdam 1716 3 volum

\# Le Poete Courtisan ou les Intrigues d'Horace à la cour d'Auguste in 12 La Haye 1705 avoir des intrigues dans une cour est tout ce qu'un poete peut faire de mieux

\#\# quil fit en 1705 par ordre du feu Roi Louis XIV et sur les memoires qui lui etoient communiqués par M De Torci l'un de nos plus habiles ministres.

MAILLI, in 12. *Paris* 1695. 2 vol. *Livre mal écrit, & presque aussi sec que l'étoit son Auteur.*

Amours de Catulle & de Tibulle, par Monsieur Jean de la CHAPELLE, in 12. *Paris* 1699. 5 volumes. — 1719. — & 1723.

— Idem in 12. *Amsterdam* 1699. — 1716. 5 volumes.

R Les Amours de Tibulle, par Mr de la CHAPELLE, in 12. *Paris* 1712. 3 volumes. — 1715. 3 volum. — 1719. 3 volum. — 1723. 3 volum. *Ces Livres sont bien écrits; il n'y a que la Poësie qui en est dure.* d'ailleurs ils ont eu ass. de cours. M de la chapelle etoit un homme de savoir et de gout; qualités qu'il est rare de trouver reunies. nous avons de lui les lettres suisses, ouvrage de politique.

~~— Idem in 12. *Amsterdam* 1715. — 1716. 3 volumes.~~

R Histoire de Tullie fille de Ciceron, par Madame la Marquise de Lambert in 12. *Paris* 1726. de Lassay.

Les Amours d'Horace, in 12. *Cologne* 1728. par M. SOLMINIAC de la PIMPIE: *Homme d'esprit & de mérite attaché à la Cour de Pologne & de Saxe.* ce petit Roman a eu quelque reputation.

Junie, ou les Sentimens Romains, in 12. *Paris* 1695. — et 1698 Joli Roman de madame de Pringy. par Mad. de P.

Histoire Romaine de la belle Clorinde, laquelle sauva la vie à son ami Reginus le Romain en habit de Charbonnier,

Livre bien ecrit et publié par une dame des plus spirituelles de Paris, et chez qui se rendoient tous les beaux esprits de notre temps. elle a donné plusieurs autres petits livres qui ont eu beaucoup de reputation.

bonnier, avec la piteuse mort de Cicero, in 8. *Paris.... Ancienne Edition gothique.*

Histoire des Vestales, avec un Traité du luxe des Dames Romaines, par M. l'Abbé NADAL, in 12. *Paris* 1725. *Il y a dans cet Ouvrage bien des recherches curieuses & même historiques; ce qui peut tenir lieu d'un des plus agreables Romans. L'Auteur cependant, d'une belle & agréable Litterature, ne l'a pas fait dans cette vuë; mais qu'importe,*

Histoires secretes des Femmes galantes de l'antiquité, in 12. *Amsterdam* 1726. 6 volumes. — & *Roüen* 1731. 6 volumes. il y a du curieux dans ce livre

Les Exilés de la Cour d'Auguste, par Madame de VILLE-DIEU, in 12. *Paris* 1701. 2 volumes: ~~& dans le Recueil de ses Ouvrages.~~

Femmes des douze Cesars, contenant la vie & les intrigues secretes des Imperatrices & Femmes des premiers Empereurs Romains, par M. de SERVIES, in 12. *Paris* 1720. — in 12. *Amsterdam* 1721. *Il est réimprimé sous le titre suivant.*

Imperatrices Romaines, ou l'Histoire de la vie & des intrigues secretes des Femmes des douze Cesars & autres

homme

+ il est placé ici et il y restera.

Paris — &

il y a de l'historique, du vrai et du vraysemblable. il est effrenement. il est de M. Dubois — Avocat.

octaire histoire Romaine in 8° 1711. 6
volumes en allemand
ce Roman qui passe pour un chef d'oeuvre a pour auteur
Antoine ulric de Brunswick Blankenberg Prince
amateur des Lettres qui embrassa La Religion catholique
en 1710 et mourut l'an 1714 agé de 81 ans il
étoit fils d'auguste de Brunswick-Wolfenbuttel
Blankenberg mort en 1666 agé de 87 ans. nous
avons de lui un Livre assez rare Intitulé augusti
Seleni Cryptographia in folio.

+ in 12 Utrecht 1684 — & in
Roman historique fort amusant et
+ ~~Livre~~ bien ecrit, qui est aussi rimprimé dans les
trois Editions des oeuvres de cette Dame.

Anecdotes gallantes et Tragiques de La Cour de
Neron Nerron Paris 1735 par M Du Castre
d'Auvigni

Agrippina minore e mutationi dell'Imperio da' primi
cinq Cesari, di Francesco de' Conti Berardi Capeccia in
4° in Venetia 1647 —— in 12 in Venetia 1655 ——
1667

tres Imperatrices Romaines, par M. de SERVIES, in 12. Paris 1728. 3. volumes. bien écrit et fort historique, ~~et~~ où il ne laisse pas d'y avoir du Roman, cependant l'ouvrage a été lu et recherché.

Amours de Neron, par Mademoiselle D...., in 12. *la Haye* 1695.

Histoire secrete de Neron, ou le Festin de Trimalcion, traduit de Petrone, avec des Notes historiques, par M. LAVAUR, in 12. *Paris* 1726. 2 tom. 1 volume. ce M. De Lavaur a travaillé aussi sur la fable, et il écrit bien.

Eustache le NOBLE, Epicaris, ou Histoire secrete de la Conjuration des Pisons contre Neron, in 12. *Paris* 1698. *Où au tome* 12. *des Oeuvres du même M. le Noble. cette petite Historiette, dont le fond est véritable, est écrite avec goût; & il s'y trouve* moins ~~peu~~ *de négligence*, que dans les autres ouvrages de M. Le Noble.

~~Agrippina minore del CAPACCIO, in 12. in Venetia 1667.~~

La Messalina di Francisco PONA, in 16. *in Venetia* 1633.

~~Amours d'Antiochus, in 12. Paris 1679.~~

Arioviste, Histoire Romaine, par Mademoiselle de la ROCHEGUILHEN, in 12. *Paris* 1696. — & in 12. *la Haye* 1697. ~~Dame~~ habile en fait de Romans et d'historiettes.

Belisaire, ou le Conquerant, tiré de Procope, par le Sieur de GRENAILLES, in 8. *Paris* 1643. M. De Grenailles étoit un médiocre écrivain, dont les ouvrages n'ont pas fait fortune.

~~Tome II.~~ D ~~POUR~~

+ François Grenailles, Sieur de Chatonnières, Limousin, dont Voy. Sorberiana pag. 125 et 126.

POUR LA FRANCE.

R Histoire Celtique, où sous les noms d'Amindorix & de Celanire, sont comprises les principales actions de nos Rois & les diverses fortunes de la Gaule & de la France, par le Sieur de la TOUR-HOTMAN, in 8. *Paris 1634.* 3 volumes. livre peu

Histoire des Favorites, contenant ce qui s'est passé de plus remarquable sous plusieurs Régnes, par Mademoiselle de la ROCHEGUILHEN, in 12. *Amsterdam* 1697. — 1703. — 1708. 2 volumes. ✗ — 1700 —

Galanteries des Rois de France, depuis le commencement de la Monarchie jusqu'à present, in 12. *Bruxelles,* 1694. 2 volumes. — Idem in 12. *Cologne* 1695. 2 volumes. *C'est un Ouvrage du Sieur* VANEL, *Auteur assez* — 1698 2 volumes

celui de M Baneton n'est que de 1734 ; c'est celui du cher de Mailly qui fut imprimé en 1723, il parut même en 1720.

POUR LA FRANCE.

R. Histoire Celtique, où sous les noms d'Amindorix & de Celanire, sont comprises les principales actions de nos Rois & les diverses fortunes de la Gaule & de la France, par le Sieur de la TOUR-HOTMAN, in 8°. *Paris* 1634. 3 volumes. livre peu

Histoire des Favorites, contenant ce qui s'est passé de plus remarquable sous plusieurs Régnes, par Mademoiselle de la ROCHEGUILHEN, in 12. *Amsterdam* 1697. — 1700 — 1703. — 1708. 2 volumes.

Galanteries des Rois de France, depuis le commencement de la Monarchie jusqu'à present, in 12. *Bruxelles*, 1694. 2 volumes. — 1698. 2. volumes — Idem in 12. *Cologne* 1695. 2 volumes. *C'est un Ouvrage du Sieur* VANEL, *Auteur assez médiocre, de qui nous avons quelques abregez d'Histoire, comme de l'Histoire d'Espagne, d'Angleterre & des Turcs, Livres à present oubliez.* Comme celui-ci

Amours des grands Hommes de France, in 12. *Paris* 1676.

Meroüé fils de France, Nouvelle historique, in 12. *Paris* 1678. — & *la Haye* 1679. assez bon.

L'Eloge historique de la Chasse; avec plusieurs aventures surprenantes et agreables qui y sont arrivées. in 12 Paris 1720 1723. 1734 ~~2 volumes~~.

Il y a dans cet petit ouvrage beaucoup de Morceaux partie Romanesques, partie historiques sur la france. ~~C'est ce qui fait~~ Le fond de ce Livre ~~qui~~ n'a pas eté fort gouté; ~~et qui~~ il est de M. Beneton de Perrin.

Hi-

les
la-
les
or-
par
N,
peu

ant
ble
noi-
in
08.

de-
nar-
les,
Co-
ora-
ffez
es
re
;
n-es
le

le
&
li-

^ Voy. le nouveau le Long, tom. 2, pag. 56, No. 15782.

peu ††† commun, mais negligé des amateurs.

(Il y a dans cet ouvrage plusieurs details historiques, tant sur l'histoire de france que sur l'histoire etrangere qui sont assez bien choisis et assez curieux.

t parlois d'amours, il a eté un peu plus recherché. c'est la matiere de tous les temps.

anecdotes de la Cour de Childeric Roi de france in 12 Paris 1735 veclum. Roman assez estimé et qui a paru dans le temps que l'on a mis au theatre la piece de Childeric qui est de m. Hamilton

⊖ La vie de Pierre Abelard et celle d'Heloïse in 12. Paris 1720. 2 volum. Quoique cet ouvrage donné par M. L'abbé Gervaise, soit une histoire veritable Elle peut neanmoins par la qualité du sujet, tenir lieu d'un Roman. c'est domage qu'elle ne soit pas ecrite avec plus de Legereté et d'agrement.

Histoire d'Heloïse et d'abelard avec deux autres avantures galantes, L'une intitulée Le marquis de Basins ou le barbare Epoux et L'autre Le Chevalier de La tour Landri ou l'amant dupé in 12° La Haye 1694. &
^ amsterdam 1702 —

d'ailleurs la traduction des Lettres est passable. ⊖

X tendre que des critiques malins ont voulu L'attribuer a M. L'abbé de Chaulieu, mais quelle preuve en a t'on? ~~mais~~ on peut dire que c'est ce que M. Des Beauchamps a fait de meilleur en poesie. * R

avec plus de Correction que ne font ordinairement Les Dames, soit que cette scrupuleuse Exactitude, soit que quelque Ami habile d'esprit la luy insinué. Qu'importe cela passe toujours sous son nom; ainsi on ne sauroit lui en oter le merite, sans injustice. l'ouvrage est interressant

+ vienne d'elle meme

et L'on y trouve des faits tres curieux. on pretend que l'on ne veut pas lui permettre d'en imprimer La suite, mais Elle s[era] imprimée en Hollande et n'[en] sera que mieux vendue a Pa[ris]

*

Histoire des Amours & infortunes d'Abelard & d'Eloïse, par ~~Mr N. F. Dubois~~, in 12. *la Haye* 1695. — 1697. — 1700. — 1703. — 1705. — 1711. cette histoire n'est pas aussi bien faite que le sujet sembloit le demander. Le livre neanmoins n'a pas laissé d'avoir beaucoup de cours.

par Mr. F. Dubois

Nouveau Recueïl, contenant la Vie, les Amours, les Infortunes & les Lettres d'Abelard & d'Eloïse. Les Lettres d'une Religieuse Portugaise & du Chevalier (de Chamilli) in 12. *Bruxelles* 1709. il y en a d'autres editions

* Les Lettres d'Eloïse & d'Abelard, mises en Vers françois par Mr de BEAUCHAMP, in 12. *Paris* 1721. *Excellente Traduction en Vers,* et meme si belle et si

* Anecdotes de la Cour de Philippe Auguste Roy de France, par Mademoiselle de LUSSAN, in 12. *Paris* 1733. 3 volumes. *Cette Demoiselle a déja publié l'Histoire de Madame de Gondez & les Veillées de Tessalie.* Elle ecrit avec gout, et

* Eleonor de Guyenne, par M. de LARREY, in 8. *Roterdam* 1692. *Cette Histoire s'étend depuis l'an 1136. jusqu'en 1204. elle est d'Isaac de Larrey Gentilhomme du Païs de Caux, réfugié dans les Païs étrangers pour la Religion* Reformée. *Cette Histoire, qui est bien écrite, est mêlée de beaucoup de traits qui sentent le Roman.* C'est dans cette histoire que l'on voit la source des querelles [et] guerres que la france a eues avec l'angleterre par le mariage qu'Eleonor de Guienne riche heritiere et femme repudiée par Louis le jeune Roy de france, fit ensuite avec Prince de Galles et depuis Roy d'angleterre

R * Adelaïde de Champagne, in 12. *Paris* 1680. — & 1690. 4 tomes en 2 volumes. *ouvrage assez estimé.* *

Adelaïde de Bourgogne, in 12. *Paris* 1680.

Agnés de Bourgogne, Nouvelle historique, in 12. *Paris* 1680.

R * Histoire amoureuse [et tragique] des Princesses de Bourgogne, in 12. *la Haye* 1720. 2 volumes. *

* Alix de France; Nouvelle historique, in 12. *Liege* 1686. *Cette Alix étoit fille de Louïs VII. dit le Jeune, Roy de France.* *

R * La Comtesse de Vergi, [nouvelle historique, galante et tragique.] in 12. *Paris* 1722. *assez bonne* *

R Edele de Ponthieu, Nouvelle historique, in 12. *Paris* 1723. *passable.*

Jerusalem affligée où est décrite la délivrance de Sophronie & d'Olinde, ensemble les Amours d'Hermine, de Clorinde & de Tancrede, in 8. *Paris* 1601. *mediocre et peu lu.*

Journal amoureux, in 12. *Paris* 1671. 6 tomes, 3 volumes. *cet ouvrage qui est*

R * Le Maréchal de Boucicaut, Nouvelle historique, in 12. *Paris* 1713. *Cet Ouvrage est de Jean-Baptiste Neé, dit la* ROCHELLE. *

R * Memoires [Secrets] de la Cour de Charles

VII.

est de Madame de Villedieu est amusant et bien écrit. il se trouve aussi dans le recueil de ses ouvrages Tome Xe.

Histoire amoureuse et Tragique des Princesses
de Bourgogne m r La Roze 1720
2 Volum

a Roy de france.

VII, par Madame DURAND, in 12. *Paris* 1700. 2 volumes. *Livre assez bien écrit, où il y a de l'Histoire & du Roman,* il vient de bonne main et madame Durand a déja fait ses preuves en ce genre d'écrire * 1734.

* Le Comte de Dunois, Nouvelle historique, par la Comtesse D**, in 12. *Paris* 1671. *Cette petite Histoire, qui est agréablement écrite, est* ~~*aussi*~~ *de Madame la Comteße de Murat, quoiqu'une autre Dame ait voulu se l'attribuer.* *

* Histoire secrete de Bourgogne, in 12. *Paris* 1694. 2 volumes — & in 12. *Amsterdam* 1729. 2 volumes. *C'est une Histoire amoureuse des derniers Ducs de Bourgogne. Il n'y manqueroit que la vérité pour en faire un bon Ouvrage. Car Mademoiselle de la Force,* ~~*de*~~ *qui* ~~*elle vient*~~ a l'esprit romanesque, *sçait écrire en ce genre beaucoup mieux que personne,* l'amour extraordinaire coule de source chez cette illustre Personne *

* Histoire secrete de Marie de Bourgogne, in 12. *Paris* 1710. 2 volumes. — & *Paris* 1712. 2 volumes. *Cette Histoire est encore de Mademoiselle de la Force, qui a pris pour sujet de son Ouvrage une des plus sages Princesses qu'il y eut au monde. C'est cette fameuse heritiere de Bourgogne, fille de Charles le Temeraire, tué devant Nancy au mois de Janvier 1477. & qui a été mariée à*

Maximilien d'Autriche, qui depuis a été Empereur.

Le Prince de Longueville & Anne de Bretagne, in 12. *Paris* 1697. — & *Hollande* 1698. *Lesconvel Breton, Ecrivain très-médiocre est Auteur de cette Historiette,*

Les actions heroïques de la Comtesse de Montfort, in 12. *Paris* 1697. *Il y a dans cet Ouvrage & du Roman & de l'Histoire.*

* Le Comte d'Amboise, Nouvelle historique, in 12. *Paris* 1689. — & 1706. *Cette Historiette est de Mademoiselle Catherine Bernard morte en* 1712.

Intrigues amoureuses de François I. ou l'Histoire tragique de (Françoise) Comtesse de Château-Briant, in 12. *Amsterdam* 1695. *Ouvrage du Sieur de Lesconvel; c'est en dire assez pour faire connoitre*

La Comtesse de Château-Briant, ou les effets de la jalousie, in 12. *Paris* 1696. — & 1724. *Rien n'étoit plus propre que cette heroïne, Maîtresse de François I. Roy de France, pour en faire un beau morceau; mais elle n'est pas tombée en des mains assez délicates & assez intelligentes.*

* Histoire secrete du Connêtable de Bourbon,

† Duc de Longueville et anne de Bretagne qui depuis a ete Reine de france.

(Montfort a ete la plus ~~grande~~ illustre heroïne de son temps, et peut etre faudroit il plus d'un siecle pour en former une pareille. voyez ce qu'en dit le R. P. Lobineau en son histoire de Bretagne.

p. 105 et 114

Pag. 79. Baudot de Juilli : lisez De Juilly, cõe il signoit lui-même son nom, ce que j'ai vu par une lettre de lui au P. Le Long qui lui avoit demandé des éclaircissemens sur ses ouvrages, lettre datée de Juilly 20 May 1715, où il se dit aussi auteur de Catherine de France (cy dessous Pag. 114) et de Germaine de Foix (Pag. 105). J'ai de cette lettre en mains une copie faite sur l'original qui appartient à Mr Boze.

R

20

X ~~plus gallans~~

~~Bossut ecte~~

Bourbon, où l'on voit les causes de sa disgrace, in 12. *Paris* 1696. — & 1706. *Ouvrage agréablement écrit, & qui est encore de M.* BAUDOT DE JUILLI. *Le Connêtable de Bourbon a été un grand homme; mais il a eu un double malheur, premierement d'être aimé de Madame d'Angoulême mere de François I. & que lui-même a méprisée; le second de porter les armes contre son Prince & sa Patrie. L'un n'étoit pas moins fâcheux que l'autre.* *

R * Histoire de Marguerite de Valois Reine de Navarre, sœur de François I. in 12. *Paris* 1715. 4 volumes. *Cet Ouvrage qui est aussi de Mademoiselle de la Force, avoit déja paru en* 1696. *sous le titre d'Histoire secrete de Navarre. La Reine Marguerite étoit plutôt la matiere d'une belle Histoire que d'un Roman. Mais on a cru sans doute qu'étant femme ~~de femme~~ d'esprit, elle devoit être amoureuse.* *

~~Le Heros, ou le grand Montmorency, in 12. *Paris* 1698.~~ Eleve dans le Temple *

* Histoire secrete de Catherine de Bourbon Duchesse de Bar, & du Comte de Soissons, in 12. *Nancy* 1703. *Le même Ouvrage, sous le titre de Memoires historiques, ou Anecdotes galantes de la*

Ducheſſe de Bar, in 12. *Amſterdam* 1709. *Cette Princeſſe ~~qui étoit très-vertueuſe~~, étoit ſœur d'Henry IV. Roy de France & petite-fille de Marguerite de Valois, ſœur de François I. Mademoiſelle de la Force, qui eſt Auteur de cette Hiſtoriette, a de terribles idées des Princeſſes, même les plus ſages, puiſqu'elle a pris trois des plus eſtimées pour le ſujet de ſes Romans amoureux.* *

vertueuse

R * Hiſtoire de Jean de Bourbon, Prince de Carency, par Mad^e^ la Comteſſe d'AULNOY, in 12. *Paris* 1691. 2 volumes. — & in 12. *la Haye* 1692. 2 volumes. Roman historique bien ecrit et aff...

— 1695

R Amours de la Belle du Luc, in 16. *Lyon* 1606.

in 12. 1598.

R * La Princeſſe de Portien, in 12. *Paris* 1703. *

* Mademoiſelle de Tournon, in 12. *Paris* 1679. — & 1696. estimé et bien ecrit

par M. de la Chetardie

La Pyrenée & Paſtorale amoureuſe, contenant divers accidens amoureux, par BELLEFOREST, in 8. *Paris* 1571. fertile ecrivain, mais sans gout et sans elevation.

R Anne de Montmorency, Nouvelle hiſtorique, in 12. *Paris* 1696. *Ce petit Ouvrage eſt auſſi du Sieur* LESCONVEL, *Auteur fort médiocre en tout genre.*

Le Heros ou Le grand Montmorency, in 12. Paris 1698. ce Seigneur quoiqu'eleve dans les deux cours les plus galantes du XVIe siecle, n'avoit neanmoins ni l'esprit ni le coeur tourné vers la galanterie.

(Marie Jumelle de Berneville)

recherché. *

×

La Comtesse de Candale in 12. Paris 1672. 2 volumes

Roman passable, mais peu recherché: il se lit comme beaucoup d'autres, quand on ne trouve rien de mieux.

\# Marie Magdelaine de La Vergne

\+ Dans le catalogue imprimé de la Biblioth. du Roi, Y2. nos 314 et 315 les lettres de 1678 sont attribuées à Mr de Valincour et les Conversations de 1679 à l'abbé de Charnes : qui a raison ? Cet Abbé de Charnes est auteur d'une Vie du Tasse (d'après l'italienne de J.B. Manso, marquis della Villa) impr. à Paris en 1690, in 12. R R

\## C'est une responce du sieur Barbier D'aucourt aux Lett. du Père Bouhours, et n'est pas commune. ce m. Barbier D'aucour s'étoit declaré l'antagoniste du P. Bouhours. ce qu'il a ecrit sous le titre de Sentimens de Cleante sur Les entretiens d'Ariste et d'Eugene, est le chef d'oeuvre d'une Critique fine, polie et ingenieuse sur tout le premier volume. *

\#

R * La Princesse de Montpensier, in 12. *Paris* 1660. — 1662. — 1678. — & 1723. *Cette Historiette, qui est de la Comtesse de la* FAYETTE *& de Jean-Renaud de* SEGRAIS, *se trouve aussi dans le Recuëil des Pieces de Madame la Comtesse de la Suze. Elle est bien écrite, & contient pour les mœurs le même plan que la Princesse de Cleves. Mais ces Romans qui ont une fin lugubre laissent toûjours une sorte de tristesse après leur lecture. Vivent ceux qui ne finissent que par la joye.* * 1671.

R * La Princesse de Cleves, in 12. *Paris* 1677. — 1678. 4 tomes en 2 vol. — Idem in 12. *Paris* 1704. *Il y a encore plusieurs autres Editions, tant de France que d'Hollande de cette Histoire, qui est bien écrite, & dont le sujet regarde* 1689 1719

ces Lettres sont bien ecrites et assez estimées. *

R * La Princesse de Montpensier, in 12. *Paris* 1660. — 1662. — 1678. — & 1723. 1671 *Cette Historiette, qui est de la Comtesse de la* FAYETTE *& de Jean-Renaud de* SEGRAIS, *se trouve aussi dans le Recueil des Pieces de Madame la Comtesse de la Suze. Elle est bien écrite, & contient pour les mœurs le même plan que la Princesse de Cleves. Mais ces Romans qui ont une fin lugubre laissent toûjours une sorte de tristesse après leur lecture. Vivent ceux qui ne finissent que par la joye.* *

R * La Princesse de Cleves, in 12. *Paris* 1677. — 1678. 4 tomes en 2 vol. — 1689 — Idem in 12. *Paris* 1704. 1719 *Il y a encore plusieurs autres Editions, tant de France que d'Hollande de cette Histoire, qui est bien écrite, & dont le sujet regarde le Régne de Henry II. Roy de France. Elle est de François VI. Duc de la Rochefoucault, de Madame la Comtesse de la Fayette & de Jean-Renaud de Segrais.* *

R + * Lettres sur le sujet de la Princesse de Cleves, par Dominique BOUHOURS Jesuite, in 12. *Paris* 1678. ces lettres sont bien ecrites et assez estimees. *

R * Conversations sur la Critique de la Princesse de Cleves, par Jean BARBIER d'Aucourt, in 12. *Paris* 1679.

D 5 Le

De la Beauté, Discours divers, avec la Paulegraphie, ou description des beautez d'une Dame Tholosaine, nommée la belle Paule; par Gabriel Minut in 8° Lyon 1587. Ceci n'est point Roman, mais pourroit bien en tenir lieu, s'agissant d'une des plus belles personnes qu'il y ait eu en France et dont la beauté est encore celebre à Toulouse, quoique cette belle personne soit morte il y a plus de 300 ans.

R * Le Duc de Guise, surnommé le Balafré, in 12. *la Haye* 1693. — & in 12. *Paris* 1694. ^ *C'est Henry de Lorraine tué à Blois à la fin de l'an* 1588. *Cette Historiette est du Sieur de Brie Poëte moderne, & se trouve bien écrite & dans un assez bon goût.* *

^ — et 1695

X R * Mademoiselle de Jarnac, Nouvelle historique, in 12. *Paris* 1685. 3 vol. *

R * Le Marquis de Chavigni, par Edme BOURSAUT, in 12. *Paris* 1670. * 1739

R * Artemise & Poliante, Nouvelle, par Edme BOURSAUT, in 12. *Paris* 1670. * 1739.

R * Le Prince de Condé, Nouvelle historique, in 12. *Paris* 1675. ~~& 1681.~~ *On attribuë ce petit Ouvrage à M. Boursaut.* X ~~*Il est bien écrit*~~ *& pleins de faits curieux. Ce Prince de Condé est Loüis I. frere d'Antoine Roy de Navarre.* * 1739

Aparences trompeuses, ou les Amours du Duc de Nemours & de la Marquise Poyane, in 12. *Amsterdam* (*Roüen*) 1715. ouvrage mediocre

* Diane de France, Nouvelle historique, in 12. *Paris* 1674. — & 1675. par le Sieur de VAUMORIERE. X

X bon et bien ecrit *

R Le Duc d'Alençon, in 12....

* Histoire des Amours d'Henri IV. Roy de France, avec ^ un Recueïl de quelques

^ avec diverses Lettres ecrites à ses maitresses,

Le Duc de Guise et le Duc de Nemours, nouvelles galantes in 12 Cologne 1684 *

*

Les amours du Duc de Guise in 12 Paris 1730

+ par Pierre Lepesant sieur de Boisguillebert

~~1689~~ 1677 — 1681 — 1683

+ aussi bien que les deux qui precedent. ils sont bien ecrits. nous parlons ailleurs d'un autre ouvrage de cet ecrivain. Voy. Pag. 145. = Edme Boursault, Poete François, etoit Receveur des Tailles à Montluçon, où il mourut en 1701. En 1739, on a donné une nouvelle Edition de ses Ouvrages en prose qui sont les 3 Romans cy contre, et le 4e de la Page 145 &c.

‡ mais on peut temperer Les Eloges que La Reine
marguerite se donne a Elle meme par La lecture
du divorse Satyrique, marqué cy après dans
L'article IX

X où sont contenuës les plus memorables avanture
et les plus curieuses intrigues qui se sont passées en
france vers La fin du seizieme siecle.

R

quelques belles actions & paroles mémorables de ce Roy, in 12. *Leyde* 1663. — in 12. *Cologne* 1667. — & 1695. *Louïse-Marguerite de Lorraine Princesse de Conti morte en.* 1631. *a composé cette Histoire,* qui est tres agreable et bien ecrite. *

Memoires de Marguerite de Valois Reine de France & de Navarre, in 12. *Paris* 1661. — 1666. — in 8. *Liege* 1713. *C'est une Apologie fort mauvaise que cette Princesse a faite elle-même de sa conduite, où elle se fait passer pour une Vestale, ce qu'elle n'étoit pas.* ‡

* Le Comte de Soissons, Nouvelle galante, in 12. *Cologne* 1687. — & 1699. *On attribuë cette petite Historiette à Isaac* CLAUDE *fils du fameux Ministre Claude, si celebre par ses disputes avec M. Arnauld sur le dogme de l'Eucharistie.* *

R * Orasie, Roman historique, par une Dame illustre, in 8. *Paris* 1645. 4 vol. *Cet Ouvrage, dont le fond est de Mademoiselle de Senectaire, contient un grand nombre d'Avantures* curieuses ~~*arrivées sur la fin du XVI siécle.*~~ *Comme l'Ouvrage n'a paru qu'après la mort de Mademoiselle de Senectaire, on assûre qu'un bel esprit en titre d'office a bien voulu revoir tout l'Ouvrage, & en ajuster un peu la narration.* c'est un bien pour un pareil ouvrage

Roman

Il y en a une Edition de 1626 ou l'on a mis le nom de Mezeray. Je doute cependant que ce fut l'historien

an
int
du
de

vec

oire
e la
Princesse de Condé & de la Marquise d'Urfé, par Mademoiselle D. in 12. Cologne 1700. *Hé! pourquoi ces honnêtes gens-là ne seroient-ils pas amoureux, Gregoire VII. de la grande Comtesse*
rdinal de Richelieu
uillon sa niéce? *
es des Princes, in
nsiderable.
e diverses person-
parleur savoir ou par
Cours des Princes
oit les découver-
toutes les Cours,
uis 1637. jusqu'en
1682.
Veritables par

leur bravoure in 12. amsterdam 1709.

~~Roman Royal, ou l'Histoire de nostre tems, in 8. *Paris* 1621.~~

Claudii Barthol. MORISOT Peruviana, in 4. *Divione* 1645. *Ce Roman Latin, qui n'est pas commun, contient sous des noms empruntez les démêlez du Cardinal de Richelieu avec Marie de Medicis & Gaston de France Duc d'Orleans.* R

~~Histoire de la Cour, par le sieur HUMBERT, in 8. *Paris* 1629.~~

Amours d'Anne d'Autriche, avec le C. D. R. in 12. *Cologne* 1696.

* Histoire des Amours de Gregoire VII. du Cardinal de Richelieu, de la Princesse de Condé & de la Marquise d'Urfé, par Mademoiselle D. in 12. *Cologne* 1700. *Hé! pourquoi ces honnêtes gens-là ne seroient-ils pas amoureux, Gregoire VII. de la grande Comtesse Mathilde, & le Cardinal de Richelieu de la Duchesse d'Aiguillon sa niéce?* *

Amours historiques des Princes + in 8. *Paris* 1642. peu considerable.

Histoire galante de diverses personnes illustres, ~~in 12.~~ par leur savoir ou par X

L'Espion dans les Cours des Princes Chrétiens, où l'on voit les découvertes qu'il a faites dans toutes les Cours, où il s'est trouvé depuis 1637. jusqu'en 1682.

\+ Contenant six narrations veritables par françois de Grenailles.

X Leur bravoure in 12 amsterdam 1709.

\+ Le Roman Royal ou Les adventures de la Cour par Le sr Du Piloust in 8° Paris 1620. ce Livre est de madame La princesse de Conti (Marguerite Louise de Lorraine) L'un des plus beaux esprits de son Temps. Elle mourut en La ville d'Eu Le 30 avril 1631. Le P. Hilarion de Coste a fait son Eloge au Tome 2 de ses Dames Illustres.

Amours de Cleomandre et d'Aristée, ou sous des noms empruntez sont contenus les amours de quelques seigneurs et Dames de la Cour par Le sieur de Sainte Suzanne. in 8° Paris 1656. Livre peu connu et peu recherché.

imours du Duc du Maine par madame D*** in
12 · Cologne · 1697

Abregé des Disgraces de madame de Schomberg par Isidor
Rizzi in 12 Turin 1670

[redacted] amant a la Rein
[redacted] chelieu (C'est ce q
[redacted] D.R.) Tous le
[redacted] n'avoir pas Voi
[redacted] Elle avoit eu
[redacted] plutot Comm
[redacted] l'homme de
[redacted] s aimable,

vers le Duc de Montmorenci, decapité a Toulouse;[†] ou si l'on veut meme vers le Duc de Bouckinquam qui fut ambassadeur d'angleterre a la Cour de france. Il y a des raisons pour l'un et l'autre de ces trois seigneurs. mais ce n'est pas ici le lieu d'en parler.

[illegible] n'avoit pu obtenir sa grace, parce que [illegible]
[illegible]

a-
ns
nt
des
de
dr

Princ
d'Ur
Colo
nêtes
Greg

parleur savoir ou par X
Cours des Princes
voit les découver-
toutes les Cours,
uis 1637. jusqu'en
1682.
Veritables par
ur bravoure in 12. amsterdam 1709. p. ff.

R — 2 o

amours du Duc du Maine par madame D*** in 12. Cologne. 1697

Abregé des Disgraces de madame de Schomberg par Isidore Rizzi in 12. Turin 1670

+ L'auteur a tort de donner ici pour amant a la Reine anne d'autriche le Cardinal de Richelieu (c'est ce que veulent dire ces trois Lettres Le C. D. R.) tout le crime de cette vertueuse Reine fut de n'avoir pas voulu ecouter ce redoutable Cardinal. si Elle avoit eu quelque inclination Elle les auroit plutot tournées vers le marquis de Cinq-mars, l'homme de la Cour le mieux fait et le plus aimable, ou vers le Duc de Montmorenci, decapité a Toulouse ‡; ou si l'on veut meme vers le Duc de Bouckinguam qui fut ambassadeur d'angleterre a la Cour de france. Il y a des raisons pour l'un et l'autre de ces trois seigneurs. mais ce n'est pas ici le lieu d'en parler.

‡ Sans qu'on ait pû obtenir sa grace, parceque on lui trouva un braffelet, où etoit le portrait de la Reine

X quel'onne sauroit se dispenser d'accorder aux plus-
Ingenieux Satyriques. *

1682. in 12. *Cologne* (c'eſt-à-dire *Paris*) 1697. 6 volumes. — Idem in 12. *Cologne* (c'eſt-à-dire *Roüen*) 1710. 6 volumes. *Ce Roman hiſtorique, qui eſt mis ſous le nom d'un Eſpion Turc, eſt écrit avec beaucoup d'agrément, & d'une varieté fort amuſante. On y trouve de l'Hiſtoire, du Roman, des Réflexions de tout genre, ce qui rend l'Ouvrage fort agréable. On prétend que le Sieur* MARANA *Italien, habitué à Paris & qui eſt mort en cette Ville en* 1693. *eſt Auteur de cet Ouvrage, dont il ſe dit ſeulement le Traducteur. Les trois premiers volumes valent beaucoup mieux que les trois ſuivans.*

* Hiſtoire amoureuſe des Gaules, avec le Cantique, in 12. 1666 — Idem in 12. *Cologne* 1722. *Cette petite Hiſtoire, qui contient les Amours du feu Roi Loüis XIV. & de quelques Dames de la Cour, eſt de Roger de Rabutin Comte de Buſſi, ſi connu par la diſgrace, que lui valut ce petit Livre, écrit avec toute la fineſſe & la dé-* [illegible]

1682. in 12. *Cologne* (c'est-à-dire *Paris*) 1697. 6 volumes. — Idem in 12. *Cologne* (c'est-à-dire *Roüen*) 1710. 6 volumes. *Ce Roman historique, qui est mis sous le nom d'un Espion Turc, est écrit avec beaucoup d'agrément, & d'une varieté fort amusante. On y trouve de l'Histoire, du Roman, des Réflexions de tout genre, ce qui rend l'Ouvrage fort agréable. On prétend que le Sieur* MARANA *Italien, habitué à Paris & qui est mort en cette Ville en 1693. est Auteur de cet Ouvrage, dont il se dit seulement le Traducteur. Les trois premiers volumes valent beaucoup mieux que les trois suivans.* — //

* Histoire amoureuse des Gaules, avec le Cantique, in 12. 1666 — Idem in 12. *Cologne* 1722. *Cette petite Histoire, qui contient les Amours du feu Roi Loüis XIV. & de quelques Dames de la Cour, est de Roger de Rabutin Comte de Bussi, si connu par la disgrace, que lui valut ce petit Livre, écrit avec toute la finesse & la délicatesse que demandent ces sortes d'Ouvrages. C'est son chef-d'œuvre. Il étoit né pour la satyre & pour l'amour, & l'on ne peut disconvenir qu'il n'y ait bien réussi. Aussi en a-t-il été dignement récompensé,* par les disgraces X

* Carte geographique de la Cour & autres galanteries, par Roger de Rabutin.

— //

Le Roman Thessalonique ou les avantures du genereux Prince Asmonde et de la Princesse Alithie rapporté a la vie d'un des grands Princes de l'Europe in 8° 2 volumes Paris 1652. Roman qui a eu peu de reputation

butin Comte de Bussi, in 12. *Cologne 1688. Petite Piece extrêmement rare & fort curieuse, quand on connoit le mistere de la vieille Cour du feu Roy Louïs XIV.* *

Amours des Dames illustres de France, ou Histoire satyrique des galanteries des Dames de la Cour sous Louïs XIV. avec figures, in 12. *Cologne* 1680. — 1691. — 1700. — 1709. — 1717.

Histoire véritable de la Duchesse de Châtillon, in 12. *Cologne* 1699. — 1712.

Vie de la Duchesse de la Valiere, in 12. *Cologne* 1695.

Conquêtes amoureuses du Grand Alcandre, in 12. *Cologne* 1684.

Amours de Madame de Fontange, ou le Passe-tems Royal, in 12....

L'Esprit familier de Trianon, ou l'aparition de la Duchesse de Fontange, in 12. *Cologne* 1695.

Intrigues amoureuses de la Cour de France, in 12. *Cologne* 1685. — & 1694.

~~Intrigues galantes de la Cour de France, in 8. *Cologne* 1695. 2 volumes. *On dit que ce Livre est du Sieur* Vannel, *connu par beaucoup de mauvais Ouvrages.*~~

La France galante, ou Histoire amou-

S. Germain ou Les amours de M. D. M. T. P. in 12.

Le fond de cet ouvrage est L'histoire amoureuse
des Gaules du Comte de Bussi Rabutin et L'on
trouve dans Les quatre dernieres Editions La
deroute et L'adieu des filles de Joye en flandres de la
ville et faux bourg de La ville de Paris. cette derniere piece a été
imprimée separement in 12° sous Le nom de sans maison Hollande en 1669

amours de Louis Le Grand et de Mademoiselle
du Tron in 12° Rotterdam.

Amours secretes de Madame de Maintenon in 12
Cologne 1706

Tombeau des amours de Louis Le grand et ses
dernieres galanteries in 12 Cologne 1695

Cassette ouverte de L'illustre Criole ou les amours
de Madame de Maintenon in 12 Cologne 1681.
Le Grand Alexandre frustré, histoire galante in 12 - Montauban
(Hollande) 1719.
Triomphe de la Deesse Monas ou Portrait de La
Princesse de Conti in 12 amsterdam 1698

Histoire de madame Henriette d'angleterre premiere femme de Philippe de france Duc d'orleans par la Comtesse de la fayette in 12. amsterdam 1720

††† Cette petite piece a fait autrefois beaucoup de bruit et fut, dit on, cause de la disgrace de Charles Patin, fils du celebre Gui Patin medecin. on avoit envoyé Charles en Hollande pour acheter par ordre de feu Monsieur Philippe de france, tous les exemplaires de ce Roman, recompenser le Libraire et supprimer entierement l'ouvrage. Patin remplit tres bien une partie de sa mission mais il fit deux sottises; la premiere fut de conserver quelques exemplaires de cette historiette; la seconde plus grande que la premiere fut de les distribuer à des amis infideles ^ qui dans des cas pareils ~~ont~~ se font un plaisir malin d'être. cela fut sceu et Charles Patin se vit obligé de sortir du Royaume: il est mort a Padoue où il etoit Professeur dans cette illustre université

l'exemplaire que le Roi lui avoit remis et
le Roi d'Angleterre son frere, le [illegible]
[illegible] apres que l'Evêque de [illegible]
[illegible] le serment qu'il avoit
fait de brûler le seul exemplaire que lui
[illegible] dont il [illegible]
[illegible] l'Evêque [illegible]
[illegible] montré quelques ans après la
mort de Madame un seul exemplaire de
cette Histoire qu'il avoit gardé pour sa
[illegible] il ne [illegible] à [illegible]
qu'à [illegible] depuis sous le meme [illegible]
l'esprit [illegible]
[illegible]
cette Histoire. Madame ayant brûlé l'
exemplaire que le Roi lui remit, le Roy
d'Angleterre son frere, lui ayant [illegible]
[illegible] le sien qu'elle brûla et l'Evêque de [illegible]
[illegible] ayant vraisemblablement tenu le
serment qu'il [illegible] avoit de ne [illegible]
[illegible] brûleroit, il faut [illegible]
lui restoit dont j'ai lu [illegible], ce [illegible]
plus de [illegible]. 99

Il y a une Histoire de Madame Henriette d'
d'Angleterre 1re femme de Philippe Duc d'
Orleans jusqu'à sa mort en 1670 par Marie
de la Vergne Ctsse de la Fayette. Amsterdam
1720 in 12

Pag. 87 Amours du Palais royal

l'Abbé de Choisy dans ses Mémoires p[our] l'hist. de Louis 14, Pag. 367 – 371, de l'édit. 1727 in 12, raconte [illegible] fut imprimé en ce temps-là [illegible] en Hollande [illegible] une Histoire [illegible] sous le titre de Les Amours du Palais royal [illegible] en le 1er exemplaire au Roi qui le [illegible] à Madame, elle y étoit [illegible] [illegible] étoit [illegible] [illegible] [illegible] pour le Roi y étoit [illegible] Madame affligée confia son chagrin à l'Evêque de Valence (Cosnac) qui le tint même [illegible] à Madame par la poste, alla en Hollande, acheta toute l'Edition, [illegible] le Mss. [illegible] aux pieds de Madame, [illegible] fait reproche de ce qu'il l'avoit quitté dans le temps où elle avoit plus besoin de consolation, l'Evêque [illegible] et le déposa [illegible] près de 30 [illegible] exemplaires de ce petit livre, [illegible] Madame, [illegible] les [illegible] elle-même [illegible] en plus [illegible] que deux exemplaires seulement [illegible] le [illegible] du Roi [illegible] Madame [illegible] [illegible] l'Evêché de Valence, et [illegible] à l'Archevêché d'Aix. Voy. les Mémoires de Daniel de Cosnac (livre VII). Pag. 334 et [illegible] [illegible] [illegible]

[illegible] [illegible] [illegible] [illegible] Lettres [illegible] [illegible] [illegible]

Daniel de Cosnac, [illegible] [illegible] [illegible] [illegible] [illegible] [illegible] [illegible] [illegible]

J'avois fait La Lottesse demasquée parmi les Romans ce livre qui est une satyre politique contre la france. mais je me retracte. on voit par là combien je suis docile.

des Romans.

amoureuſe de la Cour, in 12. *Cologne* 1689. — & 17.9.

Les Dames dans leur naturel, ou la galanterie ſans façon ſous le régne du Grand-Alcandre, in 12. *Cologne* 1686.

La Cour de France turbaniſée, ou les Mahisons démasquées in 12. *Cologne* 1688. Idem Lattaye 1690.

Les Amours du Palais Royal, in 12. *Cologne* 1665.

Hiſtoire galante de Mr le Comte de Guiche & Madame, in 12. *Paris* (c'eſt-à dire) *Amſterdam* 1667. livre bien ecrit, et qui en son temps a fait le bruit convenable.

Amours de Mademoiſelle avec le Comte de Lauſun, in 12. *Cologne* 1673.

Hiſtoire de la Princeſſe de Paphla-

[illegible]

moiſelle de Vandy de la Maiſon d'Apremont ; Cyrus eſt feu Monſieur le Prince Louis II. mort en 1686 la Reine des Amazones eſt Mademoiſelle de Montpenſier elle-même. Ce petit Ouvrage, dont on n'avoit imprimé d'abord que cent Exemplaires, eſt devenu moins rare depuis qu'on l'a réimprimé, ~~ſoit à Paris ſoit en Hollande~~ separement et *à la fin du Segraiſiana.* X

Le grand Sophi, Nouvelle allegorique,

ne vaut pas neanmoins ce que mademoiselle en a ecrit elle meme dans ses memoires. Elle avoit beaucoup d'esprit et de sensibilité. aussi elle a dans ses amours avec m. de Lausun d'une maniere touchante et qui interresse son Lecteur.

X Et meme a la fin des memoires de mademoiselle de Montpensier dans l'Edition de Wetstein en 8 Volumes in 12° a Amsterdam. Mademoiselle etoit fille de Gaston de france Duc d'Orleans.

[illegible]

amoureuse de la Cour, in 12. *Cologne* 1689. — & 1739.

Les Dames dans leur naturel, ou la galanterie sans façon sous le regne du Grand Alcandre, in 12. *Cologne* 1686.

La Cour de France turbanisée, in 12. *Cologne* 1688. [illegible]

Les Amours du Palais Royal, in 12. *Cologne* 1665.

Histoire galante de Mr le Comte de Guiche & Madame, in 12. *Paris* (c'est-à-dire) *Amsterdam* 1667. [illegible]

Amours de Mademoiselle avec le Comte de Lauzun, in 12. *Cologne* 1673.

Histoire de la Princesse de Paphlagonie, in 8. *Bordeaux*. [*Cette petite Historiette est de Mademoiselle de Montpensier. C'est une Satyre de quelques personnes de la Cour de Louis XIV. La Princesse de Paphlagonie étoit Mademoiselle de Vandy; de la Maison d'Apremont. Cyrus est feu Monsieur le Prince Louis II. mort en 1686. La Reine des Amazones est Mademoiselle de Montpensier elle-même. Ce petit Ouvrage dont on n'avoit imprimé d'abord que cent Exemplaires, est devenu moins rare depuis qu'on l'a réimprimé* [illegible] *à la fin du Segraisiana.*

Le grand Sophi, Nouvelle Historique.

Et même à la fin des mémoires de Mademoiselle de Montpensier [illegible] rique, in 12. *Paris* 1685. *Le Sieur de Prefchac a voulu faire dans ce Livre un éloge de Louïs XIV. Oh! n'en déplaife à cet Auteur, l'Hiftoire de ce Prince n'eft pas matiere à Roman. Tout y eft trop vrai & trop noble pour le mettre fous des noms fabuleux.*

Memoires fecrets, ou Avantures fingulieres de la Cour de France, in 12. *la Haye* 1692. 3 tomes en 1 volum. *Cet Ouvrage eft de Madame la Comteffe d'Aulnoy.*

Amours de Monfeigneur le Dauphin & de la Comteffe du Roure, in 12. *Cologne* 1694.

Vie de l'Amiral de Coligni, in 12. *Cologne* (c'eft-à-dire *Amfterdam*) 1686. — 1691. *Ouvrage de Gatien des* COURTILZ. *Il étoit inutile de mêler du faux pour faire la vie de l'Amiral de Coligni. Tout ce qu'il y a dans fa conduite eft aßez extraordinaire pour le faire dignement figurer dans l'Hiftoire.*

Memoires du Marquis de Montbrun, où l'on voit quelques évenemens arrivez depuis le commencement du XVII. fiécle jufqu'en 1632. in 12. *Amfterdam* 1701. & 1702. *Cet Ouvrage eft de Gatien des* COURTILZ, *l'un des plus grands Conteurs de fornettes qu'il y ait.*

~~histoire de madame d~~

×

Le Divorse Royal ou guerre civile dans la famille du Grand Aleandre in 12° . . . 1692. L'auteur a tort de porter De la famille Royale du temps de Louis XIV comme d'une famille troublée par des Dissputes intestines: Jamais Prince n'a mieux conservé l'union dans sa propre maison qu'a fait Louis XIV. L'histoire seul en fait foy.

× Dauphine fils de Louis XIV. qu'il est ici question. il fut toujours bon et s'attachoit de bonne foy à ce qu'il aimoit

o

Histoire de Madame de Bagneux in 12 Cologne 1668 — et Paris 1696.

Le Duc d'Orleans, histoire galante in 12 Paris 1676.

l
q
a
r

n
li
F
1
—
m
C
a
le

re
d
fa
d
ſt
d
C

ta
pa
in
17
in
vr
affab

ait eu dans les derniers tems. Il avoit dans la tête un certain nombre de faits historiques qu'il arrangeoit bien ou mal, & qu'il décoroit d'intrigues & d'avantures amoureuses.

Memoires de M. le C. D. R. contenant ce qui s'est passé de plus particulier sous le ministere du Cardinal de Richelieu & du Cardinal Mazarin, in 12. *Cologne* 1687. — Idem *la Haye* 1688. — 1692. — & 1696. *Ce Livre est le moins mauvais de tous ceux de Gatien des Courtilz. C'est un vrai Roman, où il y a peu de vrai, on connoit ce Livre sous le nom des Memoires de Rochefort*, et a été très recherché!

Memoires de M. de B** Secretaire de M. L. C. D. R. *Dans lesquels on découvre la plus fine politique & les affaires les plus secretes qui se sont passées du Régne de Louïs le Juste sous le ministere de ce grand Cardinal*, in 12. *Amsterdam* (c'est-à-dire *Roüen*) 1711. 2 vol. *C'est* encore un Roman historique *de Gatien des Courtilz.* Roman

Memoires de M. d'Artagnan Capitaine-Lieutenant de la premiere Compagnie des Mousquetaires du Roy, in 12. *Cologne* (c'est-à-dire *la Haye*) 1700. — & 1712. 3 volumes. — Idem in 12. *Amsterdam* 1715. 3 volumes. *Ouvrage* passable *de Gatien des Courtilz*, ~~passable~~ et qui a eu quelque sorte de reputation.

La

La Vie du Vicomte de Turenne, par DUBUISSON, in 12. *Cologne* 1685. — & 1688. — Idem *la Haye* 1688. — & 1695. *C'est encore de Gatien des Courtilz*, qui se plaisoit a affecter de +

+ Romans historiques et politiques.

Testament politique de Jean-Baptiste Colbert, où l'on voit ce qui s'est passé sous le Régne de Louïs le Grand jusqu'en 1683. in 12. *la Haye* 1695. *Quoique cet Ouvrage de des Courtils regarde les Romans politiques, nous l'avons mis ici pour ne pas séparer les rapsodies de cet Auteur.*

Memoires contenant divers évenemens remarquables arrivez sous le Régne de Louïs le Grand, in 12. *Cologne* (c'est-à-dire *la Haye*) 1683. *Livre de Gatien des Courtilz, où il a mis autant de faux que de vrai.*

Histoire de la Guerre de Hollande depuis 1672. jusqu'en 1677. in 12. *la Haye* 1689. *Ouvrage de Gatien des Courtilz, qui n'a pas mis moins de faux dans cet Ouvrage que dans les autres.*

Memoires de Jean-Baptiste de la Fontaine, Chevalier, Seigneur de Savoye, in 12. *Cologne* (c'est-à-dire *la Haye*) 1698. — & 1699. *Ouvrage de Gatien des Courtilz, plein de faux, mêlé de quelques traits d'Histoire* veritables.

Histoire

111

Testament Politique de M. De Louvois in 12°. amsterdam 1695. cette piece de Gatien des Courtilz est dans Le gout des ouvrages precedens.

Histoire secrete du Duc de Rohan, in 12. *Cologne* 1697. *Mauvais Ouvrage de Gatien des Courtilz.*

Histoire de la Comtesse de Strasbourg & de sa fille, par l'Auteur des Memoires L. C. D. R. in 8. *la Haye* 1716. — & 1719. — & *Amsterdam* 1718. *C'est sans doute le Sieur des Courtilz qui est ici désigné comme Auteur des Memoires de Rochefort,* son meilleur ouvrage, mais celui de la comtesse de Strasbourg est des plus mediocre.

Memoires du Comte de Vordac General des Armées de l'Empereur, in 12. *Paris* 1724. 2 volumes. *Cette Edition est plus ample d'un volume que celles de* 1702. *&* 1703. *Cet Ouvrage est encore de Gatien des Courtilz, & n'est pas si mal écrit que les autres,* sur tout quant au premier volume.

La Guerre d'Espagne, de Baviere & de Flandres du Marquis ** in 12. *Cologne* 1706. — Idem nouvelle Edition augmentée, in 12. *la Haye* 1707. *Cet Ouvrage, qui est de Gatien des Courtilz, a encore été imprimé sous le titre suivant.*

Memoires du Marquis D** contenant ce qui s'est passé de plus secret depuis le commencement de la Guerre d'Espagne, de Baviere & de Flandres, in 12. *Cologne* 1712. 2 volumes. on y trouve cependant un certain nombre de verités capitales.

Memoires de la Marquise de Fresne, in

in 12. *Amsterdam* 1701. — & 1702. *Cet Ouvrage est encore de Gatien des Courtilz;* et a fait en son temps beaucoup de bruit

Memoires du tems, ou Histoire du Marquis de Fresne, en 5 parties, in 12. *Roüen* 1694. *Livret mal écrit & peu intéressant.* on le pretend de Gatien des Courtilz, mais j'en doute

Le Prince infortuné, ou l'Histoire du Chevalier de Rohan, in 12. *Amsterdam* (c'est-à-dire *Roüen*) 1713. *Ouvrage posthume & assez médiocre de Gatien des Courtilz.*

Histoire du Maréchal de la Feüillade, Nouvelle galante & historique, in 12. *Amsterdam* (c'est-à-dire *Roüen*) 1713. *Autre mauvais Ouvrage posthume de Gatien des Courtilz.*

La Guerre d'Italie, ou Memoires du Comte D** contenant quantité de choses particulieres qui se sont passées dans les Cours d'Allemagne, de France, d'Espagne & de Savoye, in 12. *Cologne* 1702. — Idem seconde Edition augmentée, in 12. *Cologne* 1706. *Cet Ouvrage, qui est d'un nommé* GRANDCHAMP, *est écrit dans le goût de ceux de des Courtilz, & se trouve aussi mêlé de quantité de choses fabuleuses, fausses* avec quelques unes qui sont *vrayes.*

Memoires de Madame de LAGUET-

TE,

52. Cel
Cour
auoup)
ire du
es, in
& peu
athen
stoire
Amster-
Ouvra-
Gatien

ëuilla-
que,
oüen)
thume

es du
é de
assées
Fran-
n 12.
Edi-
706.
ommé
ns le
trou-
Fabu-

JET-
TE.

+ —— in 12. Paris 1702

11

Histoire des amours du marechal de Luxembourg. in 12° Cologne 1695. Le marechal de Luxembourg n'a pas laissé de souffrir pour s'être un peu trop livré à l'amour. Son indiscretion luy fit tort. Et bien lui a pris d'avoir pour la guerre un talent superieur et de bons amis, sans quoi il seroit resté dans son exil ou il fut envoyé après être sorti de la Bastille.

~~anecdotes galantes de Lorraine in 12 Cologne 1682~~

+++ contenant diverses avantures qui peuvent servir d'instruct[ion] à ceux, qui ont à vivre dans le grand monde, rédigés

++ Villiers fut bien ~~tres~~ mecontent du peu de femmes qu'il a connues, pour en faire un portrait aussi desavantageux que celui qu'il fait dans cet ouvrage de toutes les Da[mes] cependant étant ~~Etant~~ l'un des hommes de paris le mieux fait et le plus aimable, il ne meritoit pas d'etre trompé. Un jour des gens sans merite, qui ne servent qu'à faire nombre parmi les personnes d'une Dance, ils sont dignes quelque fois du plus mauvais sort.

X Sont écrits avec beaucoup d'esprit. C'est une apo[lo]gie du sexe, contre ce qu'en dit Mr l'abbé de Villiers dans les pretendus memoires de Saint Evremont. Madame De Murat n'avoit ni moins d'esprit, ni moins de gout en son genre que Mr L'abbé de Villiers dans le sien. Et ~~plus~~ de plus il s'agissoit justifier son sexe; ce qui l'engageoit a ne rien neg[li]ger.

TE, in 12. *la Haye* 1681. cette petite historiette est peu considerable.

La Fille illustre, par le Sieur François BRICE, in 12. *Paris* 1696.

Le retour de la Campagne, par le Sieur François BRICE, in 12. *Paris* 1696. ces deux petits ouvrages du s.r françois Brice n'ont pas fait fortune.

R Memoires du Comte D*** avant sa retraite, par M. de S. EVREMONT, in 12. *Paris* 1696. 4 volumes. — Idem in 12. *Paris* 1702. 2 vol. — & in 12. *Amsterdam* 1696. 4 volumes. (par M. l'Abbé de VILLIERS. *Très-bien écrit & fort amusant.* Il fallait que M. L'abbé de H

Memoires de Madame la Comtesse de M*** avant sa retraite, pour servir de réponse aux Memoires de Saint Evremont, in 12. *Paris* 1697. 2 volum. — & in 12. *Amsterdam* 1698. — & 1711. 2 vol. *Ces Memoires* ~~*sont*~~ + qui viennent *de Madame la Comtesse de Murat,*

Memoires de M. L. D. M. in 12. *Paris* 1675. — & *Cologne* 1675. *Ce sont les Memoires de Madame la Duchesse Mazarin, Olympe Mancini, niéce du fameux Cardinal Mazarin, elle est fort celebre dans les Oeuvres de S. Evremont;* ~~*Elle est morte*~~ est mourut *à Londres en* 1699. *On assure que l'Abbé Cesar Vichard de Saint-Real a eu la meilleure part à la composition de ce petit Ouvrage;* ~~*& ils*~~ ces memoires *sont*

sont imprimez sous ~~*son*~~ le *nom* ^ *au Tome VI. des Oeuvres diverses, à la* ^ *suite de celles de M. de Saint Evremont, Edition de 1708.*

^ decetabbé,

Apologie, ou les véritables Memoires de la Connêtable Colonne, écrits par elle-même, in 12. *Leyde* 1678. Ils ont ete digerez et corrigez par # Le Sr. de Bremond qui ecrivoit assez bien

Les Memoires de Madame la ^ Connêtable Colonne, in 12. *Cologne.* 1676

^ La Princesse mancini

~~Promenade de Versailles, ou l'Histoire de Celanire, par Mademoiselle de Scuderi, in 8. *Paris* 1669.~~

Promenade de S. Germain, par le Sieur le Laboureur, in 12. *Paris* 1669.

Promenade de Livri, in 12. *Paris* 1678. 2 volumes.

Promenades de Titonville, suite de

de Hongrie

sont imprimez sous ~~son~~ le nom au Tome VI. des Oeuvres diverses, à la suite de celles, de M. de Saint Evremont, Edition de 1708. de cet abbé,

Apologie, ou les véritables Memoires de la Connêtable Colonne, écrits par elle-même, in 12. *Leyde* 1678. Ils ~~ont été~~ rigez et corrigez par Le Sr. de Bremond qui écrivoit assez bien

Les Memoires de Madame la Princesse Mancini Connêtable Colonne, in 12. *Cologne* 1676.

~~Promenade de Versailles, ou l'Histoire de Celanire, par Mademoiselle de SOUDERI, in 8. *Paris* 1669.~~

Promenade de S. Germain, par le Sieur le LABOUREUR, in 12. *Paris* 1669.

Promenade de Livri, in 12. *Paris* 1678. 2 volumes.

Promenades de Titonville, suite de Promenades, par M. le NOBLE, in 12. *Amsterdam* 1705.

Promenades du Luxembourg, par le Chevalier de MAILLI, in 12. *Roüen* 1713.

Vie de Madame de Ravesan, in 12. *Paris* 1678. 2 volumes.

La Querelle des Dieux sur la ~~naissance~~ gr de Madame la Dauphine, par le Sieur de PRESCHAC, in 12. *Paris* 1682. ~~mediocre~~ ouvrage mediocre.

La

L'heureux Page ~~histoire~~ nouvelle galante in 12°. ~~Hollande~~ cologne 1691—1697. cet heureux page est le celebre comte de Rabutin, qui est devenu general des troupes de l'Empereur. Il a été page ~~de deux gr~~ favorisé de deux grandes Princesses et en a Epousé une en allemagne. il est mort estimé dans l'Empire après avoir rendu de grands services à la maison d'autriche dans les guerres

11

annales gallantes de Lorraine en 1664 et 1667 in 12 Cologne 1682. cette histoire regarde Le Duc Charles de Lorraine ce Prince si inquiet et si remuant en amours, comme en guerre.

X La connetable colonne soeur de madame La Duchesse mazarin a fait beaucoup de bruit en france et en Italie.

Memoires secrets de Mr. L.D.D.O. ou avantures de plusieurs grands Princes de La Cour de france par madame Daulnoy. in 12°. -

+ Memoires du chevalier Hasard in 12. cologne

mem ... La

Cha ... a peine

... jugé en

com ...

La f ...

...P.	
lles,	
de	
Me-	
ne,	
y de	
nov	
on-	
76 —	
lli-	
elle	
r le	
Pa-	
aris	
e de	
, in	
par	
2.	
2.	
if-gr	
ar	
La	

II

annales gallantes de Lorraine en 1668 et 1669 in 12 Cologne 1682. cette histoire regarde Le Duc Charles de Lorraine ce Prince si inquiet et si remuant en amours, comme en guerre.

X La Connetable Colonne soeur de madame La Duchesse Mazarin a fait beaucoup debruit en france et en Italie.

~~Memoires secrets de Mr. L. D. D. O. ou avantures de plusieurs grands Princes de La Cour de france par madame Daulnoy. in 12°.~~

X memoires du Chevalier Hasard. in 12. cologne 1703

memoires de Mr. D. f. D. in 12. aix La Chapelle. 1697. ce petit ouvrage est a peine connu hors des Pays bas; mauvais prejugé en sa faveur.

histoire de La Comtesse des Barres in 12. ... 1739 ce petit livre contient ~~c'est~~ L'histoire des premiers egaremens de L'abbé de Choisi, dont une des passions etoit de vivre sous un habit de fille, il n'en avoit pas meme perdu Le gout dans sa vieillesse, tant il y avoit trouvé des plaisirs, dans ses premieres années. cet abbé a fait depuis ~~bien~~ beaucoup de personnages differens, meme jusqu'à celui de devot et de convertisseur.

X Il s'étoit marié avec Mademoiselle Hamilton, personne de Vertu et de Naissance : Et par là il étoit devenu beau frere du Comte Hamilton.

+ on pretend qu'on a voulu ~~depuis~~ representer dans ce petit ouvrage Le Caractere de feu M. Le Duc d'Orleans regent du Royaume.

La-Cour, par le Sieur de PRESCHAC, in 12. *Paris* 1683.

Flandre galante, contenant les conquêtes amoureuses de plusieurs Officiers, in 12. *Cologne* 1709. *C'est peu de chose.*

Memoires de la Vie du Comte de Grammont, ou l'Histoire amoureuse de la Cour d'Angleterre sous Charles II. in 12. *Roterdam* 1711. — 1712. — *Cologne* 1713. *Cet Ouvrage, autant historique que romanesque, vient du Comte* HAMILTON, *dont nous aurons lieu de parler encore plus d'une fois. Il est amusant & très-agréablement écrit. Le Comte de Grammont fût l'un des hommes les plus galans & les plus extraordinaires de son siécle. Il est fort celebre dans les Oeuvres de S. Evremont.* ce seigneur etoit en angleterre X

† ~~Avantures du~~ Camp de Compiegne, par le Sieur NODOT, in 12. *Paris* 1699. ††† — † La Rivale travestie ou avantures

Avantures de Pomponius Chevalier Romain, ou l'Histoire de notre tems, in 12. *Rome* (*Hollande*) 1724. ††

R Mahmoud, Histoire Orientale, par M. MELON, in 8. *Roterdam* 1729. *Histoire allegorique de la Regence de feu M. le Duc d'Orleans. M. Melon, homme d'un esprit fin & délicat, avoit été employé sous feu M. le Duc de la Force*

au

††† ce petit ouvrage est peu considerable. j'ai connu M. Nodot il n'avoit pas la delicatesse necessaire pour peindre agreablement l'amour.

au commencement de la Régence. X

Hiſtoires Françoiſes, galantes & comiques, in 12. *Amſterdam* 1710. *Il ga*

++ a de bonnes et de mediocres.

R Hiſtoires tragiques & galantes, in 12. *Paris* 1710. — *Amſterdam* 1715. 3 volumes. *C'eſt un Recueil d'Hiſtoriettes déja imprimées.*

— Le Tome I. *contient* : Jacqueline de Baviere. *Piece paſſablement écrite ; mais ſans aucun art, à peine merite-t-elle d'être lüe.*

— La Belle Juifve. *Roman chetif, écrit ſans aucun goût, dont les ſituations ne ſont pas bien priſes, ni les caracteres peints gracieuſement.*

— Don Carlos. *Nous avons déja parlé de ce joli Roman de l'Abbé de S. Real.*

— Le Tome II. *contient* : Hattige, ou la Belle Turque. *Petite Hiſtoriette écrite avec aſſez d'enjoüement* ~~*& de goût.*~~

de delicatesse et de gout qui vient du sieur de S. remond.

— Les nouveaux deſordres de l'Amour. *Piece très-médiocre en toutes manieres.*

— L'Amitié ſinguliere. *Peu de choſe & languiſſanment écrite.*

— Le Comte d'Eſſex, ou Hiſtoire ſecrete d'Elizabeth Reine d'Angleterre. *Aſſez bien écrite & aſſez intereſſante.*

— Mademoiſelle de Benonville. *Sotte*

x mais pour bien comprendre cette histoire
il faut en avoir la clef

Est-ce la même qui est auteur des <u>Sentiments</u>
<u>d'une ame pénitente, ou le retour d'une ame</u>
<u>à Dieu</u>, impr. en 17   et que l'on a mal à
propos attribué à Mlle de La Vallière, selon
le Journal des Sçavants, année 1745, pag.
315? Les Dictionnaires historiques ne citent
pas cet ouvrage parmi ceux de Mme du
Noyer.
Cette attribution est une imposture
de Libraire.

te Hi
l'avon
prits
bourg
ressan
Balaf
dé si
rique
Hist
bien
Cela
riette
n'a
devr
L
Maé
Hay
qui
rieux
Ma
&
s'em
autr
M
T

te Historiette & mal écrite, comme nous l'avons déja dit.

—— Le Tome III. *contient* : Les Esprits ou le Mari fourbé. *Historiette fort bourgeoisement écrite & sans rien d'intéressant.*

—— Le Duc de Guise, surnommé le Balafré. *Piece très-bien écrite, & fondé sur un certain nombre de faits historiques.*

—— Gaston Phebus Comte de Foix. *Historiette fort intéressante & bien écrite.*

—— La Prédiction accomplie. *C'est bien peu de chose.*

—— Les deux Fortunes imprévuës. *Cela est passable, mais assez mince.*

—— Zingis, Histoire Tartare.+ *Historiette passable; mais dont le dénouëment n'a ni la beauté, ni l'extraordinaire qu'il devroit avoir.*

+ par mademoiselle de la Rochequilhen.

Lettres historiques & galantes de Madame du N**, in 12. *Cologne (la Haye)* 1714. 7 volumes. *Ces Memoires qui suivent & ces Lettres sont très-curieux & très-bien écrits; ils viennent de Madame du Noyers refugiée en Hollande & ailleurs pour la Religion, dont elle s'embarassoit peu, & peut-être encore pour autre chose.* Elle a fait beaucoup de bruit à la Haye, et meme à Ryswic ou Elle avoit une maison d'assemblée ou les Seigneurs alloyent se divertir.

Memoires de Madame du N**,

Tome II. E écrits

écrits par elle-même, in 12. *Cologne (la Haye)* 1710. 5 volumes. X

~~Memoires politiques, amusans & satyriques du Comte Lyonne, in 12. *Verise (Amsterdam)* 1715. 3 volumes.~~

Sire d'Aubigny, Nouvelle histori-que, in 12. *Paris* 1698. — & *Amsterdam* 1700. *Autre mauvais Livret du Sieur Lesconvel.*

La Prison du Sieur d'Assouci, in 12. *Paris* 1674.

Avantures de Mr d'Assouci, in 12. *Paris* 1678. 4 tomes en 2 volumes. *(Ce burlesque Ecrivain n'a pas brillé par l'amour des femmes, & ce fut son plus grand crime. Voyez le Voyage de Bachaumont & Chapelle,*

La Mere rivale. Histoire du tems,

Lyon

ouf-

de

87.

du

Eli-

ue,

His-

e de

ere,

écrits par elle-même, in 12. *Cologne (la Haye)* 1710. 5 volumes. X

& 1711.

~~Memoires politiques, amusans & satyriques du Comte Lyonne, in 12. *Venise (Amsterdam)* 1715. 3 volumes.~~

Sire d'Aubigny, Nouvelle historique, in 12. *Paris* 1698. — & *Amsterdam* 1700. *Autre mauvais Livret du Sieur Lesconvel.*

Histoire du Temps ou Journal gallant in 12

La Prison du Sieur d'Assouci, in 12. *Paris* 1674.

Avantures de Mr d'Assouci, in 12. *Paris* 1678. 4 tomes en 2 volumes. *Ce burlesque Ecrivain n'a pas brillé par l'amour des femmes, & ce fut son plus grand crime. Voyez le Voyage de Bachaumont & Chapelle, ou il tire contre d'Assouci*

La Mere rivale, Histoire du tems, in 12. *Paris* 1672. — & in 12. *Lyon* 1676.

Disgraces de l'amour, ou le Mousquetaire Amant, par le Marquis de MONTFALCON, in 12. *Paris* 1687.

Le Galant Nouvelliste, Histoire du tems, in 12. *Paris* 1693.

par madame de Saintonge.

Moliere Comedien aux Champs Elizées, Histoire allegorique & comique, in 12. *Amsterdam* 1697.

+ Lyon 1694 — in 12

La fameuse Comedienne, ou l'Histoire de la Guerin, femme & veuve de Moliere.

Intrigues de Moliere et celles de sa femme in 12.

advantures d'Italie par M. D'Assouci in 12° Paris 1677. ce monsieur D'Assouci fut un personnage villainement amoureux il auroit bien fait de rester en Italie et de ne pas revenir en france, où l'on persecute l'heresie en amours.

Ils sont curieux et bien écrits, mais ils ne valent pas les lettres de cette Dame.

[Oe]uvres melées de Madame Du Noyer pour servir de supplement a ses memoires in 12 La Haye..

Memoires de M Du N.. (Noyer) Ecrits par lui meme in 12° Paris 1713

Il a eut bien de la peine a etre delivré de sa prison, car en France, car en France non plus qu'en Hollande on n'entend pas raillerie sur le crime de nonconformité en amours.

des traits ingenieux de la Satyre.

aimer et se batre sont deux metiers convenables à un mousquetaire.

X trouve encore recherchée des fameux, qui sont rav[is]
d'y trouver divers traits du caractère de Molière
l'honneur du théâtre françois.

ce que le sieur De Brefekee a fait de plus
raisonnable.

Moliere, in 12. *Francfort* 1685. — *Cologne* 1688. petite historiette fort amusante, f.e X

Amours d'Eumene & de Flora, ou Intrigues d'une grande Princesse de notre siécle, in 12. *Cologne* 1706.

R. L'Heroïne Mousquetaire, Histoire véritable de Mad. Christine Comtesse de Meyrac, in 12. *Paris* 1677. — & 1678. 4 volumes — & 12. *Amsterdam* 1695. 4 volumes. — 1702. — 1723. *L'Auteur est le sieur* PRESCHAC, *qui prétend que toutes les Avantures de son Heroïne sont véritables; mais n'en déplaise à M. de Preschac, il est bien difficile, & peut-être même impossible, que tant d'avantures compliquées soient arrivées à la même personne.* a bon compte c'est la ††

Avantures ou Memoires de Henriette-Sylvie de Moliere, in 12. *Paris* 1672. 6 parties ou volumes. — 1700. — 1702. — in 12. *Amsterdam* 1673. 6 parties, par Madame de VILLEDIEU. *Voyez ci-dessus dans ses Oeuvres.*

Illustre Parisienne, Nouvelle galante & véritable, in 12. *Paris* 1679. — 1692. — in 12. *Nancy* 1714. elle *Est* ~~aussi~~ *du Sieur de* PRESCHAC, et se trouve assez estimée.

Memoires de la vie de Magdelaine Delfosse††, dit le Chevalier Balthazar, in 12. *Paris* 1695. = le Seas X = et amsterd. 1742. écrit par Elle meme

†† fille du Baron del-fosse

X neanmoins que c'est un Curé nommé Le Tellier qui a fait ce ~~[illegible]~~ Roman et nous avons aussi de luy quatre volumes de sermons, assez mauvais.

Histoire des Amours de Cleante & de Belise, avec le Recueil de ses Lettres, in 12. *Leyde* 1691. — & 1696. *La premiere & seconde Parties sont bonnes ; la troisiéme médiocre. Les Lettres tendres & touchantes. Elles sont de Madame la Presidente Ferrand, Dame d'un très-grand mérite : & ce fut une faute peu digne d'un galant homme, que fit le Baron de* Breteuil *de publier ces Lettres. Madame Ferrand se nomme en son nom* Belisani.

Memoires galans, ou les Avantures amoureuses d'une personne de qualité, par le Sieur de BREMOND, in 12. *Amsterdam* 1680.

Poisson Comedien aux Champs Elizées, Nouvelle historique, allegorique & comique, in 12. *Paris* 1710. par le Sieur de CHARNI.

Diane de Castro, Histoire nouvelle, par M. Daniel HUET Evêque d'Avranches, in 12. *Paris* 1729. — & in 12. *Amsterdam* 1729. *M. Huet se faisoit un plaisir de faire lire ce Roman à ses amis, dont il assuroit que toutes les avantures étoient véritables & regardoient quelques-uns de ses amis ; il ne voulut jamais le publier de son vivant, il le confia seulement à un ami pour le faire paroître*

Histoire
de Belise et de Cleante
(62 pag. in 4°)
en 3. parties.

premiere partie

Zelonide et Belise qui etoient unies depuis longtems d'une amitié plus tendre et plus solide que celle qui est ordinairement entre les dames, allerent dans les beaux jours du printemps passer ensemble une soirée aux thuilleries &c.&c

(Dans la premiere partie, belise commence ~~son~~ l'histoire de son amour pour cleante et finit a son mariage qui se fit malgré elle avec un autre que cleante.)

Seconde partie

Ce que Belise avoit conté a son amie lui laissoit trop de curiosité pour attendre &c (Belise continue son recit, elle voit le portrait de sa rivale quelle va voir. elle apprend la mort de cette rivale que cleante avoit epousée secretement. elle se flatte de se faire aimer de cleante. elle lui ecrit dabord sans se nommer, ensuite elle se nomme, cleante par pitié ou autrement repond à son amour)

troisieme partie

Zelonide avoit eté si touchée du recit de belise &c elle l'avoit ecrit et a communiqué à un ami qui lui apprit que Belise l'avoit trompée quelle n'etoit pas si vertueuse quelle s'etoit representée et cet ami acheve l'histoire de belise qui oublie cleante qui etoit allé servir en italie et devient amoureuse d'un pedant cleante revient et apprend la conduite de belise

qui parvient a le tromper encore mais
cleanthe a de nouvelles preuves de l'infidelit[é]
de belise l'abandonne pour jamais.

le dernier alinea est :

pour cleante il m'a avoué que comme ce
n'etoit pas son gout naturel qui lui avoit
donné de la tendresse pour belise &c &c &c &c
. . . . Dure lignes . . . grossiere à son discer-
nement.

Fin

Clef effacée

Bibliothèque des Romans de lenglet &c
pag. 60. du tom. 2. ligne 10.

Amours et avantures d'Arcan et
de Belize, Histoire veritable par le chevali[er]
de P** in 12. leyde 1714. ‡ J'ai sous les yeux
ce Roman n'est pas chez Chardin l'Histoire des am[ours]
de Cleante et Beli[se]
avec le recueil de ses l[ettres]
imprimée à Leyde 1691. in [12]
et conforme à la notice de M[r]...

Il n'est pas à la Biblioth. nationale. = Je voulois voir
si c'est le même dont M. Adry m'a donné la Notice précédente
sur un MSt qu'il posséde et qu'il ne croit pas imprimé. /
Le P. Niceron art. d'Abelard, tom. IV. Pag. 41 de ses Mémoires dit que
les Amours d'Abelard et d'Heloise, histoire veritable, parurent en 17[20]
a Anvers chez le Noir, à la suite des Amours de Belise et de Clea[nte].
Voila donc le MSt de M. Adry, imprimé en 1720 a Anvers; ‡ ce Ro[man]
paroit être fort different des Amours d'Arcan et de Belize par M. P**
impr. à Leyde en 1714, in 12. ‡ L'abbé Lenglet indique Pag. 100 de sa
Biblioth. des Romans "Histoire des amours de Cleante et de Belise, avec le r[e]-
"cueil de ses lettres", impr. à Leyde en 1691, et en 1696, in 12. Roman en 3 P[arties]
les 1ere et 2e bonnes, la 3e mediocre &c. Voila le MSt de M. Adry dont il avoit [vu]
une édition datée de Paris [Anvers] 1689 in 12, intit. Histoire nouvelle des amou[rs]
de Belise et de Cleante, par M. C. D. [illegible]

Histoire nouvelle des amours de la jeune Belise et de Cleante par M. D... in 12 Paris (Rouen) 1689. c'est comme je crois le meme livre que le suivant

+ viennent

X Elle vient de perdre en 1738 un grand procez au Parlement, ou on l'a obligé de reconnoitre une fille, qu'Elle avoit perdüe depuis Longtemps, ou qu'Elle avoit ecarté du grand jour.

~~Histoire~~

Pag. 100 Cleante et Belise c'est l'Histoire de la Presidente Ferrand née Belisani, ecrite par elle-même et que le Bon de Breteuil qui a fait faire la 3e éd. y ajoutant les lettres, publia sans doute lui-même. ayant decouvert que cette Femme le trompoit, il publia ses lettres qui, par sa trahison, n'etoient plus sacrées. Cette Dame d'un très grand mérite, avoit des moeurs fort dereglées, témoin l'arrêt de 1738 contr'elle. Elle avoit epousé le Presid.t [illegible]

Rouen

X un Belisani qui avoit monté à [illegible] un livre rare de S. Champier. Voy. Du Verdier III. Pag. 479

Histoire nouvelle des amours de la jeune Belise et de Cléante, par M. D. — in-12 Paris (Rouen) 1689. C'est comme je crois le même livre que le suivant

[illegible] vraiment

X Elle vient de perdre en 1738 un grand procez au Parlement, qui l'a obligé de reconnoitre une fille, qu'Elle avoit perdue depuis longtemps, ou qu'Elle avoit écarté du grand jour.

Ferrand qu'elle n'a [illegible] [illegible] mais, et qui est connu par un Recueil de Poësies légères, parmi lesquelles il y a des Epigrammes dignes de J. B. Rousseau. Je crois que la 1re Edition du Roman de Belise est celle de 1691, [illegible] l'autre de 1689, sous un autre [illegible] différent (à examiner)

comme si le titre du livre empechoit ~~le~~ que ~~le stile de~~ l'auteur n'en fust connu.

+ prisonnier dans le Chateau de Namur et les aventures secrettes pendant La Campagne.

X Serieux, n'ayas brillé par L'amour. il avoit — d'autres Talens; La gloire et son avancement furent ses passions Dominantes.

R L

Challes ou Robert

^ Gregoire Challes, ou de Challes, ou Dechalles. Prosper marchand lui donne un article étendu dans son Dictionnaire histor. où il indique 6 ouvr. de lui dont trois imprimés !

R

ce Livre qui est ~~aff~~ bien cent a été recherché des amateurs. il est d'un nommé de Challes qui a fait une relation de son ~~de~~ Voyage dediaux aux indes Orientales, où il dit qu'après avoir fait ses études au Collège de la Marche à Paris, il fut tour à tour Militaire, Clerc des avocats aux Conseils, Avocat lui meme; il fut h engagé au Canada dans lequel il fut fait prisonnier par les Anglois en 1687; homme gai, mais libertin debauché même, grand buveur &c. Voyez plus de detail dans la nouvelle Bibliothèque des Romans année 1776, Avril 2e vol. Pag. 70 et suiv

roître après sa mort. Il lui avoit donné le nom de FAUX-INCA, *Histoire Indienne. Mais on ne voulut pas qu'il parût sous ce titre, qui étoit connu pour un Ouvrage de ce savant Prelat; on l'a donc déguisé sous celui de Diane de Castro.*

Le ~~Histoire des Amours du~~ Maréchal de Bouflers, in 12. *Paris (Hollande)* 1696. *Peu de chose.* Ce marechal, homme tres

Annales de la Cour & de Paris pour les années 1697. 1698. in 12. *Cologne* 1701. 2 tomes en un volume. *Assez curieux; c'est dommage que ce plan n'ait pas été continué,* car il etoit amusant.

Les Lutins du Château de Kernosi, Nouvelle historique, par Madame la Comtesse de M. in 12. *Paris* 1710. *Ce petit Roman n'a pas été fort recherché par le peu que promet le titre, il est cependant écrit avec beaucoup de genie, d'agrément & de goût. Il plaît par la diversité amusante des évenemens & la singularité des caracteres. Il est* ~~[illegible]~~ *de Madame la Comteße de Murat, autrefois connuë dans le monde galant & remuant.*

R Les illustres Françoises, Histoires véritables, in 12. *Paris* 17... 3 vol. — & 1723. 3 vol. — Idem in 12. *la Haye* 1713. — 1721. — 1723. 3 volumes. — 1725 et 1748. 4 Vol

Lupanie, Histoire amoureuse de ce

tems, in 12. *Cologne* 1668. *Mauvaise Satyre.*

Memoires du Marquis d'Almacheu contenant ses voyages & les évenemens de sa vie, in 12. *Amsterdam* 1677. 3 tomes en un volume. peu recherché.

R Memoires de Pierre-Fr. PRODEZ DE BERAGREM, contenant ses voyages & ses avantures, in 12. *Amsterdam* 1677. *C'est peu de chose.*

R La fausse Clelie, Histoire françoise, galante & comique, in 12. *Paris* 1670. 2 volumes. — in 12. *Amsterdam* 1671. 2 volumes. — Idem in 8. *Nimegue* 1680. — Idem in 12. *Paris* 1718. *L'Auteur se nommoit Sublìgni.* 1712

Les Sœurs rivales, Histoire galante, in 12. *Paris* 1698. — in 12. *Amsterdam* 1699. *Cette Historiete regarde les De-*

tems, in 12. *Cologne* 1668. *Mauvaise Satyre.*

Memoires du Marquis d'Almacheu contenant ses voyages & les évenemens de sa vie, in 12. *Amsterdam* 1677. 3 tomes en un volume. peu recherché!

R Memoires de Pierre-Fr. PRODEZ DE BERAGREM, contenant ses voyages & ses avantures, in 12. *Amsterdam* 1677. *C'est peu de chose.*

R La fausse Clelie, Histoire françoise, galante & comique, in 12. *Paris* 1670. 2 volumes. — in 12. *Amsterdam* 1671. 2 volumes. — Idem in 8. *Nimegue* 1680. — Idem in 12. *Paris* 1718. *L'Auteur se nommoit Subligni.* + 1712

Les Sœurs rivales, Histoire galante, in 12. *Paris* 1698. — in 12. *Amsterdam* 1699. *Cette Historiete regarde les Demoiselles Loisons, dont la beauté & les agrémens ont fait beaucoup de bruit parmi les Galans de Paris sur la fin du dernier siècle, & au commencement de celui-ci.*

+R Memoires de Mademoiselle de la Charce de la Maison de la Tour du Pin en Dauphiné, in 12. *Paris* 1731. *Ce petit Roman, qui est bien écrit, contient plusieurs faits historiques arrivés sous le Régne de Louis XIV. Il y a de l'amour & du heroïsme. Mademoiselle de*

+ Histoire de Madame de Muci in 12°. amsterdam 1731 — et Paris 1731. — L'édition de Paris est a part en un petit volume. L'Edition d'amsterdam ou plutôt de Bruxelles ~~donnée par feu M. Godefroy directeur de la chambre des Comptes de Lille en flandres~~, se trouve à la fin du livre intitulé, Memoires de la vie de Theodore Agrippa d'Aubigné ^ in 12°. amsterdam (ou Bruxelles) 1731. 2 Volumes. cette petite histoire de Madame de Muci est bien ecrite et a été goutée.

^ ayeul de Madame de Maintenon ecrits par luy meme.

+ L'ouvrage n'est pas mauvais et a été assez lu.

Mlle de la Charce étoit soeur de Mlle d'Aleyrac, connue à Paris par son bel esprit et par son talent pr la Poesie (Nouvelliste du Parnasse Tom. 1er Pag. 155 après l'Extrait de l'Hist. de Mlle de la Charce)

2de Edit. de 1734;

+

Lettres ... elle co
de ... rivées
mi

Histoire ... lume,
de l ... dition
de 17

x chambre des Comptes de Paris.

II

Debref ... 2°
cologn

Memoir ... lettres
sur d
le Solitaire, ... irenon
par Le

x

Memoir ... 2°
Paris ... ri.

35

+

Lettres historiques a M. D*** sur la nouvelle comedie Italienne et les avantures qui y sont arrivées in 12 Paris 1717 5 volumes –

Histoire de la Comtesse des Barres (ouvrage Posthume de l'abbé de Choisi) in 12° Anvers 1735. l'edition de 1739 citée p. 94 double emploi

II

Delices et Galanteries de l'isle de france in 12° – Cologne 1709 2 volum.

Memoires du Marquis d'argens avec quelques Lettres sur divers sujets in 12° Londres 1735

le Solitaire Philosophe, ou memoires du marquis de Mirmon par le Marquis d'argens in 12 amsterdam 1736 ※

✕ ✕

memoires du Comte de Comminville in 12° Paris ~~1735~~ 1735 Livre peu lu et peu suivi.

memoires du Comte de Cominge in 12° La Haye 1735

※ ~~Memoires de Mademoiselle de Mainville ou le feint chevalier par le marquis d'argens in 12 La Haye 1736~~

Memoires de la Comtesse de Mirol ou les funestes effets de l'amour et de la jalousie histoire Piemontoise par M. le marquis d'argens in 12 La Haye 1736

Le mentor Cavalier ou les Illustres Infortunés de notre siecle par le marquis d'argens in 12 ~~La Haye~~ Londres 1736

R Memoires et Avantures de M. De*** in 12° Paris 1736. 4 volumes.

Memoires Politiques, amusans, et Satyriques par Brasey in 12° La Haye 1735 – 3 Volumes – ces memoires qui viennent de M. Moreau de Brasey sont peu considerables aussi bien que tout ce qu'a fait le meme auteur, officier dans les troupes de france, et fils de M. Moreau de Mautour, qui est mort doyen des auditeurs de la ✕

de la Charce est connuë encore par les Poë-

Prevot il prend encore quelque fois celuy de Mr. D'Exilles. Enfin il est revenu parmi nous et s'est fait Benedictin de Clugny. il faut rendre justice a l'auteur, son ouvrage est bien ecrit, avec gout, et rempli de caracteres vrays et interessans. c'est dommage qu'il n'ait pas choisi un sujet plus noble

——

de la Charce est connuë encore par les Poësies de Madame Deshoulieres, & l'on trouve aussi de cette Demoiselle plusieurs Pieces de Vers qui ne sont pas imprimées.

R Histoire de la Dragone, contenant les actions militaires & les avantures de Geneviéve Premois, sous le nom du Chevalier Balthasar, in 12. *Paris* 1703. — *Bruxelles* 1704.

+ Nouvelle Françoise, contenant plusieurs Amours & Histoires galantes, par M. H. V. B. in 12. *Cologne* 1711.

R Illustre Mousquetaire, Nouvelle galante, in 12. ^ *la Hays* 1709. — & 1716. ^ Paris 1697

Memoires de la Comtesse de Tournemir, in 12. *Londres* 1708. peu recherché.

+ Foire de Beaucaire, in 12. *Amsterdam* 1709. ^ l'Embarras de la

R Memoires & Avantures d'un homme de qualité qui s'est retiré du monde, in 12. *Paris* 1729. 6 volumes. *Ce Roman, qui est assez bien écrit, vient du P. Prevost alors Benedictin, & depuis Proselite en Angleterre, en Hollande, à Bâle, & par tout ailleurs, où il fait de bons tours,* tantot sous le nom de M Prevost, tantot sous celui de M. d'Exilles X

Avantures de M. Robert Chevalier, dit de Beauchene Capitaine de Flibu-

X La plupart des Peres Benedictins sont assez maltraitez dans cet ouvrage, où l'on a fait plusieurs corrections meme depuis qu'il est imprimé.

Suite des memoires d'un homme de qualité qui contient l'histoire du Chevalier Des Grieux et de Manon Lescaut in 12° Amsterdam (ou Rouen) 1733. 2 volumes. On voit par ce Roman qui est ~~le interessant~~ amusant et bien ecrit, que M Prevost qui en est l'auteur, connoit un peu trop le bas peuple de Cythere. On scait que cet auteur qui prend tantot le nom de M Prevost, tantôt celuy de M d'Exilles, ou quelque autre selon ses besoins, s'ennuye deja de s'être jetté parmi les Reformez, et cherche, dit on, a rentrer parmi nous. cela est assez dans son caractere. D'abord il se fit soldat, puis Jesuite, soldat pour la seconde fois, ensuite Jesuite. Il s'est fait derechef soldat, puis officier, Benedictin, enfin reformé ambulant en divers pays. Il pense a se faire Benedictin de Clugni, sans doute pour aller ensuite à Constantinople y precher l'Alcoran et devenir Mufti s'il se peut, et aller terminer sa carriere parmi les bonzes des Indes. outre le nom de M.

ce livre n'a eu qu'un tome. stiers dans la nouvelle France, par M. le SAGE, in 12. Paris 1732. 2 volum.

1718 Momus François, ou les Avantures divertissantes du Duc de Roquelaure, in 12. Cologne 1727.

~~DU NOYER, Oeuvres mêlées pour servir de Suplément à ses Memoires, in 12. la Haye.~~

ROMANS HISTORIQUES pour l'Espagne.

La Verdadera historia del principal de la perdida ... Miramamolin Almansor y vida del Rey Jacob ... Abentarique ... de Luna in 4° ... il y a dans ce livre ...

...ria Iberica, da F.
...1, in 12. in Ve-

...ntrée des Maures
...Sieur de JUVE-
...645. 2 volumes.
...e & galante de
...par les Maures
...omes en 1 volum.
— & in 12. la Haye 1699. 3 tomes en 1 volume. 1722

Histoire des Guerres civiles de Grenade, traduite de l'Espagnol, in 12. Paris 1683. 3 volumes. par mademoiselle de la Roche guilhen.

Histoire secrete des Amours d'Henry IV. Roy de Castille, surnommé l'Impuissant, in 12. Paris 1695. — in 12.

Idem in 12° Paris 1722 4 Tomes 1 Volume.

ftiers dans la nouvelle France, par M. le SAGE, in 12. *Paris* 1732. 2 volum.

Momus François, ou les Avantures divertiſſantes du Duc de Roquelaure, in 12. *Cologne* 1727.

~~DU NOYER, Oeuvres mêlées pour ſervir de Suplément à ſes Memoires, in 12. la Haye.~~

ROMANS HISTORIQUES pour l'Eſpagne.

IL Rodrigo, Hiſtoria Iberica, da F. AGRICOLETTI, in 12. *in Venetia* 1648.

La Verdadera historia del Rey D. Rodrigo, en la qual se trata la causa principal de la perdida de España, y la conquista que della hizo Miramamolin Almançor Rey, que fue del Africa, y de las Arabias, y vida del Rey Jacob Almançor, por el Sabio Alcayde Abulcacim Tarif Abentarique, traducida de la lengua arabiga por Miguel de Luna in 4° en Zaragoça 1606 — autre en Valencia 1606 il y a dans ce livre autant de Roman que d'histoire.

Don Pelage, ou l'entrée des Maures en Eſpagne, par le Sieur de JUVENEL, in 8. *Paris* 1645. 2 volumes.

Relation hiſtorique & galante de l'invaſion de l'Eſpagne par les Maures, in 12. *Paris* 16.. 2 tomes en 1 volum. — & in 12. *la Haye* 1699. 2 tomes en 1 volume. 1722

Hiſtoire des Guerres civiles de Grenade, traduite de l'Eſpagnol, in 12. *Paris* 1683. 3 volumes.

Hiſtoire ſecrete des Amours d'Henry IV. Roy de Caſtille, ſurnommé l'Impuiſſant, in 12. *Paris* 1695. — in 12. A 1727.

Item in 12° Sans A Tomes 1 Volume

Memoires Posthumes ~~de Mr de B.~~ du comte de B. avant son retour a la Trape in 12 Paris 1735 3 parties par le Chevalier de Mouhy.

Memoires De Mademoiselle de Bonneval in 12 La Haye 1738 bien ecrit et assez recherché

Memoires de Madame de Mainville, ou le feint chevalier par le Marquis d'Argens in 12 La Haye 1736

Memoires et avantures de Mr De *** in 12 Paris 1736 4 Volum

111

La Paysanne parvenue, ou memoires de Madame la marquise de L V par M. le chevalier de Mouhy in 12 Paris 1735 4 part. il s'en faut bien que ce Roman soit aussi bon que le Paysan parvenu de M. de Marivaux.

Demelé survenu a la sortie de l'opera entre le Paysan parvenu et la paysanne parvenue in 12 Paris (ou Paris) 1735 petite satyre et jeu d'esprit

histoire du Prince Titi par M. Themiseul de Saint Hyacinthe in 12 Paris 1735 3 volumes joliment ecrit. C'est une feerie qui a été réimprimée à Paris en 1736 [illegible] dans le [illegible] des fées ou collect. [illegible]

histoire du Roy de Campanie et de la Princesse parfaite in 12 Paris 1736 bagatelle assez mediocre

memoires d'une femme de qualité ecrits par elle meme in 12 Paris 1737

Memoires et avantures de M. de S. ecrits par lui meme et mis au jour par M. Emer de Lisle 12° Paris 1737 petit livre [illegible] des amateurs de ces sortes de Bagatelles.

#

Infortuné Philopez ou les memoires et avantures de M*** in 12 Paris 1732 — amsterdam 1735

Memoires du chevalier D... par madame Mehaust in 12 Paris 1734. cette Dame qui a deja parû avec honneur sur le theatre des Romanciers, ne s'en tiendra pas vraisemblablement aux deux petits ouvrages qu'Elle a publiés.

Le Payson parvenu ou memoires de M... par M. de Marivaux in 12 Paris 1734 4 volum. curieux et interessant. c'est dommage que M. de Marivaux complique ses ouvrages les uns dans les autres, cela fait qu'il n'en finit aucun: celui ci est amusant et bien ecrit. ###

Historia de las guerras civiles de Granada por Ginés Perez in 8° Barcelona 1619 — Valencia 1623 — Paris 1660

Historia de los vandos de los Zegris y Abencerrages cavalleros moros de Granada por Aben Hamin Avarigo natural de Granada in 8° en Valencia 1613

Histoire du connetable de Lune favori de Jean II Roy de Castille in 12 Paris 1720 ce seigneur a extremement brillé a la cour d'Espagne au XVe siecle. ce Roman contient beaucoup de traits d'histoire assez curieux *par Mademoiselle D...*

12. *Villefranche* 1696. *Morceau curieux & singulier qui tient à l'un des plus grands évenemens de l'Histoire d'Espagne.* + mis la Haye 1736

Marie d'Anjou Reine de Majorque, Nouvelle historique & galante, in 12. *Paris* 1681. — in 12. *Amsterdam* 1681. par le Sieur de la CHAPELLE.

Avantures Grenadines, in 8. *Amsterdam* 1710.

R Madame de Gomez, la Conquête de Grenade, in 12. *Paris.* 1719. 2 Volumes 1723 (histoire secrete de)

Raimond Comte de Barcelone, Nouvelle galante, in 12. *Amsterdam* 1698.

Don Henrique de Castro, ou la Conquête des Indes, in 12. *Paris* 1684. 2 Volumes.

R Germaine de Foix, Nouvelle historique, in 12. *Paris* 1701. —& *Amsterdam* 1701. *Germaine de Foix, qui est morte en* 1538. *a été la seconde femme de Ferdinand d'Arragon dit le Catholique. Nicolas* BAUDOT *de Juilli est l'Auteur de cette Historiette, qui est bien écrite.*

R Don Carlos, Nouvelle historique, in 12. *Paris* 1673. — 1688. *Cette Histoire qui est de l'Abbé de Saint Real, est très bien écrite. Elle se trouve encore imprimée dans les differentes Editions des Oeuvres de l'Abbé de Saint Real, & en d'autres Recueïls.*

Don Juan d'Autriche fils de l'Em-

 pereur

pereur Charles-Quint, par le Sieur COURTIN, in 12. *Paris* 1678.

Don Juan d'Autriche, in 12. *Paris* 1668.

Don Jean de Castro....

Ambitieuse Grenadine, par le Sieur de PRESCHAC, in 12. *Paris* 1678.

Voyage de la Reine d'Espagne, par le Sieur de PRESCHAC, in 12. *Paris* 1680.

M. la Comtesse d'AULNOY, Voyage d'Espagne, in 12. *Paris* 1691. 3 volumes — & 1699. 3 volumes. *Cet Ouvrage est bien écrit. Les deux premiers volumes, qui tirent fort sur le Roman, sont fort amusans, & le troisiéme, qui tient un peu plus de l'Histoire, est assez instructif.*

—— De la même, Memoires de la Cour d'Espagne, in 12. *Paris* 1684. 2 volum. — & *Lyon* 1693. 2 volumes — & *Amsterdam* 1716. 2 volumes.

—— De la même, Nouvelles Espagnoles, in 12. *Paris* 1692. 2 volumes — & 12. *la Haye* 1693.

Histoire de Grenade, ou l'Innocence justifiée, par Mademoiselle..... in 12. *Paris* 1694. — & *la Haye* 1694.

Donna Hortense, Nouvelle Espagnole, in 12. *Paris* 1698. *Assez bien écrit*

X in 12 Lyon 1679
C'est peu de chose.

ta H · H fille de Monsieur Philippe de france frere unique de Louis XIV. Elle fut mariée avec Charles II Roi d'Espagne

Histoire du Comte d'Albe in 12 Paris 1681

1691

X Livre assez amusant, bien écrit et interessant.

est Φ bon et se fait lire avec plaisir

Histoire de Moncade, dont les principales avantures se sont passées au mexique, avec le marquis de Leyva in 12. à amsterdam 1737. 2 volum.
à Paris 1736 2 volum.

\# Paris 1675 6 volum. on pretend que ce livre est de madame de Villedieu, mais j'en doute, elle a fait un journal amoureux mais qui n'est pas celui d'Espagne.

Histoire Politique et amoureuse du Cardinal Portocarrero in 12 Cologne 1704 — 1710. ce Cardinal a rendu de grands services au Roi Philippe V. avant et après son avenement a la Couronne d'Espagne. mais il n'a jamais eté mention de ses amours. d'ailleurs ce petit livre est peu de chose

~~O~~ ouvrage curieux on l'on trouve beaucoup de traits d'histoire.

Don Ramire histoire Espagnole par le sr. de Preshac in 12. Paris 1704

\### ce Cardinal Alberoni est un étrange compagnon: avec une modestie apparente il alloit traiter l'Espagne apeupres comme le grand visir fait la Turquie sous le grand Seigneur. il s'etoit avisé en 1718 de vouloir exciter une guerre civile en france contre feu M. le Duc d'orleans Regent du Royaume. il y avoit engagé beaucoup de gens de conditions, auxquels il laissa manquer d'argent, tandis quil faisoit passer d'Espagne à Gennes pour son compte des millions quil voloit a cette couronne. le Roi d'Espagne n'en a jamais pu recouvrer que deux cents mille piastres, que ce Ruse Cardinal avoit encore fait partir peu de jours avant son expulsion il jouit apresent tranquillement de ses vols. cet excez de bonté de la part de S. M. Catholique est un avertissement aux autres ministres de faire de meme, dans l'esperance d'etre traitez aussi humainement. apresent quil a manqué X

X 1. vie vou qu p

écrit : mais le dénouëment en est trop fatal ; c'est même une faute essentielle que commet l'Auteur en faisant périr miserablement son Heroïne, malgré la vertu & la sagesse qu'elle fait paroître.

Hyacinthe, ou le Marquis de Celtas Dirorgo, Histoire Espagnole, in 12. *Amsterdam* 1731. 2 volumes — & in 12. *Paris* 1732. 2 volumes. *Roman passable, & dont le dénouëment n'est pas tout-à-fait conforme aux régles, puisqu'on y voit la vertu périr malheureusement.*

Journal amoureux d'Espagne, in 12.

Histoire politique & secrete de la Cour de Madrid, de l'avenement du Roy Philippe à la Couronne, avec des considerations sur l'état present de la Monarchie Espagnole, in 12. *Cologne* 1719.

Avantures de France & d'Espagne, Nouvelles galantes & historiques, in 12. *Paris* 1707. cet ouvrage est du pauvre Chevalier de Mailly grand auteur de tres mauvais livres.

Histoire du Cardinal Alberony, depuis sa naissance jusqu'au commencement de l'année 1719. in 12. *la Haye* 1720.

Bâtard de Navarre, Nouvelle historique, par le sieur de PRESCHAC, in 12. *Paris* 1683. — & 1684. Livret peu recherché.

L'Egyptienne, ou les Amours de

X son coup contre M. le Duc d'Orleans et qu'il a eté la victime de ses manoeuvres, il dit qu'il avoit seulement voulu intimider le Duc Regent. mais il sçait bien qu'on ne l'en croira pas. cette histoire vient du S.r Rousset refugié en Hollande.

Don Jean de Carcanne, in 12.

R Don Sebastien Roy de Portugal, Nouvelle historique, in 12. Paris 1680.

R. Dau Domalinde Reine de Lusitanie, par Madame de SAINT MARTIN, in 12. la Haye 1681. — & Paris [illegible]. 3 volumes.

+ secrette Histoire + de Don Antoine Roy de Portugal, (par Madame GILLOT de SAINTONGE, in 12. Paris 1696. assez

o bien écrite sur un Prince malheureux, qui a fait beaucoup de bruit dans le monde

Agnés de Castro, Nouvelle Portugaise, in 12. Paris 1688. — Amsterdam 1710.

La Discreta Galatea, por Miguel de CERVANTES, in 8. ++ Paris 1611. — & Beaciæ 1617.

++ Barcelona 1668 — in 8.

Histoire & Avantures de Dona Rufine, fameuse Courtisane de Seville, traduite de l'Espagnol, in 12. Amsterdam 1723. 2 volumes. — in 12. Paris 1724. 2 volumes.

La Fidelité récompensée, Histoire Portugaise, in 12. Paris 1732. assez joli; X

X mais la fidelité n'est pas toujours ce qui est le mieux recompensé; c'est bien plutôt l'importunité en amours, comme en bien d'autres choses.

ROMANS HISTORIQUES pour l'Italie.

L'Heroina intrepida, o vero la Duchesa di Valentinese, da Francesco Fulvio FREGONI, in 12. in Venetia 1673.

Condestable de Portugal de franc. Rodr. Lobo in 4° em Lisboa

Illustre

La Infanta Coronada por el Rey D. Pedro, Dona Ines de Castro; por Juan Soarès de Alarcon in 4. Lisboa 1606

Histoire de Don Juan de Portugal fils de Don Pedre, et d'Inés de Castro in 12. Paris 1724. petit Roman bien ecrit, qui fut fait à l'occasion de la piece si estimée que m. De La motthe a donnée d'Inès de Castro et qui a eu un si grand succès sur notre theatre. on assure que cette historiette vient du celebre abbé Dessfontaines.

La Guarduña de Sevilla y anzuelo de las bolzas por Don Alonzo De Castillo Solorzano in 8. en madrit 1642 — et Barcelona 1654. ce roman qui n'est pas commun, a été en espagnol traduit en françois sous le titre suivant.

~~Histoire de Moncade dont les principales avantures se sont passées au mexique, avec l'histoire du marquis de Leyssa, nouvelle Espagnole in 12 Paris 1736~~

avantures de Don Ramire de Roxas et de Dona Leonore de mendoce tirées de l'Espagnol par Madame L. G. de R. in 12 Paris 1737. ce livre est un p. de madame ~~[illegible]~~ mais de m. marquise de Richebourg dont nous avons deja parlé.

Lettre de Chimene Spinelli par m. Le Cheval. de Mouhi - in 12 Paris 1737 2 volumes. cet ouvrage est ecrit a La maniere du Cheval de Mouhi. c'est a dire assez mal.

Voyez la lettre 95e et 96e [illegible] Pyrrhon [illegible] Pag. 256.

Pag. 87 deux articles à copier — la lune de [illegible]
et [illegible] de Pologne [illegible] + [illegible] [illegible] [illegible]
Pag. 88 le dernier [illegible] [illegible] [illegible] [illegible]
Pag. 92 Mr de Luxembourg [illegible] [illegible] page 69
Pag. 93 notes [illegible] [illegible] [illegible] Mr de [illegible]
Pag. 96 [illegible] Pag. [illegible] [illegible] [illegible]
[illegible] l'abbé de Choisy — Pag. 97 [illegible] [illegible]
Pag. 97 Mlle de [illegible] Marguerite [illegible] Pag. 98
Pag. 99 le [illegible] article — Pag. 100 le [illegible] article
Pag. 101 [illegible] — Pag. 103 [illegible] la
femme blanche [illegible] [illegible] [illegible] [illegible] [illegible] Pag. 114
Pag. 106 Voyage [illegible] d'Espagne [illegible] Pag. 116
Pag. 107 deux articles — Pag. 118 Don Juan [illegible]
Pag. 110 [illegible] — Pag. 113 [illegible]
Pag. 116 [illegible] de Monmouth — Pag. 117 [illegible] de Portsmouth [illegible]
Pag. 118 Addition [illegible] Allemand de 1477
Pag. 120 [illegible] — P. 121 [illegible]
Pag. 122 Congrès d'Utrecht — P. 123 [illegible] Bonneval
Pag. 128 Hist. [illegible] — P. 128 [illegible]
Pag. 140 [illegible] Almanach [illegible]
Pag. 141 [illegible] [illegible] [illegible] Paul — [illegible]
[illegible] [illegible] [illegible] [illegible] 132
Nota [illegible] [illegible] aux pages 138 et 139
Pag. 144 [illegible] [illegible] [illegible] [illegible]
Pag. 148 [illegible] des Dames — P. 149 [illegible]
Pag. 156 L'arbre [illegible] de la [illegible] [illegible]
Pag. 160 [illegible] [illegible] Espagnol [illegible] pages 1690
Pag. 163 Guzman d'Alfarache [illegible]
+ Pag. 109 [illegible] imp. à Paris chez André
[illegible] en 1724 in 12 est de Mlle Allemand de
Montmartre (catal. de [illegible] n° 65 A)

[illegible] [illegible] [illegible] [illegible] [illegible] [illegible] Pag. 2[illegible]

1

articles [illegible] l'abbé Lenglet

[illegible] de la suite 1734 [illegible] par [illegible] une Notice

de la Bibliothèque des Romans [illegible]

Pag. 3 Voyage de [illegible]

Pag. 8 amours de [illegible] contre l'abbé Desfontaines

Pag. 10 contre St Foix

Pag. 12 contre le P. Girard [illegible]

Pag. 14 Romans ou vues Politiques

Pag. 15 Eloge de Présid. Bouhier

Pag. 17 Note sur Guill. Michel

Pag. 19 [illegible] de [illegible] la Connestable

Pag. 24 [illegible] Tirade contre les Imprimeurs

Pag. 24 [illegible] de Voltaire [illegible] MM.

Pag. [illegible] de [illegible]

Pag. 26 [illegible]

Pag. 29 [illegible] de [illegible] et la Critique de [illegible]

N.B. Pag. 33 Fontenelle

Pag. 34 [illegible] de [illegible]

Pag. 37 [illegible]

Pag. 39 [illegible]

Pag. 51 [illegible] Boulanger [illegible]

Pag. 52 [illegible] articles

Pag. 60 [illegible]

Pag. 65 note [illegible] Chevreau [illegible] de M. Van Haselbourg

Pag. 67 [illegible] et les [illegible] sur la chapelle [illegible]

Pag. 71 [illegible] Romans allemands [illegible]

Pag. 72 [illegible]

Pag. 73 [illegible] Amours [illegible]

Pag. 84 Roman Royal et [illegible] Pag. 14 [illegible]

M. Marquis de Richebourg Pag. 19, 21, 27

Pag. 355 [illegible] blanc

R Illustre Genoise, Histoire galante, par le Sieur de PRESCHAC, in 12. *Paris* 1685. peu estimé et peu recherché

R Avantures de Don Antonio de Buffalis, Nouvelle Italienne, in 12. *la Haye* 1712. — & 1722. 1724.

Griselidis, ou la Marquise de Salusses, in 12. *Paris* 1725. *La Patience de Griselidis victorieuse fait le sujet de la derniere Nouvelle de Boccace. M. Perrault l'a mise en Vers fort agreablement, & la voici en Prose. Enfin on en fait un Proverbe françois qui va de pair avec la patience du bon homme Job.*

R Beralde Prince de Savoye, in 12. *Paris* 1672. 2 volumes. — in 12. *Leyde* 1672.

Histoire du Comte de Genevois & de Mademoiselle d'Anjou, in 12. *Paris* 1664. — 1680. *Ce Comte de Genevois fût le second fils d'Amé VIII. Duc de Savoye, qui vivoit au commencement du XV. siécle.*

Histoire de la Comtesse de Savoye, in 12. *Paris* 1726.

Intrigues secretes du Duc de Savoye, in 12. *Venise* 1705. ouvr. historique, par Preschat.

Relation de la Cour de Savoye, ou les Amours de Madame Royale, in 12...

ÆNEÆ SYLVII, de duobus aman-

amantibus Eurialo & Lucretia, Historia, in 4. *Sans date ni lieu d'impression.*

—— Idem in folio. *Sans date ni lieu d'impression, mais très-ancienne.*

—— Idem in 4. *Bononiæ* 1496.

ENEA SYLVIO, Historia d'Eurialo & Lucrecia, in folio, *in Vienna d'Austria* 1477.

Amans de Sienne, où les femmes font mieux l'amour que les filles & les veuves, par le Sieur de LOUVENCOURT, in 12. *Leyde* 1706. X

Eustache le NOBLE, Histoire secrete de la Conjuration des Pazzi contre les Medicis, in 12. *Paris* 1697. *Où au tome 12. des Oeuvres de M. le Noble ce petit Ouvrage, qui est la Relation d'un évenement tragique arrivé en 1478. est vrai dans le fond; mais on l'a orné des circonstances amoureuses, sans lesquelles un Roman n'a pas la hardiesse de se presenter dans le monde.*

Avantures de l'infortuné Florentin, ou Histoire de ^Marco Mario Brufalini, in 12.++ *Amsterdam* 1729. 2 volumes.

Francisci FLORII Florentini de amore Camilli & Emiliæ Atestinorum, in 4. *Turonis*+ (in domo domini Guillermi archiepiscopi Turonensis) 1467. +++

Amours de Cornelie & d'Alphonse d'Est Duc de Ferrare, in 12. *Liege* 1706.

Princesse

x Elles ont raison il y a bien moins de risque pour Elles.

+ Paris 1724. 2 Volum —

+++ Livre extremement rare, mais cependant peu recherché ! on trouve dans le meme volume le conte suivant.
Libellus de duobus amantibus Guiscardo et Sigismon de Tancredi filia in Latinum ex Boccaccio transfiguratus per Leonardum aretini in 4°

Les divers effets d'amour advenus a la belle Fulvia venitienne par I. D. R. in 12 Paris 1603

^ ou la resurrection predestinée

traduite de l'Italien de l'abbé Gualdi

X Cette Dona Olympia fut une terrible femme qui gouverna l'Eglise de Rome sous le Pontificat

Histoire anecdote de la cour de Rome in 12 Cologne 1704 ouvr. historique par Frechot.

Princesse de Montferrat, Nouvelle, in 12. *Paris* 1677. 1682

Duchesse de Milan, Histoire galante, par le Sr de PRESCHAC, in 12. *Paris* 1682. — *Cologne* 1712. à peu près du meme genre que les autres Livrets de cet auteur.

L'Amore di Carlo Gonzaga Duca di Mantoa e della Contessa Marg. della Rovere, da Giulio CAPOCODA, in 12. *Ragusa* 1666.

La belle Marguerite, ou les Amours du Duc de Mantouë avec Marguerite Comtesse de la Rouere, in 12. *Cologne* 1666. — & in 12. *Paris* 1671. — & *Cologne* 1673. *Le même en Anglois*, in 8. *Londres* 1669. — 1688 Charles de Gonzague

La Princesse heroïque, ou la vie de la Comtesse Mathilde, Marquise de Mantouë & de Ferrare, in 4. *Paris* 1645. Princesse qui a fait beaucoup de bruit en son temps

Sophie, ou la Veuve Venitienne, in 12. . . . .

L'heureux Chanoine de Rome, Nouvelle galante, in 12. *Paris* 1707. (Bruxelles)

Histoire de Doña Olimpia Maldachini, in 12. *Leyde* 1667.

Le Comte Roger, Souverain de Calabre, Nouvelle historique, in 12. *Paris* 1679. — in 12. *Amsterdam* 1680. — Paris 1738

Histoire des Reines de Naples Jeanne I. & Jeanne II. Comtesse de Provence,

vence, in 12. *Paris* 1700. *Cette Historiette est attribuée à M.* DESFONTAINES *des Huyots.*

Histoire des prosperités malheureuses d'une femme Catanoise, par Pierre MATTHIEU, in 8. *Paris* 1617. *Cet Ouvrage a été traduit en Italien & imprimé* in 8. *à Milan en* 1620.

La Catanoise, Histoire secrete sous le Régne de Jeanne I. Reine de Naples, in 12. *Paris* 1731. *Cette Histoire tragique & funeste est arrivée sous la Reine de Naples Jeanne I. la plus méchante Princesse qui soit jamais montée sur le Trône; mais elle trouva dans la Catanoise sa Favorite une femme encore plus méchante. Cette Historiette doit aprendre aux Souverains à bien choisir leurs Favoris. C'est de là souvent que dépend leur bonheur ou leur malheur, leur bonne ou leur mauvaise réputation.*

Le Napolitain, Nouvelle historique, in 12. *Paris* 1682.

Duchesse de Capouë, Nouvelle Italienne, in 12. *Paris* 1732.

Don Alvar del Sol, Histoire Napolitaine, in 12. *Amsterdam* 1713.

Le Memorie della Signora Colonna G. Contestabilessa del Regno di Na-

Le

vence, in 12. *Paris* 1700. *Cette Historiette est attribuée à M.* DESFONTAINES *des Huyots.* ‡

frere de l'abbé

Histoire des prosperités malheureuses d'une femme Catanoise, par Pierre MATTHIEU, in 8. *Paris* 1617. *Cet Ouvrage a été traduit en Italien & imprimé* in 8 *à Milan en* 1620. X

R La Catanoise, Histoire secrete sous le Régne de Jeanne I. Reine de Naples, in 12. *Paris* 1731.+ *Cette Histoire tragique & funeste est arrivée sous la Reine de Naples Jeanne I. la plus méchante Princesse qui soit jamais montée sur le Trône; mais elle trouva dans la Catanoise sa Favorite une femme encore plus méchante. Cette Historiette doit aprendre aux Souverains à bien choisir leurs Favoris. C'est de là souvent que dépend leur bonheur ou leur malheur, leur bonne ou leur mauvaise réputation.*

+ passablement ecrite.

R Le Napolitain, ^ Nouvelle historique ‡ in 12. *Paris* 1682. ‡‡ 1734

roule de serviteur de sa maitresse;

‡ par le sieur de Germont.

R Duchesse de Capouë, Nouvelle Italienne, in 12. *Paris* 1732. — et 1734 ‡‡

Don Alvar del Sol, Histoire Napolitaine, in 12. *Amsterdam* 1713.

0 — Le Memorie della Signora Colonna G. Contestabilessa del Regno di Napoli, in 12. *Colonia* 1678.

Le

L'Eros ~~mescado~~ undo e Floridalba historia da Prospero Bonarelli della Rovere in 4° in Bologna 1642

Hey

Bru

An

Pag. 112. " Je ne suis point l'auteur de l'Histoire de

33 Haut... Jal de Jally, dans la lettre du 20 mai 1725 [illegible] l'oeuvre ... 1er ouvrage [illegible] l'attribue à M. Desfontaines des Hauts-Rosiers

Voir dans l'éloge de Lenglet si Michault lui attribue la Catanoise impr. à Paris en 1731, in 12 (Y2. n° 348)

il n'en parle pas. d'ailleurs la catanoise de 1731 - in 12 me paroit n'être qu'un rechauffé de la Catanoise de pierre matthieu paris 1617. in 8° et traduite en italien Milan 1620. in 8°

— dans le cat. de lavallière on la dit attribuée a lenglet du fresnoy —

Don

169

den

La

an

+ ces deux Reines ont fait en leur temps beaucoup de bruit par la galanterie. ce petit livret est ~~assez~~ bien ... ant.

... is Pierre Matthieu ecrivoit trop pesamment ... donner à son sujet tout l'agrément, dont ... tout susceptible.

Matthieu donna encore l'hist. aragon... de sa Catharade ~~...~~ laquelle parut avec sa ... depuis à Rouen en 1618 in 12, puis en ...

page 66 – 99
s'assujetissent

pag. 102
s'appliquent

à Monsieur ... de St Leger rue ... St Jacques No 132

... tequine la defendroit pas?

Don Alvare, nouvelle Allegorique in 12 Cologne 1691. ouvrage peu recherché, et different du precedent.

La Princesse Colonne histoire Gallante in 12° amsterdam ...

+ par mademoiselle Bernard.

gallante et tragique.

I — et 1734.

↑ c'est le meme Roman mis en bon françois [illegible] l'Agatonphile de Pierre Camus Eveque de Belley, qu'il a donné au public en 1637, sous le titre d'A. voyez la préface. de celuy cy et la Bibliothèque des Romans année 1778, mois d'avril, pag. 70.

— mr. La Haye 1735

Alfrede Reine d'angleterre nouvelle historique in 12 Paris 1678

Le Prince de Sicile, Nouvelle historique, in 12. *Paris* 1690. histoire jolie et bien écrite.

R Adelaide de Messine, Nouvelle historique, in 12. *Paris* 1722.

R Comte de Cardonne, ou la Constance victorieuse, Histoire Sicilienne, par Mᵉ DURAND (Cather. Bedacier) in 12. *Paris* 1702. bon et ass. recherché!

Agathon & Tryphine, Histoire Sicilienne, in 8. .. 1712. ce petit ouvrage est de J. B. Cusson Libraire de Nancy Paris retiré à Nancy

Yolande de Sicile, par M. de PRESCHAC, in 12. *Paris* 1678. — & 1683. 2 volumes. passable et peu recherché.

Federic de Sicile, in 12. *Paris* 1680. peu de choses.

La Duchesse de Medo, Nouvelle historique &c galante, in 12 *Paris* 1692. 2 volumes.

Duchesse d'Estramene, par le Sieur DUPLAISIR, in 12. *Paris* 1682 — 1684.

La Hardie Messinoise in 12°. - - - peu connue

ROMANS HISTORIQUES pour l'Angleterre.

HIstoire véritable & secrete des Vies & des Régnes de tous les Rois & Reines d'Angleterre, depuis Guillaume I. surnommé le Conquerant jusqu'à la fin du Régne de la Reine Anne, in 12. *Amsterdam* 1729. 3 vol. a eu ass. de cours

La famosa Historia di Stelladoro Principe

Principe d'Inghilterra, tradotta dall' Inglese da Lud. FERRARI, in 8. *in Venetia* 1606.

Frideric Prince de Galles, in 12. *Paris* 1677.

Marie de France Reine d'Angleterre, par le Sr COTTOLENDI Avocat, in 12. *Paris* 1689.

Memoires secrets de la Cour d'Angleterre de ce qui s'est passé de plus curieux sous Charles I. in 12. *Paris* 1726.

Histoire de Catherine de France Reine d'Angleterre, in 12. *Paris* 1696. — & 1706. — *Amsterdam* 1697. *Quoique M. Baudot de Juilli ait écrit ce Livre dans son premier âge litteraire, on y trouve beaucoup de goût & d'exactitude.*

Perkin faux Duc d'Iorck, sous Henri VII. Roi d'Angleterre, Nouvelle historique, par le Sieur la PAIX de Lizancour, in 12. *Paris* 1732.

Le Comte de Richemont, in 12. *Amsterdam* 1680.

Edward, Histoire d'Angleterre, in 12. *Paris* 1695. 2 volumes.

La Comtesse de Salisbury, in 12. ~~Paris . . . . 2 Volumes.~~ Lyon 1703 2 volum.

Milord, ou le Païsan de qualité, ~~in 12~~ Nouvelle galante in 12 Paris 1700

La Princesse d'Angleterre, ou la Duchesse

‡ nella quale si trattano diversi avvenimenti d'arme et d'amori di molti Cavalieri.

^ par le Sieur de Curti.

‡ Histoire du Comte d'Oxfort, de Miledi d'Herby, d'Eustache de St Pierre et de Beatrix Lé Guinés au siege de Calais sous Philippe de Valois Roy de France par Madame de Gomez in 12 Paris 1737.

X Cette Princesse qui etoit fille de Charles VI. Epousa d'abord Henri V Roi d'angleterre et ensuite Owin Tyder ou Tudor Chevalier du Pays de Galles et Elle mourut en 1438.

⊖ C'est L'histoire d'Edouard III. Jusqu'à la mort du Comte d'artois, en 1343.

Amours d'Edgard Roi d'angleterre par mademoiselle Bernard in 12 La Haye 1697

I

La Marchesa de Hunsleii, overo L'amazone Scozzese di Antonio Lupi in 12. in Venetia 1677.

II

La Regina Stativta d'Inghilterra et il Conte di Essex; vita, successi e morte, con aggionte di Mic. Biancolelli in 12. in Bologna 1674

Du
2
d'
siè
R
sto
in
in
17
pre
le
exi
sur
R
de
lun
R
sab
R
ter
liz
Pa
Or
est
int
du
&
à
R

Ducheſſe Reine, in 12. *Paris* 1677. 2 volumes. *C'eſt l'Hiſtoire de Marie d'Angleterre fille d'Henri VII. & troiſiéme femme de Loüis XII. Roy de France.*

R M. la Comteſſe d'AULNOY, Hiſtoire d'Hippolite Comte de Duglas, in 12. *Paris* 1690. 2 volumes. — Idem in 12. *Amſterdam* 1721. — & *Paris* 1721. 2 volumes. *Roman bien écrit. Le premier volume en eſt aſſez naturel, mais le ſecond eſt chargé de trop d'évenemens extraordinaires & peu vrai-ſemblables, ſur-tout le dénoüement.* 1714

R —— De la même, Hiſtoire du Comte de Warwick, in 12. *Paris* 1704. 2 volumes. — *Amſterdam* 1715. 2 volumes. 1729.

R Nouvelles galantes de la Reine Eliſabeth d'Angleterre, in 12. *Paris* ~~1674~~. ~~&~~ 1680. 2 volumes. 1674.

R Euſtache le NOBLE, Mylord Courtenay, ou les premieres Amours d'Elizabeth Reine d'Angleterre, in 12. *Paris* 1696. ^ *Où dans le Recueïl de ſes Ouvrages cette Hiſtoriette, dont le fond eſt véritable, eſt écrite d'une maniere plus intéreſſante & plus correcte que les autres du même Auteur. La nobleſſe d'expreſſion & une certaine délicateſſe manque ſouvent à l'Auteur.* ^ — et 1697

R Marie Stuart Reine d'Ecoſſe, ^ in 12. *Paris* ^ Nouvelle historique

— et amster-dam 1675. 1. volumes

Paris 1675. 4 volumes. *Ce Roman est du Sr Pierre le* PESANT *de* BOISGUILBERT *Lieutenant General au Bailliage de Roüen, mort en* 1714.

R

Le Philosophe Anglois, ou Histoire de ~~Madame de~~ M. de Cleveland fils naturel de Cromwel, écrite par lui-même, & traduite de l'Anglois par M. PREVOST, in 12. *Utrecht* 1731. 5 volumes — & *Paris* 1732. (1738) volumes. *L'Auteur de cet Ouvrage étoit ci-devant Benedictin; mais ne pouvant pas aisément pratiquer des Romans dans son Ordre, il a eu la bonté de se retirer en Angleterre; d'où on l'a chassé, parce qu'il en pratiquoit trop. Il s'est ensuite transporté en Hollande, où il a fait ce Livre; il avoit aussi entrepris la Traduction de l'Histoire de M. de Thou.*+ *Mais depuis il a eu l'honneur de faire banqueroute, s'est fait enlever par une jeune fille ou femme* ~~*est allé à Basle en Suisse, & de là il en est décampé cette année 1733. parce que Mrs les Suisses, quoique bonnes gens, n'aiment pas à être trompés par de pareils personnages, qui ont la simplicité de se laisser attraper par des filles.*~~

8/

Voy-cy dessus pag. 103.

+ livre fort au dessus de sa portée.

Haye,

Duc de Montmouth, Nouvelle historique, in 12. *Liege* 1686. Ce fils ‡

Histoire secrete de la Duchesse de Portsmouth,

‡ naturel de Charles II. Roi d'angleterre, a eu la tete tranchée pour avoir voulu se faire regarder comme Prince du Sang en cherchant a s'elever sur le trone d'angletrre au prejudice du legitime heritier.

X l'auteur est un homme inquiet, rempli d'idées tristes et funestes, qu'il communique a ses romans, dont la fin est toujours fatale.

Le Doyen de Killerine, ^histoire morale composée sur les memoires d'une illustre famille d'Irlande. par M. Le Prevost in 12° Paris 1735 ce Roman devoit avoir douze Volumes ; mais le public n'a pas permis que l'auteur ait eté plus long que le premier.

V D'angletere, et a gouverné le Roi et Le Royaume avec beaucoup de dexterité. Il est vrai qu'Elle en a eté bien recompensée. Elle s'est depuis retirée en france.

histoire secrete du Voyage de Jacques II. a Calais pour passer en angleterre in 12 Cologne 1696

Anecdote Batard protecteur du Nouveau ou prostitution de la Reine pour La protection du Prince de Galles in 12 ~~Cologne~~ Amsterdam 1690 Dans La guerre de 1688 il parut une fureur de plusieurs mauvais Ecrivains qui ne cesserent d'attaquer La Reputation du Roi et de La Reine d'angleterre. n'etoient ils point assez malheureux de se voir detronez, sans etre encore l'objet

Il y a dans cet ouvrage des traits d'histoire si curieux et si singuliers qu'il a meme eté proscrit en angletere, et qu'on y a voulu inquieter l'auteur.

Histoire et Lettres fort Tendres d'un mylord et d'une dame Angloise in 12 Bruxelles 1711 ce petit ouvrage est peu connu, mais cependant bien ecrit

La Cour de St Germain ou les Intrigues gallantes du Roi et de la Reine d'angleterre depuis leur sejour en france in 12 a St Germain (ou en Hollande) 1695. Le Roi Jacques II. fut un fort bon Roi et fort Chretien. s'il a fait L'amour ça eté ~~au point d'amour de dieu, ou pour~~ en devot ou du moins pour se desennuyer. pour la Reine elle n'a jamais tenu une conduite equivoque.

Portsmouth, in 12. *Cologne* 1690. — & 1692. Elle a été maîtresse de Charles II Roy ff

R Memoires de la Cour d'Angleterre, par Madame la Comtesse d'AULNOY, in 12. *Paris*. 1695. 2 volumes. et 1726

Olinda o vero auventure d'una Inglese, in 12. *Halla* 1695.

Memoires ou Histoire du Prétendant, ou du Chevalier de Saint George, in 12. Cologne 1712.

Histoire secrete de la Reine Zarah & des Zaraziens, ou la Duchesse de Marlboroug démasquée, * in 12. *en Angleterre* 1708. — & *Oxfort* 1711. 2 vol. — & 1712. — et 1714 livre curieux et interessant

* avec la Clef

R Atlantis de Mad. Manley, contenant les intrigues politiques & amoureuses d'Angleterre, & les secrets des révolutions depuis 1683. jusqu'à present, in 8. *la Haye* 1713. 3 volumes. — & 1714. 2 volumes.

et qui contient l'histoire de la Duchesse de Marlborough qui maîtrisoit despotiquement la Reine Anne d'Angleterre.

R Religieuse intéressée & amoureuse, avec l'Histoire du Comte de Clare, Nouvelle galante, in 12. *Amsterdam* 1700. — *Cologne* 1703. livre assez X

Galanteries d'une Religieuse mariée à Dublin, in 12. .... 1710.

Memoires fidéles de la vie, des amours & des Ouvrages de Madem. Oldefield, la plus celebre & la plus parfaite

X amusant et assez bien ecrit.

anecdote secrete et galante de la Cour d'angleterre in 12 Paris 1727. 2 volum.

parfaite Actrice de son tems, in 12. *Londres* 1731. en Anglois. *Cet Ouvrage contient une espece d'Histoire du Theatre Anglois.*

Le Solitaire Anglois, ou Avantures merveilleuses de Philipp. Quarll, in 12. Paris 1729

Avantures du Comte de Lancastel, in 12. *Paris* 1728. par M. Dufastre d'Auvigni

Les illustres anglaises in 12° La Haye 1735

ROMANS HISTORIQUES pour l'Allemagne & Païs du Nord.

Avantures périlleuses, & l'Histoire du loüable & vaillant Chevalier Theurdanck, in folio *Augsbourg* 1519. ~~Livre tres rare~~ ouvrage, *écrit en Vers Allemands par l'Empereur Maximilien I. d'autres disent par son premier Chapelain. C'est l'Histoire de ce Prince qui s'y trouve décrite en forme de Roman. Les figures sont d'Albert Durer.* Ce livre est tres rare

La vie de Claire-Isabelle Archiduchesse d'Inspruck, avec l'Histoire du Religieux marié, in 12. . 1696 ce petit

Journal amoureux de la Cour de Vienne, in 12. *Cologne* 1689. — 1690. — & 1711. ouvrage peu estimé, et peu consideré.

Histoire

[Marginal notes: Jeune — R — 1517 — & — + amoureuse — ++ sur tout quand on le veut avoir imprimé sur velin. j'ai lû dans quelque Bibliothecaires, qu'il y en avoit une Edition de francfort aussi in folio donnée en 1563. — pag. 118.]

Pag. 118 — Vie de Titurel, en une vers allemands impr. en 1477. George Wolff Panzer dans les annales des livres imprimés en allemand depuis l'origine jusqu'à 1520. Nuremberg 1788, in 4°

Pag. 103 cite Wolfr. de Eschenbach Poème héroïque de Tyturell, 1477 in fol. sans nom de ville ni d'impr. → En tête 6 feuillets renfermant une espèce de préface, suit le poème qui consiste en 41 chapitres. Le dernier feuillet présente la table des chapitres de l'ouvrage. Le 1er chapitre commence Tytarel [illegible] au monde. Holyer avoit un exemplaire contenant aussi le Poème héroïque de Parzival (Percival) par le même Wolfram de Eschenbach dont la notice [illegible] page 101 de même Panzer. Dans le recueil de poèmes allemands des siècles 12, 13e et 14 publié à Berlin chez Christ. Sigismund Spener en 1783 et 1784 in 4° 2 vol. par Christophle Henry [illegible]

Sans date, pag. ni signatures, 306 feuillets [illegible]

Le volume même édition

— 103

Voir les [illegible]

Myller professeur de philosophie au collège royal, [...] tome 1er et la suite traduction en vers de Parcival par Wolfram von Eschilbach publié d'après un ancien MS, l'éditeur n'ayant pu dit il se procurer l'édition de 1477, attendu son extrême rareté. Dans cette édition de 178[.] le Poème de Parcival précédé d'un avertissement signé Bodmer, est imprimé sur trois colonnes, les vers n'étant que de 8 syllabes, au nombre de 24747. Dans ce 1er volume non plus que dans le 2e publié en 1784, l'histoire de Tyturell mise en vers par le même de Eschilbach ou d'Eschilbach ne se trouve pas, peut-être la trouvera-t-on dans l'un des volumes suivants de ce Recueil, si toutefois il en a paru plus de deux, car il n'y en a que deux à la Bibliothèque du Roy.

Cat. 143 Chez de Bonlevne. Ajoutez que cette Nouvelle pourroit être de l'abbé de Touche, poète françois de ce temps [...] je ne scais sur quel fondement [...]

[illegible]

Le Duc d'ormond ou Le grand General, histoire angloise et Ecossoise in 12 Paris 1724 2 volum.

Memoires de Milord *** traduits de L'anglois par M. D. L. S. A. in 12 Paris 1737

Historia Titurelli, versibus antiquis Germanicis composita per Clarissimum Wolframum ab Eschenbach, Ludovici I. Thuringiae Landgravii, Poetam aulicum, continens sub hoc ficto Equitis Titurelli nomine, dicti hujus Landgravii Ludovici vitam ac fata, aliasque historias arcanas sui temporis (Seculi nempe XIII) in folio 1477 Sans lieu d'impression. Livre extremement rare et que je n'ai vû annoncé qu'une seule fois dans tous les Bibliotheques que j'ai examiné.

Roman n'est ni bien ecrit, ni fort interessant.

R Le Sexe Gallante in 12° amsterdam 1736 Histoire secrete de sexe in 12 amsterdam 1736 2 volumes
2 volum ce Livre n'a pas eté fort suivi.

Histoire tres curieuse et veritable d'une comtesse d'allemagne in 12 Paris 1680.

Vie et amours de Charles Louis Electeur Palatin in 12 amsterdam 1691

Histoire du Comte de Mansfeld in 12°

Le Prince Charles de Lorraine, L'un des plus honnetes hommes et des plus grands Capitaines de son temps, ayeul du duc ~~de Lorraine aujourd'huy regnant~~ François de Lorraine aujourd'huy grand Duc de Toscane.

Le Petrone allemand sur les intrigues amoureuses de la Cour de vienne in 12° Cologne 1706

(mere de Pierre de Provence)

R
d
a
F
+ P
R
v
C
r
ii
g
R
I
ii
d
I
R
l
d
R
d
r

R Le Sexe Gallante in 12° amsterdam 1736 — Histoire Secrete du Sexe in 12. amsterdam 1734 2 volum.
2 volum ce Livre n'a pas eté fort suivi.

Histoire tres curieuse et veritable d'une comtesse d'allemagne in 12 Paris 1680.

vie et amours de Charles Louis Electeur Palatin in 12 amsterdam 1691

Histoire du Comte de Mansfeld in 12°.

Le Prince Charles de Lorraine, l'un des plus honnetes hommes et des plus grands Capitaines de son temps, ayeul du duc ~~de Lorraine aujourd'huy regnant~~ françois de Lorraine aujourd'huy grand Duc de Toscane.

Le Petrone allemand sur les intrigues amoureuses de la Cour de vienne in 12° Cologne 1706

1 (mere de Pierre de Provence)

Specchio Tragico de gli atti heroici del infelice Cavaghero Mansfeld, tradotta della lingua Tedesca das Sumaran Biscaino in 4° . . . 1623.

R H
de
ave
Fa
+ I
Pa
R I
vel
Co
rai
in
gn
R
P
in
de
12
R
la
d
R
d
re

R Histoire tragique de Pandolphe Roy de Boheme & de Cellaria sa femme, avec les Amours de Dodraste & de Fannia, in 12. *Paris* 1722. petit livre peu considerable. B

La Comtesse d'Isembourg, in 12. *Paris* 1678. nous en avons deja parlé cy dessus pag. 44.

R Princesse de Phaltzbourg, Nouvelle allegorique & galante, in 12. *Cologne* 1688.

Amours du Prince Charles de Lorraine avec l'Imperatrice Doüairiere, in 12. *Cologne* 1676. — & *Bruxelles* 1678. Bagatelle que ce livre et qui n'a aucun fondement il regarde

Histoire d'une Comtesse d'Allemagne, in 12. *Paris* 1680.

R Berenger Comte de la Marck, par le sieur Bonnet, in 8. *Paris* 1645. 4 volumes.

Ziska, ou le redoutable Aveugle, in 12. *Leyde* 1685.

Scanderberg, Nouvelle, par Mademoiselle de la ROCHEGUILHEN, in 12. *Paris*.... — in 12. *la Haye* 1688. — & 1721. bien ecrite et asse recherchée.

R Histoire plaisante & récréative de la belle Marquise fille de Salluste Roi de Hongrie, in 16. *Lyon* 1615.

R Le Comte de Tekely, nouvelle historique, par le Sieur de PRESCHAC, in 12. *Paris* 1684. — & 1686. peu estimé

Venda Reine de Pologne, Histoire galante, in 12. *Paris*..... — la Haye 1706

Casimir

Caſimir Roi de Pologne, in 12. *Paris* 1679. — & 1680. 2. volumes. *Cette Hiſtoriette aſſez bien écrite, eſt du Sieur Michel Rouſſeau de la Valette.*

Anecdotes de Pologne, ou Mémoires ſecrets du Regne de Jean Sobieski, in 12. *Amſterdam* 1699. 2. volumes. *Ces Memoires ſont du Sieur Dalerac Gentilhomme François attaché à la Cour de Pologne. Il en fit paroître d'abord la premiere Partie ſous le titre de* MEMOIRES *du Chevalier* DE BEAUJEU. *Il y a de l'Hiſtoire & du Roman.*

Le Comte d'Ulfeld Grand Maître de la Cour de Dannemarck, Nouvelle hiſtorique par le Sieur Michel ROUSSEAU DE LA VALETTE, in 12. *Paris* 1677. *Et M. Bayle a cru qu'il pouvoit ſe ſervir dans ſon Dictionnaire de quantité de particularités hiſtoriques, qu'il a trouvées dans cette hiſtoriette, qui eſt aſſez bien écrite.*

Euſtache LE NOBLE, Ildegerte Reine de Norwege, ou l'Amour magnanime, in 12. *Paris* 1695. — idem in 12. *Amſterdam* 1695. — & *Liege* 1695. *Paris* 1696. *Où dans le Recueil de ſes Oeuvres on voit par la maniere dont ce petit Ouvrage eſt écrit que M. le*

dont nous allons parler a ce moment.

R Memoires de la Comtesse de Linska histoire Polonoise par M. Millon de la Valle in 12 Paris 1739. à la fin la glace est rompuë; et M. le Chancelier Daguesseau, malgré l'austere vertu, qui lui faisoit rejetter tous les Romans, s'est enfin rendu et il a permis celui ci et quelques autres, qu'il avoit examinés suivant les regles de la plus severe Morale, qui ~~fur la~~ sert de regle a sa conduite toujours extremement sage et extraordinairement prudente.

Histoire, ou Conte de Hervarar, en vieille langue gothique et en moderne Suédois, avec des Explications et les notes d'Olaus Verelius in folio Upsale 1672.

X et sans aucun agrément, on l'avoit recherché dans ces derniers temps, pour le comparer avec la tragédie de Gustave par M. Piron, on dit que ce petit Roman est de Mademoiselle de La force. J'en suis faché pour elle.

^ Par Madame Durand in 12 Paris 1714. ouvrage bien écrit comme tous ceux de cette Dame

anecdotes de Suède ou histoire secrete des changemens arrivés dans la Suède sous le Regne de Charles XI. in 12 La Haye 1717 le Noble l'a fait & revu plus d'une fois. L'Heroïne, qui en fait le sujet, cause de l'admiration. D'ailleurs ce n'est pas tout-à-fait une fable, l'Histoire s'en trouve raportée par TORFEUS en son Histoire de Norwege au x. siécle sous le nom d'Algerte. Il faut avoir la seconde Edition. L'Auteur y parle des Balets faits par Ildegerte, & donne huit chevaux de Frise au Char de la Princesse de Suede ; cela est bien galant pour ces tems barbares. en tout cas cela ~~n'est pas~~ offençant pas les moeurs.

R Gustave Vasa, Histoire de Suede, in 12. Paris 1698. et 1724. 2 volumes. Pitoyable Ouvrage, écrit d'une maniere dégoûtante. X

R Histoire des Intrigues galantes de Christine Reine de Suede, in 8. Amsterdam 1697. et 1710 Curieux ; mais on n'a pas tout mis. Que voulait on aprés tout que fit a Rome une Reine de france. Elle etait en pays d'oisiveté pour les Dames et par consequent pays d'intrigues et de plaisirs. d'ailleurs Elle etait une avait de l'esprit et des sentiments. en faut il davantage pour donner matiere a des historiettes.

R Histoire de Henry Duc des Vandales ~~in 12. Paris 1714.~~

Demetrio Moscovita, Historia tragica, del Majolino BISACCIONI, in 12. Roma 1643.

—— Il medesimo da Luca ASSARINO, in 12. Bologna 1643.

Czar Demetrius, ou Histoire Moscovite par Mr. de la Née de la ROCHELLE, in 12. Paris 1715. — la Haye 1716. — Paris 1717. livre assez estimé et # que le voyage du Czar Pierre en france a donné lieu de r'imprimer et de lire. ce Demetrius et celui de sa suite a été un des Phenomenes les plus singuliers de la Russie. car il parut successivement trois faux Demetrius, qui ne valoient pas mieux l'un que l'autre.

Memoires Politiques, amusans et Satyriques de J. N. D. B. Comte de L. (Lionne) Brigadier des armées de [illegible] in 12. Veritopoli (amsterdam) 1716. 3 volumes. ou l'a mis aussi sous le nom de Venise.

Conquêtes amoureuses du Marquis de Grana dans les Païs-Bas, in 12....

Heroïne incomparable de notre siécle, ou la belle Hollandoise, Histoire galante, in 12. *Amsterdam* 1681. — & in 12. *la Haye* 1714.

R Les Memoires de Madame de Barneveldt, in 12. *Paris* 1731. 2 volumes. *Ouvrage assez bien écrit, qui est de l'Abbé Desfontaines, de qui les traits de satyre coulent comme de source, sur-tout contre ses confreres, en Apollon: & c'est ce qui a donné lieu de suprimer ce Roman.* X

R Le Ravissement de l'Helene d'Amsterdam, contenant les accidens étranges arrivez à une Demoiselle d'Amsterdam+, in 12. *Amsterdam* 1683.

+ en Turquie ou elle a eté esclave.

R Memoires de Hollande, in 12. *Paris* 1678. peu recherché et peu gouté.

Enfant gâté, ou le Débauché de la Haye, in 12... ouvrage mediocre.

Les beaux jours de la Haye, in 12. *Londres* 1709. passable.

R L'Illustre malheureuse, ou La Comtesse de Jannisanta, in 12. *Amsterdam* 1722. 2 volumes. on assure que ce Roman est du meme auteur qui a donné les avantures de Rosalie. cependant la Comtesse de Jannisanta n'a pas eté aussi recherchée que Rosalie l'infortunée Napolitain.

Memoires anecdotes de Russie in 12 La Haye
1737

Histoire du Prince Menzikow et de Don Alvar del Sol in 12 Amsterdam 1728 Le Prince Menzikow a fait une grande figure en Russie sous les Czars Pierre I et II et enfin est tombé dans la disgrace

× L'Auteur est Jean NICOLAS, libraire de Grenoble dont voy. l'article dans la Biblioth. de Dauphiné par Guy Allard, impr. à Grenoble chez ce même Nicolas, en 1680, in 12 pet. format

× ou plusieurs personnes se trouvoient plutot insultées qu'attaquées.

Roman de la Cour de Bruxelles par Puget de La Serre in 8 Aix 1628

Histoire amoureuse et badine du Congrès et de la ville d'Utrecht in 12 Leyde 1714 une ville de Congrès devient une ville de Cour, par là il s'y trouve autant d'intrigues amoureuses que d'intrigues de Politique. + par Casimir Freschot.

~~Les amusemens des Eaux de Spa in 12 Amsterdam 1735 2 volume curieux et qui fait rechercher~~

Lettre d'un Gascon à un Religieux pour servir de clef a l'histoire Badine d'Utrecht in 12 Brunswick 1714

~~memoires de la famille et de la vie de Madame ... contenant plusieurs particularités du gouvernement de la Republique d'hollande in 12 La Haye 1710~~

La Bergère de Sinope ou les Amours de Zorian et Stratonice pour découvrir les secrets amours de Pindare et de la belle Olympe par de Bazire in-12 Paris 1665

Où il y a beaucoup de faits historiques accommodés à la manière des Romans.

Zéna Princesse de ... histoire Turque in-12 Paris 1678

Yn. n° 408, in-12, Zizim
Prince ottoman par
L. P. A. (le Père d'Allard)
pr le Long IV. Pag. 218
et Lenglet Bibl. des Rom.
Pag.
123

Anecdotes de l'Amérique ...
... dans les ...

... Vie et avantures de Zizime
fils de Mahomet II. par G.
D. M. Paris 1724 ...
n° 4628 Le Prince ...
Paris Robert 1724 12

... ouvrage ...

... amours de ...

... 1735

La Bergere de Palestine, ou sont les Regne de Baudouin en Hierusalem sont decouvertes les chastes amours de Florindor et de la belle Phylide par De Bazire in 12 Paris 1605

X ou il y a beaucoup de faits historiques accommodé a la maniere des Romans.

Irene Princesse de Constantinople, histoire Turque in 12° Paris 1678

+++ ouvrage peu considere et peu recherché

Memoires de Selim frere de Mah[illegible] Traduits du Turc in 12 Paris [illegible]

La Fontaine.
La Gent trotte menu
Gens peu prompts [illegible]
a trad [illegible]
P. Giraud de l'Orat.
[illegible] commencement de l'un des volumes des Amusements du Coeur et de l'Esprit, Memoire de Senecey, pr prouver que les Memoires du Card de Retz avoient d'abord été écrits [illegible] Meon [illegible] le long [illegible] qui est [illegible]
et lui envoie
qu'il regrette
de lui porter
de l'état d

Pag. 123. Zizimi de Guy Allard.

Selon Lenglet, l'Auteur prétend "que ce n'est pas un Roman, et que "ce qu'il rapporte est appuyé sur "de bonnes preuves." Allard dit bien que ce qu'il raconte de Zizime, est vrai, et qu'il l'a tiré de Chalcondyle; que ce qu'il a ajouté sur quelques Prophéties, sur certains usages, sur quelques cérémonies, lui a été fourni par le même Chalcondylle, par Thomas Artus Sr d'Embry, dans la Continuation de l'Histoire des Turcs, par Baudier Hist. du Serrail, par l'Hist. Ottomane trad. de l'Anglois de Ricaut, et d'autres ouvrages. A l'égard des Amours de Zizimi pour Philipine-Helene de Sassenage.

23

ES

de

Am-

re-

vo-

...ressé bien cents X

eux

ge :

A.

e est

nnu

Guy / mort en 1715 / ou 1716.

Il

&

bon-

Y2. 40

istoire de Soliman III. in 12°. amster dam 1688.

par M. de Saint Tori

. Bau

Lettes

par

rode

in

met

35

R

R

pestres.

d'Allard dernier et les rapporte d'après Aymar du Rivail auteur contemporain dans son histoire latine des Allobroges, dont Allard copie un passage curieux à ce sujet. Allard ajoute que le Généalogiste de la maison de Sassenage, dit quelque chose de ces amours; que M. Expilly supplément à l'Hist. du Chev. Bayard et le P. Hilarion de Coste en ses Eloges des Dauphins Pag. 68, et dans son discours de la Valeur et de la fidelité de la Noblesse de Dauphiné Pag. 381, en font aussi mention. Mais Allard avoue qu'il a ajouté du sien à l'histoire, que la Fée de Sassenage qu'il introduit, c'est la tradition qui lui en a inspiré l'idée &c. C'est bien certainement avouer que tout n'est pas vrai historiquement dans son livre et que le vray y est brodé de fictions.

Le P. Bouhours dans son Hist. de Pierre d'Aubusson gr. maitre de Rhodes Paris 1676 et 1677, in 12 raconte fort au long la vie et les amours de Zizime, mais il n'y est parlé de ses amours avec Sassenage.

ROMANS HISTORIQUES
pour les Pais Orientaux.

ANecdotes, ou Histoire secrete de la Maison Ottomane, in 12. *Amsterdam* ou *Cologne* (c'est-à-dire *Trevoux.*) 1722. — 1723. 4 tomes en 2 volumes. *Aßez* ~~*bien écrites*~~ curieux assez bien écrits X

R n° 6 Zizimi Prince Ottoman amoureux de Philippine-Helene de Sassenage: Histoire Dauphinoise, par I. P. A. in 12. *Grenoble* 1673. *Cette Histoire est du President Allard de Grenoble*, Guy, mort en 1715 ou 1716 *connu par d'autres Ouvrages sur l'Histoire. Il prétend que ce n'est pas un Roman, & que ce qu'il raporte est apuyé sur de bonnes preuves. Tant mieux pour lui & pour nous.*

Avantures secretes arrivées au Siége de Constantinople, par M. de Lamberti in 12. *Paris* 1714.

R La vie & les avantures de Zizime fils de Mahomet II. Empereur des Turcs, in 12. *Paris* 1722. — 1724.

R Memoires du Serrail sous Amurat II. par DESCHAMPS, in 12. *Paris* 1670. 3 volumes — & 1673. 2 volumes. en 6 parties.

Abramulé, ou Histoire du détrône-

R Histoire d'Osman Premier du Nom, XIXe Empereur des Turcs, et de l'Imperatrice Aphendina Ashada, par Madame de Gomez in 12. Paris 1734 4 volumes. on assure que c'est ici un des meilleurs ouvrages de madame de Gomez, dont on doit admirer la fecondité qui s'est toujours également soutenue depuis tres longtemps.

ment de Mahomet IV. Empereur des Turcs, par M. le NOBLE, in 12. *Paris* 169. . — & *Amsterdam* 1697. *Où au Récueil des Oeuvres du même M. le Noble, il y a peu de Roman, & beaucoup d'Histoire dans ce petit Ouvrage; & c'est ce qui me fait peine; car s'il y avoit moins d'Histoire, on prendroit le tout pour fabuleux, au-lieu que l'on est tenté de prendre le tout pour véritable. D'ailleurs ce Livre est aßez bien écrit & intéressant par les grands évenemens qui se sont paßez presque sur la fin du siécle dernier.*

Histoire des Grands Visirs, in 12. *Paris* 1679. 3 volumes. *Par le sieur de* CHASSEPOL, *de qui nous avons aussi l'Histoire des Amazones. D'ailleurs l'Auteur ne m'est connu que par ces deux Romans.*

Seraskier Bacha, Nouvelles du tems, contenant ce qui s'est passé au Siége de Bude, par le Sr de PRESCHAC, in 12. *Paris* 1684. — & 1685.

Ibrahim Bacha de Bude, Nouvelle galante, in 12. *Cologne* 1686.

Histoire du Grand Visir Acmet Coprogli Pacha, in 12. *Paris* 1677. 3 volumes.

Cara Mustapha Grand Visir, Histoire,

Les amours de ~~mufti~~ Soliman Musta-feraga
envoyé de La Porte en france en 1669 par
J. S. R. in 12 Grenoble 1675

++ contenant son elevation et ses amours dans
Le Serrail.

L'original multiplié in 12 . . . . . 1707 - livre
peu connu et peu recherché !

R Aben Muslu ou les vrais amis histoire Turque
ffairs
12

+ contenant son élévation et ses amours dans le serrail.

L'original multiplié in 12 .... 1707. Livre peu connu et peu recherché !

R Aben Muslu ou les vrais amis histoire turque qui renferme un detail secret [?] des affaires du serrail sous Ibrahim et Mahomet IV in 12 Paris 1737 2 volum.

+ Le Prince Turc Nouvelle historique, galante, et tragique in 12° Paris 1724.

Memoires du Comte de Bonneval in 8 La Haye 1737. 3 volumes. ce sont des memoires amoureux et jamais homme ne fut moins propre a etre l'objet d'un roman que Bonneval. il a toujours fait l'amour en grenadier, sans aucun sentiment sans gout, sans delicatesse. a l'exception des different de ce Comte de Bonneval avec l'impudent marquis de Prié, tout le reste de ces memoires est un mauvais Roman; Et meme Bonneval par vanité déguise un peu son different avec ce mauvais ministre. il n'a osé en mettre le principe qui en est la clef. c'est son different avec M. le Prince Eugene de Savoye, qui different qui ne fait point honneur a Bonneval; et qui a la fin a force de sottises reiterées qu'il a mises les unes sur les autres, l'a conduit en Turquie, ou il a arboré le Turban, ne croyant pas plus en Mahomet, qu'il croioit en Jesus Christ.

re, in 12. *Paris* 1684. — & 1685. par le Sieur de PRESCHAC.

Histoire d'Osman Empereur des Turcs, in 12. *Paris* 1732. peu considerable et fort

Les avantures du Prince Jakaia, ou le triomphe de l'amour sur l'ambition, Anecdotes secretes de la Cour Ottomane, in 12. *Paris* 1731. 2 volumes. different d'un pareil ouvrage marqué cy dessus

Hattigé, ou la belle Turque, qui contient ses amours avec le Roi de Tamaran, in 12. *Cologne* 1676. bien conté — par le sieur de Bremond

Eustache le NOBLE, Zulima, ou l'amour pur, in 12. *Paris* 1695. — & 1694 — *Amsterdam* 1718. *Où au Recuëil de ses Ouvra[...] raporte[...] Soudan[...] la Prin[...] stoire. [...] gligenc[...] écrite[...] tes bien[...] ment ob[...] voir un[...] choses[...] Quand[...] doit con[...] mœurs des tems dont on parle.*

Orphise, ou l'Ingratitude punie, Histoire Cyprienne, in 8. *Paris* 1633. 1626.

ce Roman assez mediocre est du sieur Charles Sorel, comme il en convient luy meme a la fin de sa Bibliotheque françoise. il avoue meme que la Description du temple de Venus, qu'il y a mise n'est pas faite avec assez de retenuë.

re, in 12. *Paris* 1684. — & 1685. par le Sieur de PRESCHAC.

Histoire d'Osman, Empereur des Turcs, in 12. *Paris* 1732. peu considerable et fort different d'un pareil ouvrage [illegible]

Les avantures du Prince Jakaia, ou le triomphe de l'amour sur l'ambition, Anecdotes secretes de la Cour Ottomane, in 12. *Paris* 1731. 2 volumes.

Hattigé, ou la belle Turque, qui contient ses amours avec le Roi de Tamaran, in 12. *Cologne* 1676. bon conte — par le sieur de Bremond

Eustache le NOBLE, Zulima, ou l'amour pur, in 12. *Paris* 1695. — & 1694 — *Amsterdam* 1718. *Ou au Recueil de ses Ouvrages cette Histoire romancée se peut raporter au* XII. *siécle qu'a vécu Noradin Soudan ou Sultan d'Egypte & pere de la Princesse qui fait le sujet de cette Histoire. Quoiqu'elle ait quelques petites négligences, elle ne laisse pas d'être bien écrite. Peut-être y a-t-il quelques petites bien-séances qui ne sont pas severement observées. J'ai même été surpris d'y voir une Loterie & l'usage du Caffé, choses qui ne sont point de ce siécle. Quand on écrit ces sortes d'historiettes on doit conserver le goût & le fond des mœurs des tems dont on parle.*

histoire pitoyable du Prince de Albanie, infortuné d'amour, traduite de l'Espagnol par I. R. S. in 16 Paris 1573 ce petit Roman a été perdu de vue et n'est pas même connu des amateurs de ces sortes d'ouvrages.

Orphise, ou l'Ingratitude punie, Histoire Cyprienne, in 8. *Paris* 1633. 1636.

F 3 La

ce Roman assez mediocre est du sieur Charles Sorel, comme il en convient lui même a la fin de sa Bibliothèque françoise il avoue même que la description du temple de Venus qu'il y a mise n'est pas faite avec assez de retenue.

La Princesse d'Ephese, par le Sieur de PRESCHAC, in 12. *Paris* 1681.

Histoire & Avantures de Kemiski Georgienne, par Mad. D.... in 12. *Paris* 1696. — in 12. *Bruxelles* 1697.

La Vie du Roy Almanzor, in 12.

Scanderberg, ou les Avantures du Prince d'Albanie, in 12. *Paris* 1732. 2 volumes.

Histoire Negrepontique, contenant la vie & les amours d'Alexandre Castriot arriere-neveu de Scanderberg & d'Olympe la belle Grecque de la Maison des Paleologues, tirée des Manuscrits d'Octavio FINELLI & traduits par Jean BAUDOUIN, in 8. *Paris* 1631. — Idem in 12. *Paris* 1731.

Ladice, ou les Victoires du Grand Tamerlan, par C... in 8. *Paris* 1650. 2 tomes en 1 volume.

Asterie, ou Tamerlan, in 8. *Paris* 1675.

Zingis, Histoire Tartare, in 12. *la Haye* 1691.

Nouvelle Histoire de Genghiscan, in 12. *Paris* 1716.

Prince Kouchimen, Histoire Tartare, & Dom Alvar del Sol, Histoire Napolitaine, in 12. *Paris* 1710. — & in

traduite sur la version Espagnole de l'Arabe —
d'Abencufian par d'Obeilh in 12 ~~Paris~~ Amsterdam 1671

1 ~~nouvelle galante du temps et à la mode. in 12~~
~~Paris 1681~~

X k etoit recherché lors qu'il etoit rare ; a peine at il eté
imprimé qu'on n'a pas daigné le regarder ; preuve
que la rareté faisoit ~~fa~~ seule ~~merite~~ son merite

ce petit Roman est de mademoiselle La
Rochequilhen ; nous en parlons cy dessus.

et amsterdam . 1681 . in 12 .

Nouvelle historique in 12 Paris 1698

Les avantures de Zelim et de Damasine histoire africaine in 12 Paris 1735 . 2 parties

X 1739 . 2 volumes . livre estimé et assez bien écrit .

Hist

in 12. *Amsterdam* 1710. — & 1713.

L'Amoureux Africain, Nouvelle galanterie, in 12. *Amsterdam* 1676.

Homaïs Reine de Tunis, ~~in 12.~~ ...

Ismael Prince de Maroc, ~~in 12.~~

Relation de l'Amour de l'Empereur de Maroc pour Madame la Princesse de Conti, in 12. *Cologne* 1700.

Avantures d'Achilles Prince de Tours & de Zaïde Princesse d'Afrique, par M. de la FOSSE, in 12. *Paris* 1724.

La Reine d'Ethiopie, in 12. *Paris* 1669.

Anecdotes Persanes, par Madame de GOMEZ, in 12. *Paris* ~~1719. 2 vol.~~

Historia Egittia e Persica del Conte Nicol. Maria CORBELLI, in 12. *in Venetia* 1685.

Les Esclaves, ou l'Histoire de Perse, par du VERDIER, in 8. *Paris* 1628.

Histoire d'Alcine Princesse de Perse, in 12. *Paris* 1683. — 1688.

Tachmas Prince de Perse, Nouvelle historique, in 12. *Paris* 1686.

Zamire, Histoire Persane, in 12. *la Haye* 1690.

Syroës & Mirame, Histoire Persane, in 12. *Paris* 1692. 2 volumes.

Melisthene, ou l'illustre Persan, Nouvelle, par M. D. P. in 12. *Paris* ~~1723.~~ 1732. *Cet Ouvrage est de M. de Themiseul de S. Hyacinthe. Cet Auteur, qui est retiré en Angleterre & qui a beaucoup d'esprit & de goût, a donné l'agréable Livret de Mathanasius, qui est une Satyre fort ingenieuse contre les* ~~*Savantas.*~~ ~~cet ingenieux auteur fest retiré~~ en france depuis peu

Amazolide, Nouvelle historique &

Melisthene, ou l'illustre Persan, Nouvelle, par M. D. P. in 12. Paris 1732. Cet Ouvrage est de M. de Themiseul de S. Hyacinthe. Cet Auteur, qui est retiré en Angleterre & qui a beaucoup d'esprit & de gout, a donné l'agréable Livre de Mathanasius, qui est une Satyre fort ingenieuse contre les Savantas [illegible]

Amazolide, Nouvelle historique & galante, qui contient les Avantures secretes de Mehemed-Riza-Beg Ambassadeur du Sophi de Perse à la Cour de Louis le Grand en 1715. in 12. la Haye (ou Paris) 1716. Piece très mediocre. L'Auteur, qui prend le nom de M. de l'Hostelfort, dit que c'est là son premier Ouvrage. Oh! que ce Monsieur de l'Hostelfort seroit un habile homme s'il vouloit bien ne plus écrire.

Ant. Guill. Ertelii Jurisc. Bavariæ Austriana Regina Arabiæ, in 8. Augustæ Vindelicorum 1687.

Madame de Gomez, Crementine Reine de Sanga, Histoire Indienne, in 12. Paris 1727. 2 volumes.

Hipalque Prince Scithe, Histoire merveilleuse, in 12. Paris 1727. Petite Historiette assez jolie qui n'a guéres plus de cent pages.

Histoire

Histoire de Melisthene Roy de Perse, contenant les avantures galantes les combats et les victoires qui l'ont placé sur le trone, traduite du celebre [illegible] auteur Persan par feu M. D. de S. Hyacinthe auteur du Mathanasius in 12. Paris 1723. Il y a lieu de croire que ce petit Roman n'est pas de l'ingenieux auteur a qui on l'attribue dans le titre du livre, puisque M. de Themiseul de Saint Hyacinthe loin d'etre mort en 1723 etoit vivant en 1731 à Londres où il s'etoit retiré alors et je crois meme qu'il vit encore. On sait que cet ecrivain homme d'esprit et de gout a donné l'agreable Livre de Mathanasius satyre fort ingenieuse des Burmans et autres savantas vrays portefaix de la Republique des lettres, mais gens plus vains et plus orgueilleux de leur memoire savoir que ne l'est l'empereur des ottomans, ou Melisthene ou l'illustre persan Nouvelle par M. D. P. in 12 Paris 1732 ouvrage different de celuy qui precede on l'attribue à Madame Meheust. [illegible] actuellement à Paris [illegible] grand [illegible]

R Histoire ~~d'Abou~~ d'Albuscide nouvelle arabe in 12 Paris 1736 — et La Haye 1737

tiré X

avantures de Dona Ines de Las Cisternes qui d'Esclave a Alger en devint la souveraine. histoire veritable in 12 Utrecht 1736 — et 1737

Princesse de fez in 12° Lyon 1682

Le Chevalier Des Essars et la Comtesse de Bercy, histoire remplie d'Evenemens interessans in 12 Paris 1735 2 volum

Memoires et adventures de M. D... traduits de l'Italien par lui meme in 12 Paris 1735 . ce Roman est du cheval. de Mouhi

Memoires de M. le marquis de fieux, par M. le Chevalier de Mouhi in 12 Paris 1735

R Histoire d'Amenophis Prince de Lybie ; à laquelle on a joint l'Histoire de la Comtesse de Vergi, Nouvelle historique, galante & tragique, in 12. *la Haye* 1725. — et Paris 1728 Petit Roman interressant et bien ecrit,

R Abregé des Avantures d'Achilles Prince de Numidie, in 12. *Cologne* 1682.

Nouvelle Talestris, Histoire galante, par Mad. de **, in 12. *Amsterdam* 1700. — 1721.

Nouvelles de l'Amerique, ou le Mercure Americain, où sont contenuës trois Histoires véritables arrivées de notre tems, in 12. *Roüen* 1678.

Zombi du grand Perou, ou la Comtesse de Creaque, in 12. . . . 1697.

ARTICLE V.

NOUVELLES Espagnoles.

EL Cavallero Cancionero, por Juan de TIMONEDA, in 8. *en Valencia* 1570.

R El Sobremesa y Alivio de la Mueca, buen aviso, y porta, quentos :

+ por Juan de Timoneda. Carag. 1563.

Memoria Hiſpanica y Valentina, + in 8. *en Valencia* 1570. por Juan TIMONEDA.

Alivio de Caminentes y Memoria Hiſpanica, por Juan de TIMONEDA, in 12. *Alcala* 1576.

El Patrañuelo, o primera parte de las Patrañas, por Juan de TIMONEDA, in 8. *en Alcala* 1576. — & in 8. *Bilbao* 1580. — Sevilla 1583. *Ce ſont des Nouvelles, & Nicolas Antonio dit que* Patrañas *eſt un ancien mot Eſpagnol qui ſignifie des Nouvelles ou petites Hiſtoriettes, & que* Juan de Timoneda *eſt le premier qui a travaillé en Eſpagne dans ce genre de Roman, qui eſt court, vif & plus agréable que les grands Romans d'Amours ou de Chevalerie.*

Gaſpar MERCADER, el Prado de Valencia, in 8. *en Valencia* 1601. *Ouvrage aſſez eſtimé en Eſpagne & peu connu ailleurs.*

Noches de Invierno de Antonio de ESCLAVA, in 8. *Barcelona* 1609. — & *Pampelona* 1609. Bruxell. 1610

Novellas exemplares de Miguel de CERVANTES Saavedra, in 4. *en Madrid* 1603. — 1613. — & 1622. — in 12. in Milano 1615 — in 8. *en Venetia* 1616 — & in 12. *en Pampelona* + 1617 — 1622. — in 8. *en Barcelona* 1631. — in 8. *en Bruxell.* 1614 — 1625. — 1628.

11

Las Trezientas de Juan de Mena, prosas y versos, in 8. en Alcala 1566. peu commun.

il se trouve encore plusieurs autres editions de ces nouvelles excellentes et bien ecrites. en voir les Traductions françoises.

Savedra il Novelliere Castigliano in 8° in Venetia 1629 Je crois que c'est une version Italienne des Nouvelles de Michel Cervantes Savedra.

La Cryselia de Lida Celi, historia verdadera, prosas y Versos, por Flegetonte Comico inflammado in 8° Paris 1609

Entretenimientos de Damas y Galanes por Juan Franc. Carvacho in 8°. en Pamplona 1612 en deux parties n° 344.

— 1628. — in 8. *en Madrid* 1655. — in 4. *en Madrid* 1664.

Nouvelles de Michel de Cervantes Saavedra, traduites d'Espagnol en François par F. de Rosset & le Sieur d'Audiguier, in 12. *Paris* 1665. *Traduction assez médiocre & qui n'est pas entiere.* — Idem in 12. *Paris* 1678. 2 volum. *Cette Version est du Sieur Charles Cottolendi Avocat, mais peu recherchée.*

Les Nouvelles de Michel de Cervantes, Traduction nouvelle, in 12. *Amsterdam* 1700. 2. vol. — Idem. in 12. *Amsterdam* 1709. — 1713. 2 vol. — Idem in 12. *Paris* 1713. — 1723. 2 volumes. *Ces Nouvelles avoient déja été traduites par Rosset, d'Audignier & Cottolendi, mais assez mal. Cette Version nouvelle donnée par Pierre* HESSEIN *est accommodée un peu plus à notre goût & à nos mœurs, que ne l'est l'Original Espagnol. Les meilleures Nouvelles de cet Ouvrage sont dans le premier volume,* l'Illustre Fregone, l'Amant liberal & la Force du sang : *& dans le second,* l'Espagnole Angloise, les deux Amantes & Cornelie.

Fabulario de Quentos Antiguos y Nuevos, por Sebastiano MEY, in 8. *en Valencia* 1613.

Discursos Morales y Novelas de Juan CORTE's de Tolosa, in 8. *en Zaragoça* 1617.

—— Del mismo, Lazarillo de Manzanarès cinquo Novelas, in 8. *en Madrid* 1620.

Vida del Escudero Marcos de Obregon, por Vincente ESPINEL, in 4. *Barcelona* 1618. — in 8. *Madrid* 1657. *Vincent Espinel est mort en 1634. selon Nicolas Antonio. Ce sont des Nouvelles comiques, mais un peu enflées de morale. Il est bon de prêcher quelquefois, mais il faut que le Sermon soit court & fait à propos.*

Les Relations, ou Contes & Nouvelles de Marc d'Obregon, traduites de l'Espagnol par le Sieur d'AUDIGUIER, in 8. *Paris* 1618. *Traduction* [illegible]

...iego AGREDA
...*drid* 1620. — &
Barcelona 1621.
...gros que a y en
...velas morales y
...ntonio LIÑAN
y Verdugo, in 4. *Madrid* 1621.

Heroydas, Belicas y amorosas, por Diego de Vera y Ordoñez de VILLAQUIRAN, in 4. *Barcelona* 1622.

Novellas

Discursos Morales y Novelas de Juan CORTES de Tolosa, in 8. *en Zaragoça* 1617.

—— Del mismo, Lazarillo de Manzanares, *con otras* cinquo Novelas, in 8. *en Madrid* 1620.

Vida del Escudero Marcos de Obregon, por Vincente ESPINEL, in 4. *Barcelona* 1618. — in 8. *Madrid* 1657. *Vincent Espinel est mort en* 1634. *selon Nicolas Antonio. Ce sont des Nouvelles comiques, mais un peu enflées de morale. Il est bon de prêcher quelquefois, mais il faut que le Sermon soit court & fait à propos.*

Les Relations, ou Contes & Nouvelles de Marc d'Obregon, traduites de l'Espagnol par le Sieur d'AUDIGUIER, in 8. *Paris* 1618. *Traduction passable.*

Novelas de Don Diego AGREDA y Vargas, in 8. *Madrid* 1620. — & *Valencia* 1620 — *et Barcelona 1621.*

Les avantures nompareilles d'un marquis Espagnol in 12 Paris 1620. de peu de consequence.

Avisos de los peligros que a y en la Vida de Corte, Novelas morales y exemplares de Don Antonio LIÑAN y Verdugo, in 4. *Madrid* 1621.

Heroydas, Belicas y amorosas, por Diego de Vera y Ordoñez de VILLAQUIRAN, in 4. *Barcelona* 1622.

Novellas

engannos y desengannos del tiempo, con un discurso
dela expulsion de los Moriscos de España; por Blas
Verdu in 8.° en Barcellona 1612.

—

+ morales, utiles por sus documentos

(traduites en François par Jean Baudouin. Paris. 1621 in 8.° c'est d'après cette traduction que l'on donne l'Extrait de cinq de ces 12 Nouvelles dans la Biblioth. univers. des Romans Mars 1777, Pag. 5 et suiv.

Juegos de noche buena en rimas por Alonzo
de Ledesma in 8. en Barcelona 1621.

+ con el origen, fondamento y excellencias de España.

Don Diego de Noche por Alonso Geronimo de Salas in 8° Madrid 1623. Il a eté traduit en françois sous le titre de Coureur de Nuit.

Les Nouvelles de Montalvan traduites de l'Espagnol par Rampalle in 8° Paris 1643

Experiencias de Amor, Novelas de Fr. Lopez de Vega Carpio in 8.° en Barcelona — in 8 en Zaragoça 1663

Juguetes de la Niñez, y Travessuras de el Ingenio; y la cuna y Sepultura para el conocimiento propio y desengaño de las Agenas. por Franc. de Quevedo Villegas in 8 en Barcelona 1635 — in 8 en Sevilla 1641

Novellas amorosas, por Joseph CAMERINO, in 4. *en Madrid* 1624.

Divertissemens de Cassandre & de Diane, ou les Nouvelles de CASTILLO & de TALEYRO, traduits de l'Espagnol par le Sieur VANNEL, in 12. *Paris* 1683. 3 tomes, 2 volumes.

Novelas de Francisco de LUGO y Avila, in 8. *Madrid* 1622.

Historias Peregrinas y exemplares, por Gonzalo de CESPEDES y MENESES, in 4. *en Zaragoça* 1623. *Cet Ouvrage est plus estimé que l'Histoire de Philippe IV. Roy d'Espagne publiée par le même Auteur.*

—— Del mismo, Varia fortuna del Soldado Pindaro, in 4. *en Lisbona* 1626. —— & in 8. *en Madrid* 1661.

Novelas morales de Don Juan Isquierdo de PIÑA, in 4. *en Madrid* 1624.

Noches Claras, por Manuel FARIA y SOUSA, in 8. *Madrid* 1624.

Novelas de Juan Perez de MONTALVAN, in 4. *Madrid* 1624. —— & 1626.

—— Las mismas, in 8. *en Sevilla* 1641.

—— Las mismas, in 12. *Bruxellas* 1626. *Ces Nouvelles, qui sont très-estimées, ont été traduites en François par le Sieur*

Rampale

Rampale en 1644. Elles ont encore été imprimées sous le titre suivant :

Sucessos y prodigios de Amor en ocho Novelas, por Juan Perez de MONTALVAN, in 4. *en Sevilla* 1633.
— & 1648.
— Los mismos, in 8. *Tortosa* 1635.
— Los mismos, in 8. *en Barcelona* 1640.

Nouvelles tirées des plus celebres Auteurs Espagnols, par le Sr LANCELOT, in 8. *Paris* 1628.

Sala de Recreation, Novelas de Alonzo de CASTILLO, in 8. *en Zaragoça*, 1629.

Los Cigarrales de Toledo, in 4. *Madrit.* *Ce Roman, qui est estimé, vient du Pere Gabriel Tellez de l'Ordre de la Merci, mort en Espagne en 1650.*

Navidades de Madrid y Noches entretenidas, en ocho Novelas, por Doña Mariana CARAVAJAL y SAAVEDRA, in 4. *Madrid* 1633.
& 166

L'Oiseau Bleu.
Le Prince Lutin.
Au Tome II.
La Princesse Printaniere.
La Princesse Rozette.
Le Rameau d'or.
L'Oranger & l'Abeille.
La bonne petite Souris.
Au Tome III.
Don Gabriel Prince de Leon.
Le Mouton.
Finette Cendron.
Fortunée.

Rampale en 1644. Elles ont encore été imprimées sous le titre suivant :

Sucessos y prodigios de Amor en ocho Novelas, por Juan Perez de MONTALVAN, in 4. *en Sevilla 1633.* — & 1648.

— Los mismos, in 8. *Tortosa 1635.*

— Los mismos, in 8. *en Barcelona 1640.*

Nouvelles tirées des plus celebres Auteurs Espagnols, par le Sr LANCELOT, in 8. *Paris 1628.*

Sala de Recreation, Novelas de Alonzo de CASTILLO, in 8. *en Zaragoça, 1629.*

Los Cigarrales de Toledo, in 4. *Madrit. Ce Roman, qui est estimé, vient du Pere Gabriel Tellez de l'Ordre de la Merci, mort en Espagne en 1650.*

Navidades de Madrid y Noches entretenidas, en ocho Novelas, por Doña Mariana CARAVAJAL y SAAVEDRA, in 4. *Madrid 1633.* — & 1663.

Navidades de Zaragoça repartida en quatro Noches, por Mathias de Aguirre del POZO, in 4. *en Zaragoça 1634.*

Universidad de Amor y Escuela de el interes, por Antonio de Piedra BUENA, in 8. *en Zaragoça 1640.* — & 1664.

L'Ecole

La Semaine de Montalban, ou les Mariages mal assortis, traduit de l'Espagnol, par le Sieur VANEL, in 12. *Paris 1684.* 2 volumes. *C'est la Traduction du Livre* de succeffos y prodigios de Amor ~~marqué à la page 134.~~ *Les huit Nouvelles qu'il contient sont,*

L'Amour Conjugal.
La Double Infidélité.
L'Amazone, ou le Faux Brave.
La Perséverance heureuse.
Le Palais enchanté.
La Force du Sang.
Le Généreux Bandy.
Il ne faut jamais faire de son Maître son Confident.

Les Succez prodigieux de l'amour ou les Nouvelles de Montalvan Traduites de l'Espagnol par de Rampole in 8. Paris 1645 outre cette version, en voici encore une plus nouvelle.

por Tirso de Molina

1624 — 1635 — et in 4. Barcelona 1631

La Niña de los embustes Teresa de Manzanares por Alonzo de Castillo, Manzana in 8. Barcelona 1632.

———X

Aventuras del Bachiller Trapaza in 8.

——— //

Donayres de Parnasso por Alonzo de Castillo y Solorsano in 8. en Madrit 1624

Tardes Entretenidas por Alonzo de Castillo y Solorsano in 8. en Madrit 1625

fiestas del Jardin que contienen tres Comedias y quattro novelas por Alonzo Castillo y Solorsano in 8. en Valencia 1634 1664.

R Los Alivios de Cassandra por alonzo de Castillo y Solorsano in 8. en Barcelona 1640

Harpias de Madrit y Coche de las Estafas por Don Alonzo de Castillo y Solorzano in 8. en Barcelona. . . . Tous ces ouvrages de Solorzano sont assez estimez et cependant peu communs. //.R

Huerta de Valencia, Prosas y Versos, en las Academias della por Alonzo de Castillo Solorzano in 8. en Valencia 1629

L'Ecole de l'intérêt & l'Université d'amour, traduite de l'Espagnol par le Sr le PETIT, in 12. *Paris* 1662.

Novelas amorosas y exemplares de Doña Maria de ZAYAS y SOTOMAJOR, in 4. *en Zaragoça* 1637. — & 1658. — & in 4. *en Madrid* 1659. — in 4. *Barcelona* 1705. —

La segunda Parte de las mismas Novelas, in 8. *en Zaragoça* 1647.

Nouvelles amoureuses & tragiques de Doña Maria de ZAYAS, in 8. *Paris* 1656. — in 12. *Paris* 1680. — & 1711. 2 volumes. *Ces Nouvelles sont belles & bien écrites.*

Varios effectos de Amor en cinco Novelas exemplares, y nuevo artificio de escrivir prosas y versos sin una de las cinco Letteras vocales, por Alonzo de ALCALA y HERRERA, in 8. *Lisbona* 1641.

La Moxiganga ~~(o Mogiganga)~~ del gusto en seis Novelas, por Don Andrés de CASTILLO, in 4. *en Zaragoça* 1641. *Titre extraordinaire & ridicule, quoique d'ailleurs l'Ouvrage ne soit pas mauvais.*

La Garduña de Sevilla, y Anzuelo de las Bolsas, por Alonso de CASTILLO SOLORSANO, in 8. *Barcelona* 1644. — & in 8. *Madrid* 1661.

La

R La Fouine de Seville, ou l'Hameçon des Bourses, traduite de l'Espagnol d'Alonso de CASTILLO SOLORSANO, & accompagnée de plusieurs Nouvelles par le Sieur DOUVILLE, in 8. Paris 1661. *Ce Monsieur Douville étoit frere du celebre Abbé de Boisrobert, qui servoit à divertir le Cardinal de Richelieu. Nous avons encore du même Auteur un mauvais Recuëil de petits Contes ou bons mots.*

+ amsterdam 1723. 2 volum.

R Avantures de Dona Ruffine, dite la Fouine de Seville ou l'Hameçon des Bourses, in 12. + *Paris* 1731. 2 volumes. X

X cette version vaut mieux que la precedente.

Peligros de Madrid, Novelas de Don Bautista REMIRO, in 4. *en Zaragoça* 1646.

R Novelas amorosas de los Mejores ingenios de España, in 8. *en Zaragoça* 1648.

La Quinta de Laura, que contiene seis Novelas, ~~por~~ CASTILLO SOLORSANO, in 8. *en Zaragoça* 1649.

\# adornadas de diferentes versos, por Alonzo

Los Amores de Juan BOSCAN y de GARCILLASSO de la VEGA, in 12. *en Leon* 1658.

R Dia y Noche de Madrid, Discursos de las mas Notable, que en el passa por Francisco de SANTOS, in 8. *Madrid* 1663. — & 1666.

— Del

X Soledades de la Vida y desengaños del mundo
Novelas Exemplares por Don Christoval Lozano
in 4° en Madrit 1652

Los siete Dias de la Semana por Juan de
Peres in 4 Madrit 1652

Dia de fiesta por Don Juan de Zavaleta in
8° Madrit 1654 2 volum

Theatro del [illegible]
Conde [illegible] ou les memoires de D. Cherubin de la
[illegible] en Espagnol, par M. Le Sage in 12 Paris
De Zaval[illegible]

[illegible]

Soledades de esta Vida y desengaños del mundo
Novelas exemplares por Don Christoval Lozano
in 4° en Madrit 1652

Los siete Dias de la Semana por Juan de
Peres in 4 Madrit 1651

Dia de fiesta por Don Juan de Zavaleta in
8° Madrit 1654 2 volum

Theatro del Hombre, el Hombre [illegible] del
[illegible] de Hipolito por Don Juan
de Zavaleta in 8 en Coimbra 1667

+ Le Bachelier de Salamanque
Roman, tiré d'un manusc.
1736

Vita disperata di Eurialo Dafeoli in 8. en venetia 1534

R Antidoto della Gelosia estratto dall'Ariosto in 8. in Venetia 1565

La auventurose disaventure in 12. in Venetia 1612.

Forza d'amore di Gaio Gnavio in 12.° in Venetia 1614

La Benda di Cupido da Pietro Michiele in 12. in Venetia 1648

R Corte na aldea e Noites de Invierno da Francisco Rodriguez Lobo in 4.° en Lisboa 1630 — et in 8. en Lisboa 1649 in 8°. 1622.

Doze Novelas por Gerardo de Escobar in 4.° Lisboa 1674.

Rumbos peligrosos, que son seis Novelas de Don Joseph de La Vega in 4. en Amberes 1683

Engaños de Mugeres, y desengaños de los Hombres por Miguel de Montreal in 4.° Madrit 1709

Livret contenant plusieurs honnetes demandes et responses sur le fait et metier d'amours et concernant le fait des Dames in folio gothique ancienne Edition Livre assez rare.

Discours des champs faez a l'honneur et excellence de l'amour et des Dames par C. de Taillemont in 16 Paris 1571.

— Del mismo, Las Tarascas de Madrid, y Tribunal Espantoso, in 8. en Madrid. . . .

— Del mismo, Los Gigantones de Madrid, in 8. en Madrid. 1666.

Varios prodigios de amor, en onze Novelas exemplares, por Isidoro Robles, in 4. en Madrid 1666. — & 1709.

Histoires morales & divertissantes du Sieur Emanuel d'Aranda, in 12. *Bruxelles* 1668. — in 12. Leyde 1671.

Novela de Leonora y Rosaura, por Andrés Fernandez de Ogastegui, in 8. . . . . 1669. *L'auteur dit qu'il a traduit cette Nouvelle de la Langue Françoise.*

Dos Novelas, la Desdicha en la Constancia, y el Curioso Amante, por Miguel Moreno, in . . . .

por de fuera y prodigioso entretenimiento.

deplacés ici. Voyez ma Note vis à vis la Page 327, où l'ang let reproduit le même livre.

NOUVELLES *Françoises.*

Les Bergeries de Juliette, auquel par les Amours des Bergers & Bergeres, l'on voit les effets differens de l'Amour, avec cinq Histoires comiques racontées en cinq journées par cinq

Le Cercle d'amours in 16 Paris 1544.

Le Messager d'amour in 16

cinq Bergers, &c. par OLENIX du MONT-SACRE', in 12. *Paris* 1588. 2 volumes. — Idem in 12. *Paris*..... cinquiéme Edition. — Idem *Tours* & *Paris* 1592. & 1598. 5 volumes. ~~*Cet*~~ *Olenix du Mont-Sacré est l'Anagramme de Nicolas de* MONTREUX, *de qui nous avons encore quelques-autres Ouvrages, sur-tout un seiziéme volume des Amadis. D'ailleurs ces Bergeries sont assez languißantes & peu recherchées.*

+ livre assez rare quand il est entier. L'auteur est

L'Arcadie Françoise de la Nymphe Amarille, tirée des Bergeries de Juliette, de l'invention d'OLENIX du MONT-SACRE' (ou Nicolas de MONTREUX) in 8. *Paris* 1625.

Le Sandrin, ou Vert-galant,+ in 12. *Paris* 1609.

+ où sont naivement deduits les plaisirs de la vie rustique

Amours diverses, divisées en quatre Histoires, par le Sieur DESESCUTEAUX, in 8. *Roüen* 1617.

La Dianée + ~~du~~ Maréchal de SCHOMBERG, in 8. *Paris* 1642. 2 volumes. *Peu recherché* : ~~*ce Maréchal auroit mieux fait d'écrire sur l'Art militaire, il faut que chacun se mêle de son métier.*~~

+ traduite et dediée au

Relation du Royaume de la Coqueterie, Nouvelle historique du tems, par Mr l'Abbé d'AUBIGNAC, in 12. *Paris* 1654. *Cet Abbé est connu par des*

— et La Haye 1655.

La Karismene agitée par J. D. C. A. in 8. Paris 1635

La Diane des Bois par Prefontaine in 8° Paris 1628

Le Pelerin d'amour divisé en quatre journées in 8 Bergerac 1609 2 volumes

fantaisies amoureuses ou les amours d'Alexis et Marianne in 12 Rouen 1601

Le Triomphe des Dames in 12 Rouen 1599

L'uranie de Laidor par F. Chadirac in 12 Bordeaux 1616

Le Combat de l'amour et de la chasteté in 8 Paris 1619 rarement la chasteté remporte t'elle la victoire.

Traité des Combats que l'amour a eu contre la raison et la jalousie in 12 Paris 1667

Trophées d'amours in 12 Paris 1604 c'est peu de chose: il y auroit cependant matière à donner là dessus quelque chose de joli

~~Les secrettes ruses d'amour in 12 Rouen 1610 toutes les coquettes en ont une ample provision~~

Temple de l'amour in 12 Rouen 1613 Clement Marot a fait en vers le Temple de Cupidon, allegorie fort jolie et meilleure que ce temple d'amour.

Les Larmes de floride in 8 Paris 1627 peu de choses

Breviaire des amoureux ou Tableau du Tableau d'amours in 12 Rouen 1615 assez rare

nouvelles françoises où se trouvent les divers effets de l'amour et de la fortune in 8 Paris 1623 cet ouvrage est de Charles Sorel assez mediocre ecrivain.

11

Nouvelles de la Cour par le sieur Dé le ville in 8° Paris 1645. peu connuës et peu recherchées

Les Diverses fortunes de Cleagenor par le sr. charles Sorel in 8 Paris 16 . ce livre a eté reimprimé sous le titre suivant,

Les Nouvelles Choisies, où se trouvent divers incidens d'amour et fortune. par le sieur Charles Sorel in 12 Paris 1645. c'est peu de chose

Portrait de la vraye amante, contenant les Estranges avantures de Calaris et la parfaite constance de Lisible in 12 Paris 1623

Leonardi marandei Ariades in 8° Paris 1629.

Abregé de l'histoire d'Ariades traduite du latin de Leonard de Marandé in 12 Paris 1631

La Belle invisible ou la Constance éprouvée in 8 Paris 1656

J'ai vu la Page 315 Antidote
d'amours &c. j'obsere que cela
ce livre n'est point romanesque,
mais Physique et de medecine
l'Auteur est Jean Aubery, simple
[illegible] du Laurent a qui est de
[illegible] l'ouvrage que le P. Niceron
dit [illegible] Tom 22, Pag. 280, dit d'apres les
Memoires d'ancillon, curieux et
[illegible] tout ensemble où l'au
teur traite fort solidement plus
[illegible] questions qui ont du rapport a
son sujet. Niceron observe qu'il
doit avoir une 2e edition, à celle
de 1663, in 12, puisqu'il est dedie
a Andre Du Laurent, et que j'ay
[illegible] ce Jean Aubery a donné
un livre [illegible] à Paris des
1608. — Ce Jean Aubery, au
surplus, ne doit pas etre confon
du avec un [illegible] nomé
Jean d'Aubry dont Niceron don
ne dans ce vol. l'article [illegible]

Clef

de la Galerie des Portraits qui sont en tête des Nouvelles historiques et Contes (par M. de Segrais) Paris 1657. dans la Biblioth. univers. des Romans, 7bre 1775, pag. 156 et suiv.

Aurélie — Mlle de Montpensier

Uranie. la Pr.sse de Tarente

Silérite. la C.sse de Maure.

Aplanice la D.sse de Chatillon S.t l'Orie

Gélonide la M.se de Mauny.

Frontenie la C.sse de Bregis, nièce du savant Saumaise, dont on a un Recueil de lettres et de Poésies impr. à Leyde en 1668; elle mourut en 1693

Voyez cette Clef raisonnée dans la Biblioth. univer. des Romans, où est aussi une Notice cherchée et curieuse sur Segrais. /

[illegible] premier article

Mémoire des Oiseaux [illegible]

[illegible] au Roy par le S. Boucher

[illegible] 85

[illegible]

et qu'il n'en est sorti que pour passer sous
la presse, afin d'y retourner plus glorieuse-
ment. à la suite de la Preface on trouve
la clef des Personnages : L'aigle de Galatie
c'est le Roy ; l'aigle-Reyne, la Reine Mere ;
l'aigle d'Iberie, le Roy d'Espagne ; l'aiglonne d'Iberie, l'Infante ; l'aiglon de Galatie
Monsieur frere unique du Roy ; l'aiglonne
d'Albion, la Princesse d'Angleterre ; le Coq,
le Card.l Mazarin, et l'autour, Dom Louis
d'Haro, Ministre d'Espagne. il n'y a rien
que de fort commun dans cet ouvrage dont le
style soit en prose soit en vers, est assez mediocre. Je ne sçais qui est cet Auteur nommé Boucher. Le nouveau Le Long qui
pouvoit indiquer son livre comme il a
fait à l'egard de tant de Nouvelles historiques n'a rien dit de celui-ci que j'ai
vu à la Biblioth. du Roy, Y2, N.o 794.
vis à vis la Page 141 L'antidote d'amour,
avec un ample Discours [illegible] par Jean Aubery. Delft 1663. in 12. il faut qu'il y ait
une Edit. plus ancienne de ce livre puisqu'il
est dedié à André Du Laurens (Professeur
de Medecine à Montpellier [illegible] en 1)
il est curieux et sçavant, 22 chapitres.
Voy. Memoires du P. Niceron tom. 22 pag.
280 et 281. L'auteur Jean Aubery ne
doit pas être confondu avec Jean D'Aubry
né à Montpellier [illegible]

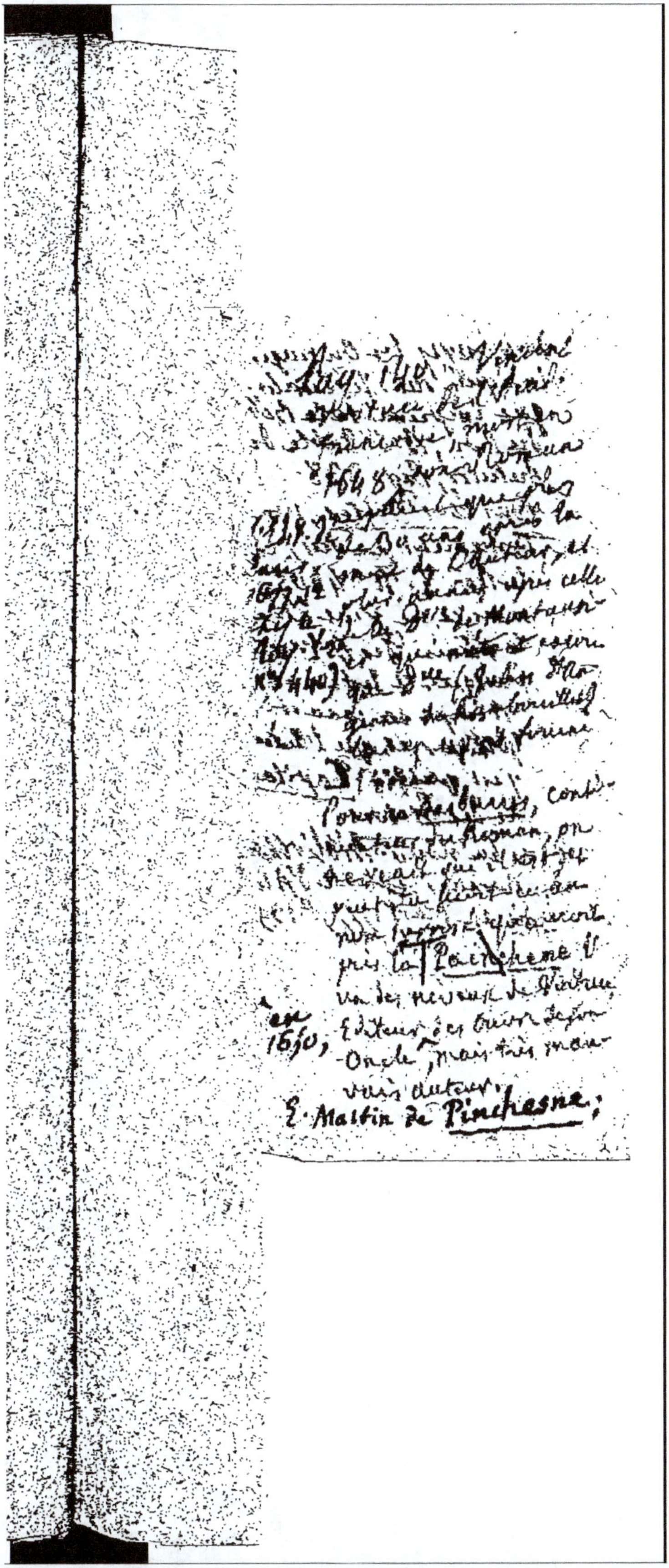

[illegible]

Pourra Desbuss, conti-
nuateur du Roman, on
[illegible]
pris la Pinchene
un des neveux de Voiture,
en 1650, Editeur des Oeuvres de son
Oncle, mais très mau-
vais auteur.
E. Martin de Pinchesne;

Vous voyez les ouvrages
indiqués dans le Catalo-
gue imprimé de la Bibl.
du Roi, B. L. Table des
Auteurs, Pag. 238
Pour des Ballas, un
Testament en vers, cote
le Roi Y. n° 4405
mais ce ne peut être
le même des Ballas
puisque ce Testament
est impr. en caract.
gothiques, et que l'auteur
y est qualifié Capitai-
ne des Bretons.
Voyez la nouv. Biblioth.
des Romans, extrait d'Ale
Alis en mars 1777 p. 139.

des (
bons
K L
Div
lie ;

Ce f
été
ſtres
Ma
de F
le S
rare
leurs
bonn
des
Seg
L
Mr

eſt
Fra
fau
tien
a d
&
Jur-
N
de
in

des Ouvrages plus considerables, les uns bons & les autres mauvais.

Les Nouvelles Françoises, ou les Divertissemens de la Princesse Aurelie, in 8. *Paris* 1656. 2 volumes.

—— Idem in 12. *Paris* 1722. 2 volum.

Ce sont huit Historiettes détachées qui ont été racontées par qu
stres personnes qui co
Mad. de Montpensie
de France ; Monsie
le Secretaire ; elles
rares avant la réimpr
leurs quoique ces N
bonnes, on ne peut p
des meilleurs Ouvra
Segrais.

Les Nouvelles
Mr SCARRON
— in 12. *Paris* 167
est encore fait d'aut
France, soit en H
fautives. Des quatr
tiennent ces deux petits volumes, il n'y a d'intéressant que la Précaution inutile & l'Adultere innocent. *Cette derniere sur-tout est fort touchante.*

Nouvelles heroiques & amoureuses de Mr l'Abbé de BOIS-ROBERT, in 8. *Paris* 1651. *Nous avons déja dit que*

/françois Metel

— 1657.

des Ouvrages plus considerables, les uns bons & les autres mauvais.

Les Nouvelles Françoises, ou les Divertissemens de la Princesse Aurelie, in 8. *Paris* 1656. 2 volumes.

— Idem in 12. *Paris* 1722. 2 volum. *Ce sont huit Historiettes détachées qui ont été racontées par quelques-unes des illustres personnes qui composoient la Cour de Mad. de Montpensier fille de Mr Gaston de France; Monsieur de Segrais en a été le Secretaire; elles étoient extrêmement rares avant la réimpression de 1722. d'ailleurs quoique ces Nouvelles soient assez bonnes, on ne peut pas dire que ce soit un des meilleurs Ouvrages de Monsieur de Segrais.*

L'amour divisé par le sieur D'Alibray in 8 Paris 1651 Dalibray a figuré dans la Litterature au commencement et au milieu du XVII Siecle et l'on trouve de ses poësies dans les Recueils du Temps, mais ce Roman n'a pas fait fortune

Les Nouvelles tragi-comiques de Mr SCARRON, in 8. *Paris* 1656. — in 12. *Paris* 1679. 2 volumes. *Il s'en est encore fait d'autres Editions soit en France, soit en Hollande, mais très-fautives. Des quatre Nouvelles que contiennent ces deux petits volumes, il n'y a d'interessant que la Précaution inutile & l'Adultere innocent. Cette derniere sur-tout est fort touchante.*

Nouvelles heroiques & amoureuses de Mr l'Abbé [François Metel] de BOIS-ROBERT, in 8. *Paris* 1651. — 1657. *Nous avons déja dit que*

que cet Abbé, homme agréable, servoit à divertir le Cardinal de Richelieu. Nous avons encore de lui plusieurs Pieces de Theatre & quelques Poësies.

Le Rival encore après la mort, in 8. *Paris* 1658. *C'est peu de chose.*

Epigône ou l'Histoire du siécle futur, par Jacques GUTTIN, in 8. *Paris* 1659. *Cette petite Histoire a eu jadis quelque réputation; mais elle est aujourd'hui peu recherchée.*

Histoire d'Alcidalis & de Zelide, in 12. *sine loco & anno*, par Monsieur de VOITURE, avec la Conclusion par le Sieur DESBARRES, in 12. *Paris* 1676. — 1677. *& dans toutes les Editions des Oeuvres de Voiture données depuis* 1677.

La Politique des Coquettes, in 12. *Paris* 1660. *Il y auroit bien des choses à ajouter à ce petit Ouvrage. Cette politique s'est bien perfectionnée depuis 70 ans. D'ailleurs ce petit Livre a eu en son tems assez de cours.*

Le Miroir ou la Métamorphose d'Orante, in 12. *Paris* 1661. *Assez jolie Piece.*

L'heure du Berger, par le Sieur PETIT, in 12. *Paris* 1662.

Le Roman des Oiseaux, Histoire allégorique, par le Sieur BOUCHER, in 8. *Paris* 1662.

Siécle

L'homme Genereux, ou La Liberalité opposée à l'avarice par Bonefile in 12° Leyde 1662

accidenti heroichi e amorosi dell' abbate di Boisrobert in 12. in Venetia 1659. c'est la traduction Italienne du Livre precedent

Le Portrait de la Coquette ou Lettre d'Aristandre a Timagene in 12 Paris 1659

La coquette vangée in 12 Paris 16.

Description de l'isle de Portraiture et de la ville des Portraits in 12 Paris 1659. en 1659 on fit imprimer un volume de portraits ou de Caracteres de ce qu'il y avoit de plus considerable a la Cour. mademoiselles et toutes les illustres personnes qui lui etoient attachées firent de ces portraits; d'autres furent publiés a leur imitation. c'est a ce X

almanach d'amours, ou la nouvelle methode de guerir de l'indifference in 12 Paris 1663, Je suis etonné que dans ce temps, qui est le regne des en 1680 almanachs, on n'ait pas renouvellé celui-ci, qui doit etre un almanach perpetuel et seurement il reussiroit.

X Cleante ou Don Carlos Nouvelle in 12 Paris 1662. different du Don Carlos de l'abbé de Saint Real

Le Portrait funeste ~~par le~~ nouvelle par le sieur Ancelin in 8° Paris 1661

L'amant ressuscité par le Sr. Ancelin in 12 Paris 1658

X sujet que ce petit Livre a été donné

que cet Abbé, homme agréable, servoit à divertir le Cardinal de Richelieu. Nous avons encore de lui plusieurs Pieces de Theatre & quelques Poësies.

Le Rival encore après la mort, in 8. *Paris* 1658. *C'est peu de chose.*

Epigône ou l'Histoire du siécle futur, par Jacques GUTTIN, in 8. *Paris* 1659. *Cette petite Histoire a eu ~~jadis~~ quelque réputation; mais elle est aujourd'hui peu recherchée.*

Histoire d'Alcidalis & de Zelide, in 12. *sine loco & anno*, par Monsieur de VOITURE, avec la Conclusion par le Sieur DESBARRES, in 12. *Paris* 1676. — 1677. *& dans toutes les Editions des Oeuvres de Voiture données depuis* 1677. ~~plusieurs~~ les beaux esprits ont X

X tant estimé ce petit Roman, tout imparfait qu'il etoit que plusieurs auteurs ont travaillé a l'envi a en donner la Conclusion.

La Politique des Coquettes, in 12. *Paris* 1660. *Il y auroit bien des choses à ajouter à ce petit Ouvrage. Cette politique s'est bien perfectionnée depuis* 70 *ans. D'ailleurs ce petit Livre a eu en son tems aßez de cours.*

Le Miroir ou la Métamorphose d'Orante, in 12. *Paris* 1661. *Assez jolie Piece.*

L'heure du Berger, par le Sieur PETIT, in 12. *Paris* 1662.

~~Le~~ Roman des Oiseaux, Histoire allégorique, par le Sieur BOUCHER, in 8. *Paris* 1662.

Siécle

L'homme Genereux, ou la Liberalité opposée à l'avarice par Bonefile in 12°. Leyde 1662 accidenti heroichi e amorosi dell' abbate de Boisrobert in 12. in Venetia 1659. c'est la traduction Italienne du Livre precedent

Le Portrait de la Coquette ou Lettre d'Aristandre a Timagene in 12 Paris 1659
La coquette vangée in 12 Paris 16.
Description de l'Isle de Portraiture et de la ville des Portraits in 12 Paris 1659. en 1659 on fit imprimer un volume de portraits ou de caracteres de ce qu'il y avoit de plus considerable a la Cour: mademoiselles et toutes les illustres personnes qui lui etoient attachées firent de ces portraits; d'autres firent publier a leur imitation. c'est a ce X
almanach d'amours, in 12 Paris 1668, nouvelle methode de guerir de l'indifference. je suis etonné que dans ce temps, qui est le regne des almanachs, en 1780, on n'ait pas renouvellé: celui-ci, qui doit etre un almanach perpetuel et seurement il reussiroit.

Cleante ou Don Carlos Nouvelle in 12 Paris 1662. different du Don Carlos de l'abbé de Saint Real
Le Portrait funeste nouvelle par le sieur Ancelin in 8° Paris 1661
L'amant refusé par le Sr. Ancelin in 12 Paris 1658
X sujet que ce petit Livre a été donné

Palais des Jeux de l'amour et de la fortune in 12 Paris 1663

Antidote d'amours in 12° Delft 1663 c'est peu de chose; et serait il meilleur, il n'est aucun antidote contre cette maladie.

X dans son metier de pretre, comme son pere brilla dans celui d'avocat. [C'est ce Guérat, curé de St Paul qui accompagna au dernier supplice en qualité de Confesseur, deux fameux scélerats, le Comte de Horn, voleur-assassin, et D'Amiens, assassin de Louis XV.]

les Divertissemens de forges in 12 Paris 1663

L'amour Amant in 12 Paris 1664

Eraste ou Les amours du grand Alexandre, avec les avantures de plusieurs personnes de qualité. in 12 Paris 1665

Siécle d'or de Cupidon, in 12. *Ce siécle est de tous les tems.*

Nouvelles diverses, in 12. *Paris 1663.*

Nouvelles Nouvelles, in 12. *Paris 1663.* 3 volumes. *Il y en a de bonnes, de médiocres & de mauvaises.*

La Carte de la Cour, par Monsieur GUERET, in 12. *Paris 1663. Piece spirituelle & jolie. M. Gueret, celebre Avocat, qui a recueïlli le Journal du Palais, étoit homme de beaucoup d'esprit. M. Gueret Curé de S. Paul est l'un de ses fils.*

Voyage de l'Isle d'Amour à Licidas, in 12. *Paris 1663.* — & in 12. *Leyde 1671. Ce petit Ouvrage, qui est très-spirituellement écrit, vient de l'Abbé* TALLEMANT *l'ancien; ainsi que le porte le Privilege original du Roy qui est à la premiere Edition de cet Ouvrage. Il y a deux Voyages réimprimez en divers Recueils, & depuis encore séparément à Paris.*

Entretiens galans d'Aristippe & d'Axione, contenant le langage des tetons, in 12. *Paris 1664. C'est un a*

Celimaure, Nouvelle, par le Sieur le ROU, in 12. *Paris 1664.* 2 volum. *Ouvrage peu recherché.*

Eraste, Nouvelle, in 12. *Paris 1664. Peu connu.*

Le

Le Païs d'Amours, Nouvelle allegorique, in 12. Lyon 1665.

Histoire du Royaume des Amans, avec leur origine du Païs des Amadis, par le Sieur de BUSENS, in 12. *Tolose* 1666.

Histoire du tems, ou Relation du Royaume de Coqueterie, extraite du dernier Voyage des Hollandois aux Indes du Levant, par M. l'Abbé d'AUBIGNAC, in 12. *Paris* 1654.

Fleurs, Fleurettes & Passe-tems, ou les divers caracteres de l'amour honnête, par Alcide de S. MAURICE, in 12. *Paris* 1666.

Zelotide, Histoire galante, par M. le PAYS, in 12. *Paris* 1666. — & 1670. — & in 12. *Cologne* 1674. *Ou dans le Livre des Amitiés & Amourettes du même Auteur, Edition de* 1685. *& autres suivantes. Ouvrage assez joliment écrit; quoique d'ailleurs le stile de M. le Pays sente un peu le bel esprit provincial.*

Amour en fureur, in 12. *Cologne* 1667. — 1684. — 1710. *C'est un Roman assez médiocre.*

Intrigues amoureuses, par Monsieur GILBERT, in 12. 1667. *Bel esprit, attaché à la Reine Christine de Suede, dont*

Car suivant Moreri, depuis ce romant parut sous
diffe[rents] ... qu'en n'avoit alors que 20 à 22
ans ... depuis ... Nicéron ...
... à 18 ans, il y a ... de 1661 ou 62

Les Amours ... Docteurs in 12 Grenoble
1666

Entretiens du Luxembourg in 12 Paris 1666
ouvrage historique par de ...

... galantes in 12 Paris
1666

Histoire d'Iris et de Daphnis in 12 Paris 1666

Revue des ... d'amour in 12 Paris 1667

Recueil de pièces galantes et nouvelles comiques
Les amans trompez, Les Dames enlevées, Le
... amoureux, Le Poete extravagant, Le ...
... des filles et des filles de ... in 12 par C. O.
D. S. ... in 12 Paris 1670 3 volumes

La Compagnie du Voyageur avec la Lecture [illegible]
Intéressante in 12 Paris 1667

[illegible]

Jean [illegible] [illegible]

in 12 Paris 1668 — [illegible] [M. Abry [illegible]

Interessant et [illegible] [illegible] Roman dont l'Auteur [illegible]

Démêlé de l'amour et de la Vertu par M. [illegible]
12 Paris 1662 [illegible]

L'Ecole des amans, ou les plaisirs de l'amour p[illegible]
in 12° Paris 1669 — [illegible]
xelles 1674. Voyla de[illegible]
promesses; je doutes q[illegible]
leur tienne parolle

Foux amoureux en Vers
in 12° Paris 1669.

Balthazar de [illegible]
en 1706, auteur de la [illegible] en prose et
en vers, et de Intrigues, [illegible]
[illegible] dans son [illegible]
[illegible] Pag 107

Rencontres d'Amour par M. de Bonnecorse in 12
(Paris) Cologne 1686 Bonnecorse mauvais écrivain [illegible]
[illegible] ouvrages [illegible]
Dans la Toilette galante Paris 1670, in 12 [illegible]
[illegible] (en prose et en vers) [illegible]
[illegible], Page 81 et suiv.

La Compagnie du Voyageur avec La Lecture divertissante in 12 Paris 1667

\# in 12. Paris 1668 — ^ Jean Ribou ^ de 220 Pages [Mr. Adry a cette 1re Edit. de Paris 1668 in 12 qui est l'originale de ce Roman dont l'Auteur est l'abbé Torche, de Beziers.]

\+ Interressant et

Demelé de L'amour et de La Vertu par M. de Caillieres in 12. Paris 1662. at ^ Science et

L'Ecole des amans, ou les Vrays plaisirs de L'amour parfait in 12° Paris 1669. — in 12 Bruxelles 1674. ^ Amsterdam 1679. Voyla de grandes promesses; Je doute que l'auteur tienne parolle.

Foux amoureux en Vers Burlesques in 12° Paris 1669.

Balthazar de B[onnecorse, mort] en 1706, Auteur de la Montre d'Amour, en prose et en vers, et du Lutrigot, Poëme satyrique contre Boileau qui l'avoit gouaillé dans son Lutrin. Voyez son article dans le Diction^re des Hommes Illustres de Provence in 4° Tom. 1er Pag. 107

R La montre ^ d'Amour par M. De Bonnecorse in 12° 1666 (Paris) Cologne 1666 Bonnecorse mauvais ecrivain dont heureusement les ouvrages n'ont pas ~~heureusement~~ passez

Dans la Toilette galante Paris, 1670, in 12, Envoi de ce Livre (en prose et en vers) a un Comte qui etoit aux Eaux; Page 81 et suiv

4 2

dont il étoit Secretaire des Commandemens. Nous avons de lui quelques Poësies qui sont dans les Recueils du tems.

Boussole des Amans, in 12. Cologne 1668. — 1688. *Passable : on n'ignore pas quelle est cette Bo*

La Cassette des B

ris 1668.

Le Chien de Boulog

déle, Nouvelle g

logne 1669. — *Par*

ment écrit.

Amour échapé,

avec le Parlement

Paris 1669. 3 volu

La Toilette gala

12. *Paris* 1670.

Aurelie, Nouve

12. *Paris* 1670.

L'Amant raisonnable, par Mr de BONNECORSE, in 12. *Paris* 1671. *Auteur médiocre : on sçait d'ailleurs qu'un amant raisonnable est ordinairement assez froid. Il faut pour que les choses aillent bien, que l'amour l'emporte sur la raison.*

Defense du coeur contre les attaques de l'amour. in 12°

R La Boëte & le Miroir, par Mr de BONNECORSE, in 12. *Paris* 1671. *De même trempe que le précedent.*

R Histoire des pensées mêlées de petits jeux

* Le démêlé de l'Esprit et du coeur (par l'abbé Torche) imprimé d'abord à Paris chez Gabriel Quinet en 1667, petit in 12 (Bibl. du Roi Z. n° 2186) vû.

4 2de partie de la Cassette des Bijoux, en desseins; il ne falloit pas les separer.

dont il étoit Secretaire des Commandemens. Nous avons de lui quelques Poësies qui sont dans les Recueils du tems.

Boussole des Amans, in 12. Cologne 1668. — 1688. *Passable; on n'ignore pas quelle est cette Boussole.*

La Cassette des Bijoux, in 12. Paris 1668.

Le Combat du Coeur et de l'esprit in 12° Paris 1668.

— Le meme, avec Le Demelé et l'accommodement de l'esprit et du Coeur in 12° Paris 1668 ce sont de petittes allegories fort Jolies et agreablement ecrites, melées pour la plupart de vers et de prose.

Jardin d'amours et autres pieces galantes in 8° Rouen 1668.

Le Chien de Boulogne, ou l'Amant fidele, Nouvelle galante, in 12. Cologne 1669. — Paris 1679. *Assez joliment écrit.*

L'Amour échapé, en 50 Histoires, avec le Parlement d'Amours, in 12. Paris 1669. 3 volumes.

La Toilette galante de l'amour, in 12. Paris 1670. c'est un Recueil de Pieces en vers et en prose, qui est la

Aurelie, Nouvelle historique, in 12. Paris 1670.

L'Amant raisonnable, par Mr de BONNECORSE, in 12. Paris 1671. ~~Amour médiocre~~; on sçait ~~d'ailleurs~~ qu'un amant raisonnable est ordinairement assez froid. Il faut pour que les choses aillent bien, que l'amour l'emporte sur la raison.

Defense du coeur contre les attaques de l'amour in 12.

La Boete & le Miroir, par Mr de BONNECORSE, in 12. Paris 1671. *De même trempe que le précedent.*

Histoire des pensées mêlées de petits jeux

Le démêlé de l'Esprit et du Coeur (par l'abbé Torche) imprimé d'abord à Paris chez Gabriel Quinet en 1667 petit in 12 (Bibl. du Roi Z n° 2186) vu

A 2e partie de la Cassette des Bijoux, ces dernier il ne falloit pas les separer

lle galante, in

le, in 12. *Paris*

lon tranquille,
par le Sieur Fr.
n 12. *Paris* 1673.
n des graves Au-
çoise. Il a moins
brillé par cet Ouvrage que par des Traductions qu'il a faites de Xenophon, ~~et par~~

L'Amant oisif, contenant cinquante Nouvelles Espagnoles, in 12. *Paris* 1673. 3 volumes. — in 12. *Bruxelles* 1711. 3 tomes, 1 volume. *Passable, mais dont on auroit pu faire de jolies choses.*

Nouvelles comiques & tragiques, in 12. *Paris* 1669. 3 volumes. — 1680. 3 volumes. — & 1688. 3 volumes. *Peu recherchées.*

L'heureux Esclave, ou Relation des Avantures ~~d'Olivier de Varenne, Nouvelle~~, in 12. *Paris* 1674. — & *Cologne* 1677. — 1680. — 1692. — *Paris* 1708. *la Haye* 1716. *Paris* 1729. *Ce Livre est écrit d'une maniere fort insinuante, & même instructive, à l'exception cependant de deux ou trois endroits touchez avec un peu trop de sensibilité,* &

L'amant de Bonne foy in 12°
Paris 1672. Il s'en trouve
mais fort peu. une Dame est
heureuse quand Elle aime de
bonne foy un pareil amant.

jeux d'esprits ; Nouvelle galante ; in 12. *Paris* 1671.

Nicandre, Nouvelle ; in 12. *Paris* 1672.

Le Voyage du Valon tranquille, Nouvelle historique, par le Sieur F. CHARPENTIER, in 12. *Paris* 1673. *M. Charpentier a été l'un des graves Auteurs de l'Academie Françoise. Il a moins brillé par cet Ouvrage que par des Traductions qu'il a faites de Xenophon, et pr.*

L'Amant oisif, contenant cinquante Nouvelles Espagnoles ; in 12. *Paris* 1673. 3 volumes. — in 12. *Bruxelles* 1711. 3 tomes, 1 volume. *Passable, mais dont on auroit pu faire de jolies choses.*

X d'autres livres affz diversement écrits

Nouvelles comiques & tragiques, in 12. *Paris* 1669. 3 volumes. — 1680. 3 volumes. — & 1688. 3 volumes. *Peu recherchées.*

+ Galantes,

L'heureux Esclave, ou Relation des Avantures ~~d'Olivier de Varenne, Nouvelle~~ ; in 12. *Paris* 1674. — & Cologne 1677. — 1680. — 1692. — *Paris* 1708. *la Haye* 1716. *Paris* 1729. *Ce Livre est écrit d'une maniere fort insinuante, & même instructive, à l'exception cependant de deux ou trois endroits touchez avec un peu trop de sensibilité.*

du Sr de la Martiniere, nouvelle par le Sr de Bremond

— 1726 —

Amours hors de saison in 12 Paris 1672

Les Dames retrouvées, histoire comique in 12 Paris 1670

par Garouville ce voyage n'est point un Roman voyez la dif qu'on en a donnée dans une edition ~~donnée~~ en 1795 edition de la plus grande rareté.

Amelonde, histoire de notre temps in 12 Paris 1669

Histoire gallante et enjouée, interrompue par des entretiens de civilité, d'amitié et de passetemps, in 12 Paris 1673

Don Amador de Cardonne, Nouvelle Espagnole, in 12 Paris 1672.

×

Le Cercle ou les Conversations Galantes in 12 Paris 1675. 3 Tomes en un volume

Pieces galantes, contenant Enguerrand de Marigny, Le Stratège [illegible] Capitaine en amour, nouvelles, et Brosante ou l'Ennemie de la vertu par le S. Mestre in 12 Paris 1676

N 18

La fourbe decouverte et le trompeur trompé in 12°

Le favory disgracié, nouvelle in 12 Cologne 1678 les favoris de l'amour et de la fortune doivent s'attendre a etre disgraciez aussi bien que ceux de la Cour les uns et les autres étant egalement [illegible] de leur faveur

& qui rendent ce petit Ouvrage ~~propre~~ dangereux aux personnes qui n'ont pas pris leur parti sur l'amour. ~~Cet Olivier de Varenne étoit un Libraire de Paris.~~

Almanzaide, Nouvelle, in 12. *Paris* 1674. — & 1676. *Peu considerable.*

R Nouvelles d'Elizabeth Reine d'Angleterre, contenant deux Nouvelles; sçavoir, Marianne & Constance, in 12. *Paris* 1674. passables.

Arriere-Ban amoureux, in 12. *Paris* 1675. *Passable & peu recherché.*

Nouvelle Françoise, contenant plusieurs Amours & Histoires galantes, par Mr H. V. B. in 12. *Cologne* 1711. *C'est en vérité un Ouvrage peu consideré.*

Louïs d'or politique & galant, in 12. Paris 1660. par le Sr. Isarn, qui n'est connu, comme je croy, que par ce petit ouvrage, qui est tres ingenieux ~~12. sine loco & anno. Ouvrage~~ *très-spirituel : se trouve en divers Recueïls, sur-tout dans celui que M. de la Monnoye a publié en deux volumes in 12.*

R ~~Aparences trompeuses, ou~~ Ne pas croire ce qu'on voit, Histoire Espagnole, (par le Sieur Edme BOURSAULT,) in 12. *Paris* 1670. +1673 — & 1739 2 volum. in 12. *Amsterdam* 1718. *Roman ingenieux & fort bien écrit.* et qui est meme assez rare.

Apoticaire de qualité, Nouvelle galante & véritable, in 12. *Cologne & Utrecht* 1670.

R Julie, Nouvelle galante & amoureuse, in 12. *Paris* 1671.

La Clef des Cœurs, in 12. *Paris* 1676. *On dit que c'est l'argent; si ce n'est pas la clef des cœurs, c'est du moins celle des faveurs, à ce que dit un grand maître en amours.*

R Nouvelles amoureuses & galantes, et avantures du temps par le sieur de Preschac, in 12. *Paris* 1678. et 1697

La Valise ouverte, par le Sieur de PRESCHAC, in 12.... *Copieux Auteur d'un grand nombre de petits Romans.*

R Le Voyage de Fontainebleau, par le Sieur de PRESCHAC, in 12. *Paris* 1678. *Passable.*

R Noble Venitienne, ou la Ballette, Histoire galante, par le Sieur de PRESCHAC, in 12. *Paris* 1679.

R Triomphe de l'Amitié, Histoire galante, in 12. *Paris* 1679. *Cette Historiette vient aussi du Sr de* PRESCHAC.

Gris de lin, Histoire galante, par le Sieur de PRESCHAC, in 12. *Paris* 1680. *Médiocre.*

R Le beau Polonois, par le Sieur de PRESCHAC, in 12. *Paris* 1681. et 1734. *Tres-médiocre.*

R Le Secret, Nouvelle historique, par le Sieur de PRESCHAC, in 12. *Paris* 1683.

Prince

Prince Esclave, Nouvelle historique, par le Sieur de PRESCHAC, in 12. *Paris* 1688. — & *Amsterdam* 1688.

Clitie, Nouvelle galante, in 12. *Paris* 1680. — & *la Haye* 1680.

La Rivale, Nouvelle historique, in 12. . . . .

~~La Rivale travestie, in 12. *Paris*. . . .~~

Fausse Abbesse, ou l'Amoureux dupé, in 12. *la Haye* 1681. *Très-médiocre Livret.*

Les ruses d'amours pour rendre ses Favoris contens, in 12. *Villefranche* 1681.

La Religieuse Cavalier, ~~in 12. . . .~~ Epoux et chanoine, histoire galante et tragique par Chevigni imp. Bruxelles 1699

Desordres de la Bassette, Nouvelle galante, in 12. *Paris* 1682.

R. Academie galante, contenant quelques Histoires galantes & les Statuts de cette Academie, in 12. *Paris* 1682. — & in 12. *Amsterdam* 1708. 2 volum. *Ouvrage assez médiocre; mais nous avons un autre Ouvrage un peu plus vif sous le Titre d'*Academie des Dames. *Nous en parlerons* ~~*ci-après*~~ dans la Suite.

Métamorphose nouvelle & galante, in 12. *Paris* 1682.

R Granicus, ou l'Isle galante, Nouvelle historique & véritable, par Mon-

J francois

sieur BRICE, in 12. *Paris*. 1698 *Passable.*

Lettres & Amours d'une Religieuse Portugaise écrites au Chevalier de C. (Chamilli) Officier François en Portugal, avec les Letres de la Presidente F.... (Ferrand à Mr le Baron de B. C. (Breteuil) in 12..... 1716. *Il y a plusieurs autres Editions de ce Recueil qui est très-joli : mais on a beau faire, ce sont les conjonctures connuës qui font trouver du goût dans ces sortes de Lettres.*

(voy. lettres pag. 100.) et 75

X C'est un beau talent.

Plus d'effets que de paroles, in 8.... X

Galante Hermaphrodite, Nouvelle amoureuse, par le Sieur de CHAVIGNI, in 12. *Amsterdam* 1683.

R Les differens caracteres de l'Amour, in 12. *Paris* 1685.

Desordres de l'Amour, Nouvelle galante, in 12. *Liege* 1686.

Secretaire Turc, contenant l'Art d'exprimer ses pensées sans se voir, sans se parler & sans s'écrire, in 12. *Paris* 1688. *Le même* + ~~*sous le Titre du*~~

+ est connu sous le titre suivant, alinea

Langage muet, ou l'Art de faire l'amour sans parler, sans écrire & sans se voir, par le Sieur du VIGNAU, in 12. *Middelbourg* 1688. *Nous avons de cet Auteur un Ouvrage historique sur la Turquie.*

Le Rival francois, ou le Valentin des Dames in 12e Cologne 1683

Le

[illegible]

[illegible] representant [illegible] par la description [illegible]

qu'il a fait [illegible] Royaume [illegible]

Damoyselle a force ouverte in 12

L'infidelité convaincue in 12 Cologne 1676

Histoire et avanture surprenante de la Marquise de Vileo in 12 [illegible] 1714 [illegible]

les intrigues de l'amour ou histoire des [illegible] [illegible] in 12 [illegible] 1714

Galanteries diverses arrivées pour la plus part en france en françois et en allemand in 12 Nuremberg 1685

X

Politique des amans ou la connaissance du coeur, entretiens du sieur D. M. in 12 Paris 1683 2 volum

Eve ressuscitée in 12

Paris 1685 — &

La liberté des dames in 12 Cologne 1685 on ne sauroit trop leurs en accorder. Tant pis pour ceux qui les sollicitent gener ce sont les personnes ceux qui en sont les plus punies plus on les contraint plus elles ont d'industrie.

L'heureux [illegible] de l'amour ou la mere amoureuse et rivale de sa fille nouvelle galante in 12 Liege 1686

Malheurs de l'amour d'Eleonor d'Yvré in 12 La Haye 1688

Philadelphe nouvelle egyptienne par le Sieur
Girault de Sainville in 12 La Haye 1687
Paris 1685 — 1687 — et La Haye 1687

Le violon marquis ou le marquis violon comme il
vous plaira in 8°

L'esclave religieux et ses aventures in 12 Paris 1690

Cupidon dans le bain ou les aventures amoureuses
par Madame D*** in 12 La Haye 1698

Les Desordres du jeu in 12 Paris 1691

Nouvelles historiques contenant Gaston Phebus comte
de Foix, La prediction accomplie, Les deux fortunes
imprevues, Zingis histoire tartare in 12 Leyde 1692
Toutes ces nouvelles ont eté imprimées a part a la
fin des histoires galantes et tragiques en 1720

Les dupes de l'amour, Nouvelles galantes in 12 Leyde 169

Egarements des passions et les chagrins qui les
suivent, representés par plusieurs aventures
du temps. in 12 Paris 1697

Les Fêtes d'Angélie, par de Marzilly in 12

~~Le Prince de Sicile, Nouvelle historique, in 12. *Paris* 1690.~~

Disgrace des Amans, Nouvelle historique, in 12. *Paris* 1691. — & 1706.

~~Nouvelles historiques, in 12. *Leyde* 1692. 2 volumes.~~

Amour à la mode, Satire historique, in 12. *Paris* 1695. — 1698. — & 1706. par Madame de PRINGY. *Joli Livre & qui vient d'une personne* [à fort] *experimentée.*

Mlle de Pringy a encore donné les différents caractères des femmes du siècle, avec la description de l'Amour propre dont la 2e édition est de Paris chez Michel Brunet 1699, in 12

Oeuvres mêlées, par Mademoiselle L'HERITIER, contenant plusieurs Avantures & Historiettes, in 12. *Paris* 1696. *Assez bon, qui vient d'une bonne plume.*

Caprice du Destin ou Recueil d'Histoires singulieres & plaisantes arrivées de nos jours, par Mademoiselle L. H. ***, in 12. *Paris* 1708.+ *Ce Roman est de Mademoiselle* L'HERITIER.

\+ — & 1718

Marmoisan, ou l'innocente tromperie, Nouvelle heroïque & satirique en prose: L'Avare puni, Nouvelle Historique en vers, par Mademoiselle L'HERITIER, in 12. *Paris* 1695. X

Avantures secretes,+ in 12. *Paris* 1697. *Ouvrage passable.*

\+ par M. DeGraaf

Les Amusemens de la Princesse Atil-

X Demoiselle de goût, de beaucoup d'esprit et qui a bien écrit en matière de livres amusans. Elle est morte le 25 février 1734 agée de 70 ans.

de, in 12. *Paris* 1697. 2 volumes.

Avantures & Lettres galantes, avec la Promenade des Thuilleries, in 12. *Paris* 1697. — & *Amsterdam* 1718.

Nouvelles tirées de plusieurs Auteurs tant François qu'Espagnols, in 12. *Paris* 1697.

Avantures secretes & plaisantes, in 12. *Paris* 1698.

L'heureux nauffrage, ou suite des Avantures & Lettres galantes, in 12. *Paris* 1699. *Ces deux mauvais Romans sont encore du Chevalier de* MAILLI, *qui faisoit des Livres moins par goût que par besoin. Ceux-ci sont des Rapsodies mal écrites & sans aucun agrément.*

L'Amant fidéle, Nouvelle, in 12. *Paris* 1699.

Avantures galantes de Monsieur le NOBLE, avec les Nouvelles Affricaines du même, in 12. *Paris* 1707. — *Amsterdam* 1710. & au Tome XV. des Oeuvres de Mr le Noble. *Histoires assez comiques; mais écrites sans le goût & la délicatesse, qui font presque l'essentiel de ces sortes de petits Ouvrages.*

Nouvelles Affricaines, par Mr le NOBLE, in 12. *Paris* 1707.

Morts ressuscités, Nouvelles galantes & véritables, in 12. *Cologne* 1699.

L'Amant

Le Comte de Tilidacte in 12°. Paris 1703.

Memoires curieux et galans d'un voyage nouveau d'Italie
in 12 La Haye 1700 — 1702

cet ouvrage est mediocre, et du chevalier de Mailly

La Religieuse penitente nouvelle d'Arton avec quelques
lettres in 8° 1699

×

Le Mercure à la mode ou conversations nouvelles et
gallantes in 12 Cologne 1700

Amusemens des Eaux d'Aix la Chapelle avec figures in 12
Amsterdam 1736 3 volumes

Les eaux d'Aix nouvelle divertissante du mois de
mai 1701 in 12 Cologne 1701

Dona Mathilde ou les amours du Dia de Dorr…
in 12 Liège 1702

L'automne nouvelles galantes in 12 Paris 1704

#

Recueil des amans ou amours de Don Pedro
Gonzalve in 12 Bruxelles 1710

Amusemens des Eaux de Spa avec figures in
8 La Haye 1735 2 volum ce livre a été assez
recherché par quelques histoires curieuses qu'il
contient et qui sont bien ecrites

Espagnole angloise; ou amour de Riccarde et d'Isabelle in 12° amsterdam 1707.

amours dégagé, ou avantures de Don fremal et d'Isare in 12 Cologne 1708

~~memoires curieux et galans d'un Voyage nouveau d'Italie in 12° La Haye 1702~~

Le nouveau Gnithon ou les foiblesses françoises avec quelques histoires divertissantes in 12° Cologne 1709

fausse Vestale, ou l'ingrate chanoinesse in 12 Cologne 1710

~~histoires françoises, galantes et comiques avec figures in 12° amsterdam 1710~~

Sacs portant des Huiseaux par Laurent in 12 Paris 1687.

La fidelité couronnée, ou histoire de Parmenide Princesse de Macedoine, par le Coq-madeleine in 12° Bruxelles 1707. cet auteur officier de cavallerie a travaillé plus heureusement sur l'art militaire.

L'opera de la Haye histoire instructive et galante in 12.

R L'Amant liberal dans l'Isle d'Amour, par le Sieur de CASTRI, in 12. *Paris* 1709.

Le Chevalier errant & le Genie familier, par Madame la Comtesse d'AUNEÜIL, in 12. *Paris* 1709. d'autres l'attribuent a madame La comtesse Daulnoy

Les Promenades de la Foire S. Germain & du Cours, par le Sieur le NOBLE, in 12. *Paris* 1710. *Assez agréable.*

Billet perdu ou l'Intrigue découverte, Histoire galante, in 12. *Cologne* 1711.

R Passepartout galant, par *** Chevalier de l'Ordre de l'Industrie & de la Gibeciere, in 12. constantinople 1710 — Bruxelles 1722

Galanteries Angloises, ~~in 12~~ nouvelles historiques in 12. La Haye 1700

R La curiosité dangereuse, Nouvelle galante, historique & morale+, in 12. *Paris* 1698. *On veut montrer dans cette Nouvelle que les meres ne doivent point laisser aller leurs filles seules en pelerinage ou aux promenades : Hé bien ! elles iront à la Messe, au Sermon & à Vêpres, & n'en feront pas moins leurs petites affaires.* +par Braydore

R Couvent aboli+, in 12. Cologne 1685 +histoire galante et veritable.

La Compagnie agréable, ^ in 12. ~~Paris~~ 1685 ^ou histoires galantes

Chat d'Espagne, ~~XX in 12.~~

Berger Gentilhomme, ~~in 12.~~ par Chavigni avec X

Amante artificieuse, ~~in 12.~~ ou la rival de soy meme par Chavigni in 12° amsterdam 1682

 Amans

XX nouvelle in 12 Grenoble 1669 ^ (par Jacques Alluis, Avocat au Pt. de Dauphiné)

X son retour impreveu dans son couvent in 12 Cologne 1685

Amans cloîtrez, ou l'heureuse inconstance, in 12. Bruxelles 1706

~~Amant parjure, in 12.~~

me/ Histoire de la Princesse Estienne, in 12. *Paris & Amsterdam* 1709. *C'est peu de chose que ce petit Roman; on le prétend écrit dans le goût des Contes des Fées, parce qu'il y est parlé des Fées dans plusieurs endroits; mais on n'y trouve ni le merveilleux instructif de ces Contes ingenieux; ni l'agrement & l'esprit nécessaire aux Nouvelles historiques. L'Auteur parle quelquefois de choses qu'il n'entend pas, sur-tout de guerre & d'amour. La conclusion en est pitoyable & contre les régles des Romans. C'est un mauvais petit Livret & rien de plus.*

X Oeuvres diverses de Madame de la

h) con-

autres

am 1711.

es Veil-

1710.

par M.

o. X

M. . .

) 1710.

raits cu-

e un sur

tout

aiso
nues
velles
tes
Paris
in 12

X ces
de Ma
medie

Amans cloitrez, ou l'heureuse inconstance, in 12. Bruxelles 1706

~~Amant parjure, in 12.~~

Histoire de la Princesse Estienne, in 12 *Paris & Amsterdam* 1709. *C'est peu de chose que ce petit Roman; on le prétend écrit dans le goût des Contes des Fées, parce qu'il y est parlé des Fées dans plusieurs endroits; mais on n'y trouve ni le merveilleux instructif de ces Contes ingenieux, ni l'agrément & l'esprit necessaire aux Nouvelles historiques. L'Auteur parle quelquefois de choses qu'il n'entend pas, sur-tout de guerre & d'amour. La conclusion en est pitoyable & contre les regles des Romans. C'est un mauvais petit Livret & rien de plus.*

Oeuvres diverses de Madame de la R*** G*** (la Rocheguilhem) contenant quelques Histoires & autres Pieces, in 12. *Paris & Amsterdam* 1711. *Passable.*

L'Ecureuil de la Cour, ou les Veilles divertissantes, in 12. *Leyde* 1710.

Nouvelles toutes nouvelles, par M. D. L. G. in 12. *Amsterdam* 1710.

Le Passepartout galant, par M. . . in 12. *à Constantinople (Hollande)* 1710. *Il y a dans ce petit Roman des traits curieux & singuliers; il s'en trouve un sur tout*

Histoire contenant cinq nouvelles differentes Paris 1709 in 12

X ces nouvelles viennent encore du chevalier de mailly qui etoit infatigable pour ces mediocres ouvrages Romanesques.

Les dernieres oeuvres de madelle de la Rocheguilhem in 12 Paris 1699 elles contiennent

l'histoire d'Elizabeth d'angleterre Reine d'angleterre

agrippine histoire Romaine

Themire ou Tamerlan

Adelaide Reine de Hongrie

Hieron Roy de Syracuse

tout cecy vient de bonne main

Le Langage des Muets ou les Promenades angloises contenant plusieurs avantures extraordinaires, galantes et divertissantes in 12 Londres 1707.

~~L'original multiplié in 12~~ ~~1707 hors~~ ~~connu es~~ ~~recherché~~

Les avantures des Gascons, histoire Galante in 12 Paris 1704.

Les Promenades de La guinguette, avantures et histoires galantes in 12° Paris 1704.

La Jalousie Trompée, ou l'incarnadin histoire galante in 12 Paris 1704.

La Comtesse D*** et Le Courrier Galant, nouvelles galantes in 12 Paris 1700

Le Jaloux d'Estramadure nouvelle historique in 12°. c'est le Pays de la Jalousie

Les Illustres avanturieres dans les Cours des Princes d'Italie, de france, d'Espagne et d'angleterre in 12° Cologne 1706

‡ ce Petit Roman est different d'un ouvrage sous Le meme titre annoncé cy dessus.

Coups imprevus de L'amour, du Hazard et de la fortune in 12 Cologne 1709

Recueil des amans ou Les amour de D. Pedro Gonzalve de mendosse et de Dona Juana de Cisneros nouvelle Espagnole par Le Chevalier B. . . . in 12 Bruxelles 1710 2 volum.

La Loterie fete Galante par M*** in 12 Paris 1713.

nouveaux entretiens des Jeux d'Esprit et de memoire, ou conversations plaisantes in 12 Lyon 1721.

Les Avantures Hollandaises in 12° amsterdam 1729. 2 Volum

Histoires galantes, nouvelles et Veritables par Le Chevalier de R. C. D. S. in 12. amsterdam 1720 2 Volum

La Religieuse malgré Elle, histoire galante, morale et Tragique par B. de B. in 12° amsterdam 1720

Le Roman Tartare ou histoire gallante in 12° amsterdam 1725.

tout qui fera toujours honneur à la probité & à la generosité du Maréchal de Villars.

L'Esprit malin, Nouvelle historique & galante, par M. D. in 12. *Paris* 1710.

Avanture de Philidor, in 12. *Paris* 1713.

Celise, ou l'Amante fidele, Ouvrage galant, critique, serieux & comique, mêlé de vers & de prose, in 12. *Paris* 1713. — *Amsterdam* 1715.

Amour vainqueur de la haine, in 12. *Paris* 1711.

Nouvelle Psyché, in 12. *Paris* 1711.

Horoscope accomplie, Nouvelle Espagnole, par M. le Chevalier de MAILLI, in 12. *Paris* 1713.

Le Triomphe de la Raison, ou les Avantures de Chrysophile, par M. MAULNOURRY de la Bastille, in 12. *Paris* 1715.

Le Caractere du faux & du véritable Amour, & le Portrait de l'Homme de Lettres amoureux, in 12. *Paris* 1716.

Ambigu d'Auteuil, ou Veritez historiques composées de huit Nouvelles, in 12. *Paris* 1717. *Assez mediocre.*

Cleandre & Calliste, ou l'Amour véritable, in 12. *Rouen* 1720.

Avantures choisies, contenant l'Amour innocent persecuté, l'Esprit folet ou le Silphe amoureux, le Cœur volant ou l'Amant étourdi & la Belle Avanturiere, in 12. *Paris* 1714. — 1732. — & *Amsterdam* 1715. *C'est peu de chose.*

Amarante ou le Triomphe de l'Amitié, par Madame .... in 12. *Paris* 1715.

R ~~Uranie, ou les Secours inopinez de la Providence, in 12. *Paris* 1716.~~

R Les Avantures de Calliope, par M. Le B/ in 12. *Paris* 1720. vun/

R ~~Le Prince des Aigues Marines, in 12. *Paris* 1722.~~

R Les Plaisirs & les Chagrins de l'Amour" in 12. *Amsterdam* 1722. 2 Volumes.

" ou l'on voit les differens etats de la vie remplis d'avantures causées par la galanterie en 7. entretiens.

~~Les Avantures de Leonidas & de Sophronie, in 12. *Paris* 1722.~~

~~Illustre Malheureuse, ou la Comtesse de Jannissanta, in 12. *Roüen* 1722.~~

R Histoire de la Marquise ^marquis de Banneville, in 12. *Paris* 1723.

R La Pierre philosophale des Dames, ou Caprices de l'Amour & du Destin, par M. l'Abbé de CASTERA, in 12. *Paris* 1722.

R Les Freres jumeaux, Nouvelle historique, tirée de l'Espagnol, par M. Millon de la VALLE, in 12. *Paris* 1730. X

X ce petit ouvrage a eu peu de succez

Oeuvres mêlées de Madame de GOMEZ, in 12. *Paris* 1724 *Assez bien écrites.*

Le meme Livre avait déja paru sous le titre suivant

Le Courier de Nuit ou l'Avanturier Nocturne in 8. Paris 1636

[illegible] histoire [illegible]
[illegible] nouvelles [illegible] amoureuses [illegible]
[illegible] in 12 [illegible] 1706

[illegible] nouvelle galante par m. B. [illegible]
avec figures in 12 amsterdam 1717 [illegible]
chose

Beauté triomphante ou les caprices de la fortune
histoire galante in 12 Paris 1720

apparences trompeuses nouvelles [illegible] de
Bellefosse in 12 Paris 1724

[illegible] macedoine histoire napolitaine avec [illegible]
Bellefosse in 12 Paris 1724

[illegible] a la mode in 12 Paris 1725

Coureur de nuit ou les [illegible] aventures
[illegible] de Don Diego [illegible] le [illegible]
[illegible] Paris 1730 [illegible] chemin de l'espagnol [illegible]

[illegible]
[illegible] nouvelle galante [illegible]
[illegible]
[illegible]
[illegible] in 12 Paris 1733

[illegible] l'amour [illegible] histoire [illegible]
[illegible] amsterdam [illegible]

La Nouvelle mer des histoires in 12 Paris 1733. 2
volumes. c'est un recueil de plusieurs historiettes
mais qui n'a pas encore été extremement gouté; il
faut esperer quil le sera; il y a temps pour tout

La veuve en puissance de mari in 12 Paris 1733. 2
volumes. l'auteur de cet ouvrage qui se nomme M
maugne de Richebourg est homme d'esprit, capable
de travailler utilement sur des sujets plus essentiels
celui ci a eu du cours.

auror ... Paris

17 La confidence reciproque in 12 Paris 1736.
– La Haye 1737 2 volum.

La for tune tragique avec les quatre fleurs conte e pr
M.r & de M. Hamilton.

de M. de B*** ecrits par lui meme
Le Ph E. in 12 Paris 1736 2 volum.

17?

ou avanture de M. Ransau avec son
La P les par M. de Catalde in 12 Paris 1737.
contes
fables

M. Lafficherd in 12 Paris 1737. 2
lure agreablement ecrit c'est tout
sur ces sortes de Bagatelles.

fee
2 ff

lans avec les avantures de Don Palmerin
M. Du Perron de Castera in 12 Paris 1738. 2

[illegible] volume [illegible] de plusieurs [illegible] [illegible] extremement [illegible] [illegible]

Œuvres en prose et en vers de M. [illegible] Paris [illegible] volumes. L'auteur de cet ouvrage qui se nomme [illegible] Bellechebourg [illegible] de [illegible] travailler [illegible] aux [illegible] aujourd'hui.

[illegible] Phebus nouvelle espagnole in-12 [illegible] 1733

[illegible] ou le Rhume histoire [illegible] l'Affichard in-12 Paris 1734

[illegible] conjugal nouvelle du temps in-12 [illegible] 1734

[illegible] retraite de la marquise de [illegible] [illegible] diverses histoires galantes [illegible] in-12 Paris 1734 [illegible]

[illegible] Comtesse de Berry histoire [illegible] in-12 Paris 1735 2 volumes [illegible]

[illegible] M. D** traduite de l'italien [illegible] [illegible] Roman [illegible]

[illegible] marquise de [illegible] par M. le Chevalier de [illegible] 1735 [illegible] parties

[illegible] de M. Bigaud traduite de l'[illegible] in-12 Paris 1736 [illegible] parties

[illegible] ou la Princesse [illegible] in-12 Paris 1736

[illegible] de l'esprit ou memoires de M. [illegible] 1736 [illegible] cette petite pièce [illegible]

~~[illegible] de [illegible] par M. le Chevalier de [illegible]~~

~~[illegible]~~

[illegible] aux femmes les dangers auxquels [illegible] fréquent et assiduité avec les hommes

Le Chevalier [illegible] d'Evenements [illegible] rel[illegible]

Memoires [illegible] lui même [illegible]

Memoires [illegible] [illegible] in-[illegible]

La Mouche [illegible] par M. le [illegible]

La Conformité [illegible] née [illegible]

Les Egarements [illegible] [illegible] le fils

~~La [illegible]~~

~~Memoires [illegible] [illegible]~~

La femme [illegible] [illegible] in-12 [illegible]

tes, mais cependant peu recherchées. ^ on y trouve sur tout une nouvelle americaine.

Les Cent Nouvelles Nouvelles de Madame de GOMEZ, in 12. *Paris* 1733. 5 Parties. *Il y a trois Nouvelles dans chaque Partie; & si l'on continuë cet Ouvrage, il y aura plus de trente Parties, qui feront au moins quinze ou seize Volumes. Mais je doute que le Public permette que ce Livre soit poussé aussi loin. D'ailleurs on sçait que Madame de Gomez écrit bien & qu'elle a déja fait plusieurs autres Romans.*

ARTICLE VI.

ROMANS DE SPIRITUALITÉ & de Morale.

BElial en François, ou le Procès de Belial à l'encontre de Jesus, translaté de Latin en François par Fr. Pierre FARGET Docteur en Theologie de l'Ordre de S. Augustin, in 4. *Lyon* 1490.

L'Adamo di Giov. Franc. LOREDANO,

GG

L'heureuse foiblesse, ou l'entretien des Tuilleries, nouvelle galante in 12. La Haye 1736. par M. C......

Avantures galantes avec la fete des Thuilleries in 12° La Haye 1736. 2 volum.

DANO, in 12. *in Venezia* 1640.

La Vie d'Adam, traduite de l'Italien de LOREDANO, in 12. *Paris* 1695. *C'est une façon de Roman historique, & quelquefois même comique, par les politesses, les complimens & les galanteries qu'Adam fait à son épouse.*

R La Vie & Histoire des trois Rois, translaté de Latin en François, in 4. *Paris* 1498.

Monarchia del nostro Signor Giesu Christo per Giovanni Antonio PANTHERA Parentino, in 8. *in Venezia* 1573. *C'est une Histoire des Combats de Lucifer contre Jesus-Christ, depuis le commencement du monde jusqu'au tems du Mahometisme.* ~~Et~~ *la Piece est assez rare* ^ et meme assez curieuse.

R Historia de la Sabia Donzella Teodora, in 4. . . . Alcala. 1607

Historia Ligni Sanctissimæ Crucis in Symmictis Leonis Allatii, in 8. Colonia agrippina 1653 ‡

Adam de S. Victor, le grand Marial de la Mere de vie, in 4. *Paris* 1537. Tome I. & Tome II. l'an 1539. *C'est une Vie de la Sainte Vierge remplie de tout le fabuleux que l'Auteur a pu ramasser.*

Mistica Ciudad de Dios, ‡ ~~por~~ Sor. Madre Maria de Jesus, Abadezza del Convento + de Agreda, in folio, Madrid.

+ de la inmaculada conception de la villa

‡ c'est une histoire fort singuliere de l'arbre qui a servi a faire la Croix du Sauveur du monde. cette histoire est prise dès le temps du Temple de Salomon, que l'on y voulut employer cet arbre dont toutes les aventures sont decrites jusqu'au temps de la passion de Jesus Christ.

par le chev.r de Mailly . (c'est ce que dit

Laurent Bordelon au tome 1er de son Histoire

Pag. critique des personnes les plus remarquables

771 de tous les siecles, Paris 1699 in 12 2 vol.

après quoi il donne une liste des principa

et visions les Fables | dont Loredano a farci son livre

*

La inventione della Croce di Giesu Cristo, descritta

* en verse, stilo comico. in 8. in Fiorenza Giunti 1561

spiritualité comique, rare et curieuse

milagro de su omnipotencia ~~manifestada~~ e historia

y vida de la Virgen Madre de Dios, manifestada à

mistica città di Dio, Miracolo della sua omni-
potenza, e abisso della Grazia, istoria divina,
e vita della vergine madre di Dio, manifestata
alla suor Maria di Gesù della città d'agreda
in 4.° in anversa 1713. 8 volume c'est La tradu
tion Italienne de L'ouvrage Espagnol cy dessus

drid 1700. 3 volumes.

—— La misma, in 4. *Perpignian* 1690. 4 volum.

—— La misma, in folio, *en Amberes* 1692. 3 volum.

—— La misma, in folio, *en Amberes* 1705. 3 vol.

—— La misma, in 4. 6 volum.

La mystique Cité de Dieu, Miracle de la Toute-Puissance, abime de la grace, Histoire divine & la Vie de la très-sainte Vierge Marie Mere de Dieu, composée en Espagnol par Sœur Marie d'AGREDA, & traduite en François par le Pere Thomas CROZET Récollet, in 4. *Bruxelles* 1729. 3 volumes. *C'est un Roman singulier, mais cependant écrit avec beaucoup de savoir & d'élevation. On accuse les Cordeliers d'Espagne d'avoir dicté cet Ouvrage à Marie d'Agreda. Il a été condamné en Sorbonne en 1696.*

Histoire des trois Maries, translatée de rime en prose par Jean DROYN ou DROYEN, in 4. *Paris*.... *Roman spirituel de la fin du* XV. *siécle.*

Les faits & dits du Philosophe Sydrac, in 8. *Paris* 1531.

Le Pelerinage de l'Homme Roman, par Guillaume de GUILLEVILLE Moine

Moine de Chalis, Ordre de Citeaux, in folio, *Paris* 1511. *L'Auteur vivoit en 1310 & son Ouvrage fut encore imprimé sous le Titre suivant* :

Roman des trois Pelerinages; le premier, de l'homme durant qu'il est en vie; le second, de l'ame separée
... s, de Notre-Sei-
... n Vers François,
... UILLEVILLE
... rdre de Citeaux,
... *old Rembold*. Vers

... ole Histoire d'A-
... thyr en Affrique
... raduite par Gilles
... *aris* 1530.
... onius de Thyr,
... 12, *Paris* & *Ro-*
... 1711. Rotterdam 1710

~~Historia del Principe Erasto hijo del Emperador Diocletiano.~~

Avvenimenti del Principe Erasto, in 8. *in Venetia* 1542 — & 1550.

Historia del Principe Erasto hijo del Emperador Diocletiano, traduzida de Italiano por Pedro HURTADO DE LA VERA, in 12. *en Amberes* 1573. *Don Pedro* HURTADO DE LA VERA, *qui ne savoit pas que cet Ouvrage avoit été*

Moine de Chalis, Ordre de Citeaux, in folio, *Paris 1511. L'Auteur vivoit en 1310 & son Ouvrage fut encore imprimé sous le Titre suivant :*

Roman des trois Pelerinages ; le premier, de l'homme durant qu'il est en vie ; le second, de l'ame séparée du corps ; & le tiers, de Notre-Seigneur Jesus-Christ, en Vers François, par Guillaume de GUILLEVILLE Moine de Chalis, Ordre de Citeaux, in 4. *Paris par Berthold Rembold.* Vers l'an 1480.

Plaisante & agréable Histoire d'Apollonius Prince de Thyr en Affrique & Roy d'Antioche, traduite par Gilles COROZET, in 8. *Paris 1530.*

Avantures d'Apollonius de Thyr, par M. le BRUN, in 12. *Paris & Roterdam 1710.* — *Paris 1711.* Roterdam 1726

~~Historia del Principe Erasto hijo del Emperador Diocletiano.~~

Auvenimenti del Principe Erasto, in 8. *in Venetia 1542* — & 1550.

Erasto, nel quale si racconta un caso compassionevole d'amore in 12 in Venetia

Historia del Principe Erasto hijo del Emperador Diocletiano, traduzida de Italiano por Pedro HURTADO DE LA VERA, in 12. *en Ambres 1573. Don Pedro* HURTADO DE LA VERA, *qui ne savoit pas que cet Ouvrage avoit*

été

Le Pelerinage de la vie humaine composé en ryme par Guillaume de Guilleville Religieux de Chaalis et translaté de ryme en prose avec figures in folio Lyon 1485

178 C'est une histoire renouvellée d'un ancien gothique que nous estions a gagner Δ pour le rachat d'apollin de Sept

Δ Pag 335

× Paris. Robert Le Mangnier. 1570. in 16
de 364 feuillets chiffrés, non compris 4 feuillets à la fin, pour les sommaires des Chapitres. Belle Edition en lettres rondes. Le nom
du Traducteur François ne s'y trouve nulle
part, et après le frontispice, on y voit seulement *l'Argument de la présente Histoire*
en 2 Pages.

^. 1ere Edition in folio ; et Tome 1er Pag.
554 - 556, de l'Edition de 1772, in 4o. dont
Voyez aussi le Tome IVe. Pag. 281.

R

été fait en Espagnol long-tems avant lui, l'a traduit sur une Version Italienne.

Histoire pitoyable d'Erastus fils de Diocletien Empereur de Rome, où sont contenus plusieurs beaux exemples & véritables discours non moins plaisans & recreatifs qu'utiles & profitables, traduite en François, in 16. *Lyon & Anvers* 1568. — *Paris* 1572. — & 1579. — in 16. *Roüen* 1616. *Don Nicolas Antonio marque dans sa Bibliotheque Espagnole que l'Original de ce Livre vient d'Antoine Guevarre Chroniqueur de l'Empereur Charles-Quint; mais nous montrons ailleurs que ce n'est qu'une Copie d'un ancien Roman François intitulé* DOLOPATOS, *ou* LES SEPT SAGES DE ROME, *voyez* DU VERDIER *page* 328. *de sa Bibliotheque Françoise.*

Histoire du Prince Erastus fils de Diocletien Empereur, in 12. *Paris* 1709. *C'est une nouvelle Traduction du même Roman par le Chevalier de Mailli.*

Voyage du Puits S. Patrix, auquel lieu on voit les peines du Purgatoire, & aussi les joyes du Paradis, in 4. *Lyon* 1506. *Edition très-rare, d'ailleurs le Livre ne laisse pas d'entrer dans la Bibliotheque bleuë, & tient lieu de Roman*

Roman de Chevalerie à tous les Irlandois Catholiques. C'est avec quoi ils s'entretiennent dans une pieté solide ; c'est leur amusement spirituel.

H/ — CÆSARII heister bacensis Dialogi, in 8.....

—— Idem in 8. *Coloniæ* 1599.

—— Idem cum notis P. Colveneri, in 8. *Duaci* 1601. *C'est un Recueil d'une infinité de pieuses Turlupinades dont le Moine Cesarius réjoüissoit la pieté des Novices qui lui étoient confiez. Il y en a des Editions plus anciennes qui sont très-bonnes. Mais celle qui est dans le* Bibliotheca Cisterciensis *est tronquée.*

Æneas — ~~ALNEAS~~ SYLVIUS de duobus Amantibus Eurialo & Lucretia, in folio..... — & in 4..... *Editions très-anciennes & des premiers tems de l'Imprimerie.*

+ Alosti 1473 in 4. — —— Idem in 4. *Bononiæ* 1496. — & *dans le Recuëil des Oeuvres d'*Eneas Sylvius. *Ce Livre fut fait à Vienne en Autriche en* 1444. *comme le marque une Edition très-ancienne.*

Historia d'Eurialo & Lucretia da ENEA SYLVIO, in 4. *in Vienna d'Austria* 1477.

Historia de los dos Amantes Eurialo Franco y Lucretia Senesa que acaescia ad en

en la Ciudad de Sena año de
ENEAS SYLVIO, in 4.
1530.

Histoire d'Euriale & de
composée en Latin par ENE
VIUS, & translatée en rime
par Me ANTITUS Chape
Sainte Chapelle aux Ducs
gogne, in 4. *Lyon* vers l'an
assure que cette Histoire tragi
rivée à Sienne en 1434.

Histoire des Amours d'E
de Lucrece, où est montrée l
heureuse de l'amour defendue, écrite
en Latin
qui fut l
çois pa
1551.

Hypn
mana o
docet (
NA) c
Aldus 1
Quelques
teni que
vise en It
a pris l'a
l'année de
1499. *est*

Discour

deduisant

en la Ciudad de Sena año de 1434. por Eneas Sylvio, in 4. *en Sevilla* 1530.

Histoire d'Euriale & de Lucréce, composée en Latin par Eneas Sylvius, & translatée en rime françoise par Me. Anitius Chapelain de la Sainte Chapelle aux Ducs de Bourgogne, in 4. *Lyon* vers l'an 1500. *On assure que cette Histoire tragique est arrivée à Sienne en 1434.*

Histoire des Amours d'Euriale & de Lucréce, où est montrée l'issuë malheureuse de l'amour défenduë, écrite en Latin par Eneas Sylvius, qui fut Pape Pie II. traduite en François par Jean Milet, in 8. *Paris* 1551.

R Hypnerotomachia Polyphili ubi humana omnia non nisi somnium esse docet (Auctore Francisco Columna) cum figuris, in folio *Venetiis Aldus* 1499. — & 1545. *en Italien. Quelques Catalogues de Bibliotheque portent que ce Livre a été imprimé à Trevise en Italie l'an 1467. mais à tort, on a pris l'année que le Livre fut fini pour l'année de son impression. L'Edition de 1499 est très-rare, même en Italie.*

R Discours du Songe de Polyphile, deduisant

Les angoisses et remedes d'amour avec l'histoire d'Eurial et Lucresse par Jean Bouchet in 12. Rouen 1599. Jean Bouchet procureur a Poitiers a été l'un des plus fecond ecrivains de son temps et en vers et en prose il vivoit sous Louis XII et François I. ce fut d'ailleurs un poete fade et sans elevation.

Le Remede d'amours, par Eneas Sylvius autrement dit pape Pie II. translaté de Latin par Albin des Avenelles chanoine de Soissons, avec aucunes additions de Baptiste Mantuan, et la complainte faicte entre le Glorius sur la defense des deux amans Eurialus et Lucrece de Le[illegible] tout traduit du Latin par le meme des Avenelles en vers françois in 4° Paris en caracteres gothiques. Livre rare et singulier.

déduisant comme l'amour le combat à l'occasion de Polia, traduit de l'Italien en François, & revu par Jean MARTIN, avec figures, in folio, *Paris* 1546. — 1554 — 1561.

Discours du Songe de Polyphile, traduit en François par le Sieur Beroald de VERVILLE, in folio *Paris* 1600.

Vida del Picaro Guzman de Alfara- ... Matheo ALEMAN, in 4. ...599. — & 1600. 2 volumes.

...ismo in 8. *en Brussellas* 1600. ... 2 volumes.

...ismo in 8. *Tarraçona* 1603.

...ismo in 8. *en Zaragoça* 1603.

...ismo, in 8. *en Burgos* 1619.

...ismo in 4. *en Madrid* 1641. ... 2 volumes.

...mismo in 8. *en Amberes* 1681. — & 1687. 2 volumes. *Il y en a encore plusieurs autres Editions en Espagnol.*

Matheo ALEMAN *Auteur de ce Roman étoit employé sous Philippe II. Roy d'Espagne dans la Chambre des Comptes de Madrid. Mais il quita son Emploi pour se livrer à une douce ~~& agréa-ble~~*

deduisant comme l'amour le combat à l'occasion de Polia, traduit de l'Italien en François, & revu par Jean MARTIN, avec figures; in folio, *Paris* 1546. — 1554. — 1561.

Discours du Songe de Polyphile, traduit en François par le Sieur Beroald de VERVILLE, in folio *Paris* 1600.

Vida del Picaro Guzman de Alfarache, por Matheo ALEMAN, in 4. *Madrid* 1599. — & 1600. 2 volumes.

— El mismo in 8. *en Brussellas* 1600. — & 1605. 2 volumes.

— El mismo in 8. *Tarraçona* 1603. 2 volumes.

— El mismo in 8. *en Zaragoça* 1603. 2 volumes.

— El mismo, in 8. *en Burgos* 1619. 2 volumes.

— El mismo in 4. *en Madrid* 1641. — & 1661. 2 volumes.

— El mismo in 8. *en Amberes* 1681. — & 1687. 2 volumes. *Il y en a encore plusieurs autres Editions en Espagnol.*

Matheo ALEMAN *Auteur de ce Roman etoit employé sous Philippe II. Roy d'Espagne dans la Chambre des Comptes de Madrid. Mais il quita son Emploi pour se livrer à une douce* ~~& agrea~~ ~~ble~~

+ La Nef des Dames vertueuses par me Symphorien Champier in 8° Paris gothique
— Idem in 4° Paris 1515 gothique ouvrage d'une morale pesante et qui n'est pas moins gothique que l'impression.

+ Le Tableau des riches Inventions, couvertes du
voile des feintes amoureuses ou -

1604

R Vita humana Proscennium sub persona Gusmani Alfaraechi in 12. Dantisci 1652. c'est une version abregée de ce Roman

~~Dantisci 1623~~. col. agripp. 1623.

la oisiveté, & se mit à travailler à quelques Ouvrages d'une agréable litterature. Celui-ci, quoique bon, ne laisse pas d'être d'une morale un peu languissante pour son excessive étenduë.

Vita del Picaro Guzman d'Alfarache, tradotta del Espagnuolo, da Barrezzo BARREZZI, in 8. *in Venetia* 1613. — 1616. 2 volumes. — 1629.

La Vie de Guzman d'Alfarache, où l'on voit ce qui se passe sur le Theatre de la vie humaine, in 12. *Paris* 1695. 3 volumes. — in 12. *Paris* 1709. 3 volumes. — 1733. *Il y en a encore plusieurs autres Editions; mais celles-ci suffisent. Il y a aussi une Traduction plus ancienne; mais qui est aujourd'hui peu recherchée. M. le Sage vient de donner un Abregé de ce Roman sous le Titre suivant.*

La Vie de Guzman d'Alfarache, traduite & abregée par le Sieur le SAGE, in 12. *Paris* 1732. 2 volumes. cet abbregé est debarrassé des endroits languissans et ennuyeux de l'original

Horatio DIOLA & Bartholomeo CIMARELLI, Chroniche dell' Ordine de' Fratri Minori, in 4. *in Venetia* 1617. 5 volumes. *C'est l'Original du Roman dont nous allons marquer la Traduction.*

Les Chroniques des Freres Mineurs, traduites

traduites de l'Italien, in 4. *Paris* 1623. 4 volumes. *C'est une Traduction de l'Italien dont on vient de parler. Ces Chroniques sont remplies de tant de puerilitez, de fausses visions, de miracles suspects & de révelations apocrifes, que M. Nicole & quelques-autres bonnes ames du même genre, au lieu de lire des Livres de Chevalerie, ne prenoient pas d'autres Livres que ce pieux Roman pour se réjoüir l'imagination quand ils étoient las de travailler à des Ouvrages sérieux.*

El premio de la Constancia, y Pastores de Sierra Bermeja, por Jacinto ADORNO, in 8. . . . 1620.

Juan Bautista de SOSSY, la Sossia persequida, en que se trata del honor paterno y amor filial, in 4. *en Madrid* 1622.

Crates y Hipparchia, in 8. *Madrid* 1637. *Dialogue assez bon en forme de Roman, qui est de Jerôme Fernandez de* META.

Libro de Entreteniemiento de la Picara Justina en el qual de Baxo de graciosos discursos se encierran Provechosos avisos, por Fr. Lopez de UBEDA, in 8. *en Barcelona* 1605. — & *Brussellas* 1608. — & *Barcelona* 1640. *Cet Ouvrage est une imitation de Guzman*

+ Espagnol et Portugais par D Santeul, et Jean Blancone.

Le Martyre d'amour, ou par la funeste fin de Campille et de son amante, tous deux martyrisés, est témoigné le misérable événement d'un amour clandestin par Jaques Cabin avocat in 12 Lyon 1603.

vita della Picara Giustina, Tradotta dal Spagn-
olo da Barezzo Barezzi Cremonese in 8.° in
venetia 1624.
La narquoise justine, Traduite de l'Espagnol in 8.° Paris 1636

Inventioni d'amore spirituali dal S. Saluthio
in 12 in Napoli 1628. Ce Livre a l'air de quelque
divertissement spirituel : cependant je ne l'ai vu
que dans quelques Bibliothequaires et non autremen[t]

Innocence reconnue par le Sieur de Cériziers in 8.° Paris
1641. Livre peu consideré : c'est par le peuple entre les
mains duquel il est resté. on voit neanmoins une Version
Italienne. Voy. Pag. 174 et 218.
Innocenza riconosciuta di Renato Ceriziers in 12 in
venezia 1647.

Jonathas ou le Vray amy, par le sieur
de Cériziers in 8.° Paris 1645 — in 12
Paris 1665 — in 12 Bruxelles 1667. Livre entierement oublié, aussi bien que
tous les autres du meme auteur, qui
avoit été Jesuite et qui se fit depuis
aumonier du Roy.
Joseph ou la Providence divine, par le sieur
de Ceriziers in 12 Paris 1665. il a eu le
meme sort que les precedens.

Impudica Innocente in 12 in Venetia 1645

Guzman d'Alfarache. La Justina est en femme ce que Guzman est en homme. On attribue cet Ouvrage au Pere André Perez celebre Theologien de l'Ordre de Saint Dominique. Voyez Nicolas Antonio en sa Bibliotheque d'Espagne, Tome I. pag. 64.

Philallelia pro fide Amicorum reciproca, in 12. *Lugduni* 1647. *Le Roman traité de l'amitié qui doit être entre les amis. Il est de* … RAMIREZ *celebre* … *la Compagnie* … *crois qu'il a* … *çois, qui par* … *& Amys.*

Agathe & … MUS Evêqu… *Paris* 1633.

Agatonphi… liens, par le même, in 8. *Paris* 1637.

Alcime, Relation funeste, par le même, in 12. *Paris* 1625.

Alexis, par le même, in 8. *Paris* 1632. 6 tomes en 3 volumes. 1623

Amphitheatre sanglant, par le même, in 8. *Paris* 1630.

Aloph, ou le Parâtre malheureux, Histoire Françoise, par le même, in 12. *Lyon* 1626.

Aristandre,

Guzman d'Alfarache. La Justina est en femme ce que Guzman est en homme. On attribue cet Ouvrage au Pere André Perez celebre Theologien de l'Ordre de Saint Dominique. Voyez Nicolas Antonio en sa Bibliotheque d'Espagne, Tome I. pag. 64.

Philallelia pro fide Amicorum reciproca, in 12. *Lugduni* 1647. *Ce Roman traité de l'amitié qui doit être entre les amis. Il est de Pierre André Pinto* RAMIREZ *celebre Theologien Portugais de la Compagnie de Jesus. Nicolas Antonio croit qu'il a été traduit d'un Roman François, qui paroît avoir pour titre Miles & Amys.*

Les sept Sages de Rome, histoire ... Empereur et de son fils unique ... cle... dont l'éducation avoit été ... sept maîtres pour l'élever in 8

Agathe & Lucie, par Pierre CAMUS Evêque du Bellay, in 8. *Paris.* 1637.

Agatonphile, ou les Martyrs Siciliens, par le même, in 8. *Paris* 1637.

Alcime, Relation funeste, par le même, in 12. *Paris* 1625.

Alexis, par le même, in 8. *Paris* 1632. 6 tomes en 3 volumes. 1623.

Amphitheatre sanglant, où sont representées plusieurs actions tragiques de notre temps, par le même, in 8. *Paris* 1630.

Aloph, ou le Paratre malheureux, Histoire Françoise, par le même, in 12. *Lyon* 1626.

Aristandre,

Ariſtandre, par le même, in 8. *Lyon* 1624.

Banquet d'Aſſuere, par le même, in 8. *Paris* 1638.

Bouquet d'Hiſtoires agréables, par le même, in 8. *Paris* 1630. — *Rouen* 1639.

Callitrope, par le même, in 8. *Paris.* 1628.

Caſilde, ou le Bonheur de l'honnêteté, par le même, in 8. *Paris* 1638.

Clearque & Timolas, par le même, in 12. *Rouen* 1629.

Cleoreſte, par le même, in 8. *Lyon* 1626. 2 volumes.

Damaris, ou l'implacable Marâtre, Hiſtoire Allemande, par le même, in 12. *Lyon* 1627.

Daphnide, ou l'integrité victorieuſe, par le même, in 8. *Lyon* 1625.

Decades hiſtoriques, par le même, in 8. *Douay* 1633.

Diotrephe, Hiſtoire Valentine, par le même, in 8. *Lyon* 1626.

Divertiſſemens hiſtoriques, par le même, in 8. *Paris* 1632.

Dorothée, par le même, in 8. *Paris* 1621.

Eliſe, ou l'innocente Victime, par le même, in 8. *Paris* 1621.

Entretiens

+

Triomphe de L'amour sur La Raison in 12 amsterdam 1677

Procez galant entre L'amour et Le Caprice in 12 Cologne 1678

+

nouvelles galantes du temps & a la mode ~~in 12 Paris 1681~~ contenant La Jalousie flamande et Le mari heureux amant par de Preschac in 12 Paris 1682 2 volum.

~~Stratagemes d'amours histoire curieuse in 12 amsterdam 1681~~

Relation d'un Voyage fait en Provence contenant plusieurs histoires galantes par M. L. M. D. P. in 12 Paris 1683

Double cocu, hiſtoire du temps, par Le ſieur de Bremond in 12° Paris 1678.

Le Pelerin nouvelle par Le ſieur de Bremond in 12 amſterdam

Secret des nouvelles hiſtoriques in 12° - - -

Stratageme d'amours, hiſtoire Curieuſe in 12. amſterdam 1681.

L'amour marié, ou La Bizarrerie de L'amour en L'Etat du mariage in 12 Cologne 1682.

Triomphe de L'amour Sur le deſtin in 12. - - -

La Religieuſe Eſclave et mousquetaire hiſtoire galante et veritable in 12° Lipſic 1697

Dames Galantes ou Confidence reciproque in 12° Paris 1685 2 volumes par Le ſieur Poiſſon

Epouſe fugitive hiſtoire galante, nouvelle et veritable par Le ſieur Crosnier in 12 amſterdam 1682

L'Epouſe amente, memoires Gallants par Le ſieur de Chavigny in 12° Cologne 1683.

Les deux amantes ou Les amours de marc Antoine in 12°

La force du Sang ou Les amours de Rodolfe in 12°

Herman ou l'amitié fraternelle par le meme, in 8° Paris 1631.

Hiacinto historia Catalana descritta del Vescovo di Belley in 8° in Venetia 1641 (la 2e Partie trad. par Majolino Bisaccioni, impr. à Venise en 1645.)

L'Iphigenia del Vescovo di Belley in 12 in Roma 1639 c'est une traduction de l'ouvrage precedent

Entretiens historiques, par le même, in 8. *Paris* 1639.

Evenemens singuliers, ou Histoire diverses, par le même, in 8. *Paris* 1631. — & 1660. — *Lyon* 1638. — *Rouen* 1659. + Lyon 1628. — Idem in 8.

Eugene, Histoire Grenadine, par le même, in 8. *Paris* 1623.

Flaminio & Colman, deux miroirs, l'un de la fidelité, l'autre de l'infidelité des Domestiques, par le même, in 8. *Lyon* 1626.

Hellenin & son heureux malheur, par le même, in 8. *Lyon* 1628.

Hermiante, ou les deux Hermites contraires, le Reclus & l'Instable, par le même, in 8. *Lyon* 1623. — in 8. Rouen 1639.

Hermite Pelerin, par le même, in [illegible] *Paris* [illegible]

[illegible] Aurelio, évenemens [illegible] par le même, in 8. *Rouen* [illegible]

Hyacinthe, Histoire Catalane, par le même, *Paris* 1627.

[illegible] Iphigene, par le même, in 8. *Lyon* [illegible], 2 volumes. * Rigueurs Sarmatiques.

[illegible] Leçons exemplaires, par le même, in 8. *Paris* 1632. — Rouen 1642

Marianne, ou l'innocente Victime, par le même, in 12. *Paris* 1629.

Memoire

Memoire de Darie, par le même, in 8. *Paris* 1627.

Memoriaux historiques, par le même, in 8. *Paris* 1643.

Observations historiques, par le même, in 8. *Rouen* 1632.

Occurrences remarquables, par le même, in 8. *Paris* 1628. — & 1638.

Palombe, ou la Femme honorable par le même, in 8. *Paris* 1625.

Parthenice, ou peinture de l'invincible chasteté, par le même, in 8. *Pa-ris* 1627.

Pentagone historique, par le même in 8. *Paris* 1631.

Petronille, accident pitoyable de nos jours, par le même, in 8. *Paris* 1610. — & *Lyon* 1626.

Pieuse Julie, par le même, in 8. *Paris* 1625.

Polistore, par le même, in 8. *Pa-ris*.

Regule, Histoire Belgique, par le même, in 8. *Lyon* 1627.

Relations morales, par le même, in 8. *Paris* 1631.

Le Saint desespoir d'Oleastre, par le même, in 8. *Lyon* 1624.

Spectacle d'horreur, par le même, in 8. *Paris*.

Seculari-